華嚴五教章

中國佛教經典寶藏精選白話版

60

徐紹强釋譯

星雲大師總監修

佛光山宗務委員會印行

乾偉 典藏

二〇〇一年六月四日

總序

星雲

自讀首楞嚴，從此不嚐人間糟糠味；
認識華嚴經，方知己是佛法富貴人。

誠然，佛教三藏十二部經有如暗夜之燈炬、苦海之寶筏，爲人生帶來光明與幸福，古德這首詩偈可說一語道盡行者閱藏慕道、頂戴感恩的心情！可惜佛教經典因爲卷帙浩瀚，古文艱澀，常使忙碌的現代人有義理遠隔、望而生畏之憾，因此多少年來，我一直想編纂一套白話佛典，以使法雨均霑，普利十方。

一九九一年，這個心願總算有了眉目，是年，佛光山在中國大陸廣州市召開「白話佛經編纂會議」，將該套叢書訂名爲《中國佛教經典寶藏》。後來幾經集思廣益，大家決定其所呈現的風格應該具備下列四項要點：

一、**啓發思想**：全套《中國佛教經典寶藏》共計百餘册，依大乘、小乘、禪、淨、密等性質編號排序，所選經典均具三點特色：

1歷史意義的深遠性

2中國文化的影響性

3人間佛教的理念性

二、**通順易懂**：每册書均設有譯文、原典、注釋等單元，其中文句舖排力求流暢通順，遣詞用字力求深入淺出，期使讀者能一目了然，契入妙諦。

三、**文簡義賅**：以專章解析每部經的全貌，並且搜羅重要章句，介紹該經的精神所在，俾使讀者對每部經義都能透徹瞭解，並且免於以偏概全之謬誤。

四、**雅俗共賞**：《中國佛教經典寶藏》雖是白話佛典，但亦兼具通俗文藝與學術價值，以達到雅俗共賞、三根普被的效果，所以每册書均以題解、源流、解說等章節，闡述經文的時代背景、影響價值及在佛教歷史和思想演變上的地位角色。

茲值佛光山開山三十週年，諸方賢聖齊來慶祝，歷經五載、集二百餘人心血結晶的百餘册《中國佛教經典寶藏》也於此時隆重推出，可謂意義非凡，論其成就，則有四點成就可與大家共同分享：

一、佛教史上的開創之舉：民國以來的白話佛經翻譯雖然很多，但都是法師或居士個人的開示講稿或零星的研究心得，由於缺乏整體性的計劃，讀者也不易窺探佛法之堂奧。有鑑於此，《中國佛教經典寶藏》叢書突破窠臼，將古來經律論中之重要著作，作有系統的整理，爲佛典翻譯史寫下新頁！

二、傑出學者的集體創作：《中國佛教經典寶藏》叢書結合中國大陸北京、南京各地名校的百位教授學者通力撰稿，其中博士學位者佔百分之八十，其他均擁有碩士學位，在當今出版界各種讀物中難得一見。

三、兩岸佛學的交流互動：《中國佛教經典寶藏》撰述大部份由大陸飽學能文之教授負責，並搜錄臺灣教界大德和居士們的論著，藉此銜接兩岸佛學，使有互動的因緣。編審部份則由臺灣和大陸學有專精之學者從事，不僅對中國大陸研究佛學風氣具有帶動啓發之作用，對於臺海兩岸佛學交流更是助益良多。

四、白話佛典的精華集粹：《中國佛教經典寶藏》將佛典裏具有思想性、啓發性、教育性、人間性的章節作重點式的集粹整理，有別於坊間一般「照本翻譯」的白話佛典，使讀者能充份享受「深入經藏，智慧如海」的法喜。

今《中國佛教經典寶藏》付梓在即，吾欣然為之作序，並藉此感謝慈惠、依空等人百忙之中，指導編修；吉廣輿等人奔走兩岸，穿針引線；以及王志遠、賴永海等大陸教授的辛勤撰述；劉國香、陳慧劍等臺灣學者的周詳審核；滿濟、永應等「寶藏小組」人員的匯編印行。由於他們的同心協力，使得這項偉大的事業得以不負眾望，功竟圓成！

《中國佛教經典寶藏》雖說是大家精心擘劃、全力以赴的鉅作，但經義深邈，實難盡備；法海浩瀚，亦恐有遺珠之憾；加以時代之動亂，文化之激盪，學者教授於契合佛心，或有差距之處。凡此失漏必然甚多，星雲謹以愚誠，祈求諸方大德不吝指正，是所至禱。

一九九六年五月十六日於佛光山

編序

敲門處處有人應

慈惠

《中國佛教經典寶藏》是佛光山繼《佛光大藏經》之後，推展人間佛教的百冊叢書，以將傳統《大藏經》菁華化、白話化、現代化爲宗旨，力求佛經寶藏再現今世，以通俗親切的面貌，溫渥現代人的心靈。

佛光山開山三十年以來，家師星雲上人致力推展人間佛教不遺餘力，各種文化、教育事業蓬勃創辦，全世界弘法度化之道場應機興建，蔚爲中國現代佛教之新氣象。這一套白話菁華大藏經，亦是大師弘教傳法的深心悲願之一。從開始構想、擘劃到廣州會議落實，無不出自大師高瞻遠矚之眼光；從逐年組稿到編輯出版，幸賴大師無限關注支持，乃有這一套現代白話之大藏經問世。

這是一套多層次、多角度、全方位反映傳統佛教文化的叢書，取其菁華，捨其艱澀，希望既能將《大藏經》深睿的奧義妙法再現今世，也能爲現代人提供學佛求法的方便舟筏。我們祈望《中國佛教經典寶藏》具有四種功用：

一、是傳統佛典的菁華書——中國佛教典籍汗牛充棟，一套《大藏經》就有九千餘卷，窮年皓首都研讀不完，無從賑濟現代人的枯槁心靈。《寶藏》希望是一滴濃縮的法水，既不失《大藏經》的法味，又能有稍浸即潤的方便，所以選擇了取精用弘的摘引方式，以捨棄龐雜的枝節。由於執筆學者各有不同的取捨角度，其間難免有所缺失，謹請十方仁者鑒諒。

二、是深入淺出的工具書——現代人離古愈遠，愈缺乏解讀古籍的能力，往往視《大藏經》爲艱澀難懂之天書，明知其中有汪洋浩瀚之生命智慧，亦只能望洋興歎，欲渡無舟。《寶藏》希望是一艘現代化的舟筏，以通俗淺顯的白話文字，提供讀者遨遊佛法義海的工具。應邀執筆的學者雖然多具佛學素養，但大陸對白話寫作之領會角度不同，表達方式與臺灣有相當差距，造成編寫過程中對深厚佛學素養與流暢白話語言不易兼顧的困擾，兩全爲難。

三、是學佛入門的指引書——佛教經典有八萬四千法門，門門可以深入，門門是無限寬廣的證悟途徑，可惜缺乏大衆化的入門導覽，不易尋覓捷徑。《寶藏》希望是一支指引方向的路標，協助十方大衆深入經藏，從先賢的智慧中汲取養分，成就無上的人生福澤。然而大陸佛教於「文化大革命」中斷了數十年，迄今未完全擺脫馬列主義之教條框框，《寶藏》在兩岸解禁前即已開展，時勢與環境尙有諸多禁忌，五年來雖然排除萬難，學者對部份教理之闡發仍有不同之認知角度，不易滌除積習，若有未盡中肯之辭，則是編者無奈之咎，至誠祈望碩學大德不吝垂教。

四、是解深入密的參考書——佛陀遺教不僅是亞洲人民的精神皈依，也是世界衆生的心靈寶藏，可惜經文古奧，缺乏現代化傳播，一旦龐大經藏淪爲學術研究之訓詁工具，佛教如何能紮根於民間？如何普濟僧俗兩衆？我們希望《寶藏》是百粒芥子，稍稍顯現一些須彌山的法相，使讀者由淺入深，略窺三昧法要。各書對經藏之解讀詮釋角度或有不足，我們開拓白話經藏的心意卻是虔誠的，若能引領讀者進一步深研三藏教理，則是我們的衷心微願。

在《寶藏》漫長五年的工作過程中，大師發了兩個大願力——一是將文革浩刼斷滅將盡的中國佛教命脈喚醒復甦，一是全力扶持大陸殘存的老、中、青三代佛教學者之生活生機。大師護持中國佛教法脈與種子的深心悲願，印證在《寶藏》五年艱苦歲月和近百位學者身上，是《寶藏》的一個殊勝意義。

謹呈獻這百餘册《中國佛教經典寶藏》為　師父上人七十祝壽，亦為佛光山開山三十週年之紀念。至誠感謝三寶加被、龍天護持，成就了這一椿微妙功德，惟願《寶藏》的功德法水長流五大洲，讓先賢的生命智慧處處敲門有人應，普濟世界人民衆生！

目錄

●題解……一
●經典……一一
第一章確立一乘的意義……一三
第一節確立別教一乘的意義……一三
第二節確立同教一乘的意義……三六
第二章諸乘教義指引下衆生所獲得的利益……五八
第一節諸乘教義的程度差別……五八
第二節諸乘教義使不同根機的衆生所得好處有所不同……六〇
第三章從古至今建立的判教體系……六七
第一節一音教……六七

第二節漸教和頓教兩種教法……六八
第三節漸教、頓教和圓教三種教法……六八
第四節四種教法……六九
第五節五種教法……六九
第六節六種教法……七〇
第七節藏、通、別、圓四種教法……七〇
第八節屈曲教和平等道教……七一
第九節四乘教……七二
第十節三法輪……七二
第四章分判經典和辨析旨趣……八二
第一節判定五教……八二
第二節辨析十宗……八五
第五章從分析綜合的觀點看待諸乘和五教的關係……九四
第一節五教的分立與整合……九四

第二節以五教融攝諸乘……九五
第三節五教相互融攝……九六
第六章經典出現的時間有先有後……一〇一
第一節與法性相稱的根本言教……一〇一
第二節針對三乘等根機所說的枝末言教……一〇二
第七章判斷諸教產生先後的意義……一〇五
第一節小乘根機固定的衆生……一〇五
第二節小乘根性不固定的衆生……一〇五
第三節小乘及始教根性不固定的衆生……一〇六
第四節漸教根性不固定的衆生……一〇六
第五節頓教根性固定的衆生……一〇七
第六節三乘根性固定的衆生……一〇七
第七節三乘根性不固定的衆生（上）……一〇七
第八節三乘根性不固定的衆生（下）……一〇八

第九節普賢根機的衆生……一〇八
第十節證悟盧遮那佛境界的衆生……一〇九
第八章比較別教一乘和三乘的教相差別……一一四
第一節時間不同……一一四
第二節場所不同……一一五
第三節說法的主體不同……一一六
第四節聽衆不同……一一六
第五節講經時所依據的智慧不同……一一七
第六節說法的內容不同……一一七
第七節階位不同……一一八
第八節修行不同……一一八
第九節教法不同……一一九
第十節事象不同……一二〇
第九章五教間的教義差別……一三〇

第一節認知主體及其作用不同……一三〇
第二節五教關於種性的不同論點……一三五
第三節修行實踐及獲得的進趣階位……一四五
第四節修行的時間……一六五
第五節修行所依靠的身體……一七〇
第六節斷除惑障方面的不同主張……一七五
第七節五教在二乘改變志向方面的不同……二〇一
第八節成佛的意義和相貌……二〇六
第九節佛陀引攝化導衆生所依止的國土……二一五
第十節佛身的區分與總括……二二三
第十章別教一乘的獨特教義……二三一
第一節三性及其同異關係……二三一
第二節產生物質精神現象的六種原因……二四五
第三節十玄緣起無礙的含義……二五八

第四節　六相互相圓融……二八三
●源流……二九七
●解說……三三三
●參考書目……三五一

題解

《華嚴五教章》是中國佛教華嚴宗的實際創始人法藏開教立宗的論著，也是闡發華嚴宗佛教哲學思想的著名代表作。

法藏，字賢首，世稱賢首大師、國一法師、康藏國師、華嚴和尚、香象大師，唐都長安（今陝西西安市）人。祖籍西域康居（今烏茲別克斯坦撒馬爾罕一帶），故世稱其俗姓康。生於唐太宗貞觀十七年（公元六四三年），卒於唐玄宗先天元年（公元七一二年），終年七十。據史載，早年法藏從十六歲起便到處參訪、問學，十七歲時從雲華寺華嚴大師智儼（公元六〇八——六六八年）學習《華嚴經》一類經典，前後九年，深受儼師賞識。咸亨元年（公元六七〇年），武則天因生母榮國夫人楊氏辭世，捨住宅爲太原寺度僧，二十七歲的法藏始得削染成爲出家僧人。此後一直到他逝世的四十多年間，法藏主要住在兩京即西京長安和東都洛陽，往來名僧大德之間，方便結識帝王權貴，充分利用兩京既爲全國佛學中心，又是全國政治、文化中心的有利條件，從多方面開展了大量的活動，致畢生精力於佛教的傳播和發展，爲中國佛教在唐代的興盛，與以後在國內外的流傳做出了不朽的貢獻。概括地說，法藏的佛教業績主要表現爲以下五個方面：

㈠翻譯佛經。法藏祖籍西域，知曉梵語，生長關中，又精通漢文，正所謂「本資西胤，雅善梵言，生寓東華，精詳漢字」（《唐大薦福寺故寺主翻經大德法藏和尚傳》）❶，加之他從十六歲起就到處尋師參學，廣披經論，因而具有從事佛典翻譯的優越條件。調露元年（公元六七九年），日照（地婆訶羅）攜帶《華嚴經》的梵文原本至京城，受高宗安排於魏國西寺（原長安太原寺）組織譯事。法藏因前往請教，獲得機緣與日照勘校晉譯《華嚴》，並進而奉敕與日照、道成、薄塵、窺基等大師一起於西太原寺譯出《華嚴經》的〈入法界品〉，補足了晉譯《華嚴》的脫文。這是法藏參加佛典翻譯之始❷，從這時起到中宗景龍二年（公元七〇八年），法藏先後參加過日照、實叉難陀（喜學）、義淨、菩提流志等人的譯場，參與譯出了《華嚴經．入法界品》、《大周新譯大方廣佛華嚴經》、《密嚴經》、《顯識論》、《大乘入楞伽經》、《大寶積經》、《文殊師利授記經》、《金光明最勝王經》、《無垢淨光陀羅尼經》、《藥師琉璃光七佛本願功德經》等經論，約合二百多卷，從而成為唐代著名的佛教翻譯家。

在從事佛典翻譯過程中，法藏對《華嚴經》傾注出了更多的心血。《華嚴經》，全稱《大方廣佛華嚴經》，是從西域傳入漢地並帶給中國佛教很大影響的一部大乘經典。東漢支婁迦讖在洛陽譯出的《兜沙經》，是《華嚴經》最早的漢文本，內容相當於今天《華嚴經》的〈如來名號品〉。此後歷經三國、兩晉、南北朝、隋，到唐高宗調露元年日照入唐之前，各朝都有新的《華嚴經》譯本產生。這些譯本之中，除了東晉佛陀跋陀羅的《六十華嚴》（即晉譯《華嚴》）內容較為全面以外，其餘都是對此經的某一品或一部分的別行譯本。據史籍記載，潛心攻研《華嚴經》的法藏對於晉譯《華嚴》，「每嘆缺而不全」（《法界宗五祖略記・三祖賢首國師》）❸。日照到達長安後，法藏始有機會見到此經的梵文原本，並和日照一起對校，發現《六十華嚴》的〈入法界品〉內有兩處遺漏，一是在摩耶夫人後至彌勒菩薩前，中間脫漏了描述善財童子求訪天主光等十六善知識的文字；二是從彌勒菩薩後到三千大千世界微塵數善知識前，中間缺少了文殊菩薩伸手過一百一十由旬按善財童子頭頂一段。於是法藏奏請唐朝廷准可，和日照等名僧一起修定了《六十華嚴》。武則天登基後，派人從于闐求到了內容更加全面的《華嚴經》梵文本，並請來了實叉難陀。天后證聖元年（公元六九五年）至聖歷二年（公元六九九年），法藏負責筆受，與實叉難陀、義淨、復禮等高僧合作完成了重譯《華嚴經》工作，其成果就是《八十華嚴》。新譯《華嚴》與晉譯《華嚴》相比，多了〈十定〉等品共九千偈，卻把法藏和日照等人所補的《六十華嚴》中的脫文漏掉了，於是法藏「以宋唐兩翻，對勘梵本，經資線義，雅協結鬘，持日照之補文，綴喜學之漏處」（《崔傳》）。經過法藏的辛勤努力，中國佛經譯籍中終於形成了內容最爲齊備、文義更加流暢清晰的八十卷本《華嚴經》。

㈡創立華嚴宗。華嚴宗以宗奉《華嚴經》而得名，因法藏是其實際創始人，也稱賢首宗。一般而言，人們尊法藏爲華嚴宗的三祖，把法藏以前的法順和智儼當作此宗的初祖和二祖。法順（公元五五七——六四〇年），俗姓杜，世稱杜順，雍州萬年（今陝西西安）人，十八歲出家從因聖寺僧珍禪師學習禪法。《續高僧傳》與唐杜殷撰《杜順和尙行記》都有杜順能行神跡的記載，卻沒有言及他所傳授的是何種禪法。法藏撰著的《華嚴經傳記》也只提到他曾勸令弟子讀誦《華嚴》爲業。澄觀（公元七三八——八三九年）以後，華嚴宗人說杜順著有《華嚴法界觀門》一卷，《五教止觀》一卷。現代學者對此多持懷疑意見。❹

智儼，俗姓趙，天水（今屬甘肅）人。據《續高僧傳》和《華嚴經傳記》記載，智儼十二歲時隨杜順到終南山至相寺出家，從杜順高足達法師學習。不久隨兩名西域僧人學會了梵文，十四歲受沙彌戒，二十歲受具足戒。因從師過多，學過《攝大乘論》和《十地》、《涅槃》、《毘曇》、《成實》、《地持》、《迦延》、《四分》等經律論，把握不住努力的方向。一天，他在藏經室裡面向群經發誓要專學一種，信手去取，拿著了《華嚴經》，從此便專研此經。其時，地論師傳人智正正在至相寺宣講《華嚴》，智儼便去旁聽，並從經藏中搜集有關《華嚴》的釋注，及至見到了光統律師（即慧光）文疏中的別教一乘說和無盡緣起說，深受啓發。著有《華嚴經搜玄記》十卷，《華嚴經內章門孔目章》四卷，《華嚴一乘十玄門》一卷，《華嚴五十要問答》二卷。智儼在世時，已經體會到了「別教一乘」和「無盡緣起」等道理，初步產生了「十玄門」、「六相義」等思想，並草創了把佛經劃歸五類的判教設想，爲日後華嚴宗的成立奠定了一定思想基礎。

法藏跟隨儼師達九年之久，深諳師說；又參加了《華嚴經》的新譯，對經文理解得更爲全面；加之，吸取《大乘起信論》和玄奘新譯的一些教理以及天台宗的某些觀點，以明確、充實的語言組織起了以「五教十宗」爲主要內容的判教體系；並以「無盡緣起」爲中心，廣泛、深入地分析和論證了「十玄門」、「六相義」、「四法界」等基本理論範疇，進而以此爲紐帶，形成了一個比較完備而獨具特點的佛教理論體系。這樣，法藏就在天台宗、法相唯識宗以外，另行創立了一個新的中國佛教宗派——華嚴宗。

㈢培養弟子，建造寺廟，擴展華嚴宗的勢力和影響。僧人是佛教三寶之一，是佛教的重要弘傳基礎和生機所在。法藏在從事佛教活動的數十年間，非常注意教化傳法，培養信衆。據史籍記載，法藏受沙彌戒後，就奉敕於太原寺講《華嚴經》。此後經常在雲華寺、佛記寺、皇宮內院，開設講座，舉辦法會，極力弘揚《華嚴》教義，「輪下從學如雲，莫能悉數」（《續法傳》）。其中知名的弟子有宏觀、文超、智光、宗一、慧苑、慧英六人，慧苑爲上座。法藏在《八十華嚴》譯出後，曾作《華嚴經略疏》，才寫了四分之一就去世了，慧苑和宗一分別續寫，宗一續成《新華嚴經疏》二十卷，慧苑所續叫作《續華嚴經略疏刊定記》（今存十三卷）。慧苑還博覽經籍，考核詁訓，寫成《新譯大方廣佛華嚴經音義》二卷，此外還有改訂師著《華嚴經傳記》而成的《纂靈記》五卷。慧英撰有《華嚴感應傳》。

寺廟集佛教僧人、塑像、典籍、禮儀、教育和經濟於一堂，不僅是佛教得以存在的根據地，而且還在宣傳、擴大佛教影響，壯大信徒隊伍等多方面起著綜合效應。法藏或許意識到了這點，因此在《八十華嚴》逐漸流傳開來之際，奏請唐朝廷在兩都及吳、越、清涼山五處建立寺廟，都以華嚴寺爲名，並抄寫大乘三藏和各家著述章疏送寺中收藏。不久，獲朝廷批准，「雍洛閭閻爭趨梵筵，普締香社。於是乎像圖七處，數越萬家」（《崔傳》）。不惟如此，通過這次建造寺廟，法藏還把本來局限於關中的華嚴宗勢力，從其發源地陝西終南山、山西五臺山及兩京，向東南更遠地推向了長江中下游和東南沿海一帶，爲華嚴宗在中國的廣泛流傳做了堅實的鋪墊。

㈣推動唐代佛舍利供養向前發展。佛舍利供養是唐代佛教活動的重要內容之一。在唐代朝野僧俗較爲注重參加佛舍利供養活動中，法門寺逐步引起了人們的注意，以至成了唐王朝供養佛舍利的中心。法門寺，位於長安東南約一百二十公里的扶風縣境，寺內有古塔。公元六二二年法琳作《破邪論》時，最早提出法門寺內的寶塔有佛舍利，並認爲是阿育王所造。唐太宗貞觀五年（公元六三一年），岐州刺史張亮以聽「古老傳云：此塔一閉，經三十年，一示人，令生善」（《集神州三寶感通錄》），或

「所謂三十年一開，剛歲谷稔而兵戈息」（〈大唐聖朝無憂王寺大聖眞身寶塔碑銘並序〉）爲由，經奏請唐太宗准可，開塔取舍利供人瞻仰。「無數千人，一時同觀」，「京邑內外，崩騰同赴，屯聚塔所，日有數千」（《集神州三寶感通錄》），其中有的盲人因至舍利前眼睛復明，一些虔誠香客竟燃指供養。從此時起，可能就不斷有人前往法門寺供養佛舍利。顯慶三年（公元六五八年），年僅十六歲的法藏就來到法門寺舍利塔前，燃指供養，發誓要達到佛的覺悟（見《續法傳》）。

武則天長安四年（公元七〇四年）冬，法藏在內道場與武則天談論佛法時，說到了法門寺佛舍利是阿育王所立八萬四千處佛骨遺跡之一，武則天即派法藏、文綱和鳳閣侍郎崔玄暐等人到法門寺迎請舍利，年底迎至長安崇福寺供養，次年正月送至洛陽，「敕令王公已降，洛城近事之衆，精事幡華幢蓋，仍命太常具樂奏迎」（《崔傳》），以兜羅綿襯托供於明堂內。武則天與時爲太子的中宗李顯頂禮膜拜，「請法藏捧持，普爲善禱」（同上）。中宗景龍二年（公元七〇八年），命文綱等送舍利回法門寺。❺

法藏參加的這次活動，是除貞觀五年敕准就地取出瞻供之外，由唐王室發起的六次迎請法門寺佛舍利的活動的第二次。前一次發生於唐高宗顯慶四年（公元六五九年），後四次分別發生於肅宗上元元年（公元七六〇年），德宗貞元六年（公元七九〇年），憲宗元和十四年（公元八一九年）和懿宗咸通十四年（公元八七三年）。綜合這六次供養活動產生的各種原因來看，可以說法藏對第二次，進而也是對以後四次佛舍利供養活動的發生，起到了重要的推動作用。❻不惟如此，法藏促成、參預的這次供養活動，還在實際上終止了武周政權頒布的〈禁葬舍利骨制〉（見《唐大詔令集》一一三卷）的實施，使以後佛舍利供養在其他地方的開展成爲可能。

㈤解說著述。法藏飽覽佛教經論，博學多識，勤於著述。在不斷參預佛典譯事、積極從事擴大佛教影響的各種活動之餘，法藏還努力解說爲世人所重的大乘經論，並注重撰寫專論，闡發自己對中國佛教的理解。正如日本華嚴宗僧人凝然（公元一二四〇——一三二一年）所說：「經論解釋，製造極多，大經本疏，餘經別章，諸論義記；一宗總義，解釋無遺，義理盡述。凡華嚴甚盛，啻在此祖。」❼據史籍記載，法藏一生所撰的佛教著作約五十部，一百餘卷。由於戰亂和中國僧人的佛學著作一般不予入藏，得不到重視等歷史原因，至今仍然保存下來的，除《華嚴五教章》以外，還有

《華嚴經探玄記》二十卷，《華嚴經旨歸》一卷，《華嚴經文義綱目》一卷，《華嚴策林》一卷，《華嚴經問答》二卷，《華嚴經義海百門》一卷，《華嚴遊心法界記》一卷，《華嚴發菩提心章》一卷，《華嚴關脈義記》一卷，《華嚴金師子章》一卷，《修華嚴奧旨妄盡還源觀》一卷，《華嚴經明法品內立三寶章》二卷，《華嚴經普賢觀行法門》一卷，《密嚴經疏》三卷，《般若波羅蜜多心經略疏》一卷，《入楞伽心玄義》一卷，《梵網經疏》六卷，《大乘起信論義記》五卷，《大乘起信論別記》一卷，《法界無差別論疏》一卷，《十二門論宗致義記》一卷，《華嚴經傳記》五卷，《寄海東華嚴大德書》一卷，《法界緣起章》一卷，《華嚴三昧章》一卷，《法身章》一卷，《圓音章》一卷，《流轉章》一卷，《十世章》一卷，《華嚴玄義章》一卷，計三十一部，七十卷。

法藏如此衆多的著作，既豐富了中國佛教寶庫，也爲中國佛教思想、中國傳統哲學增添了一束美麗的妙花，對於研究佛教在唐代的發展以及中國傳統哲學思惟的演進，都具有十分重要的意義。其中具有宣告華嚴宗成立作用的《華嚴五教章》，以其體系完整、內容豐富和思辯性極高，成爲華嚴宗的第一部最具權威性的代表作，而一直被視作中華佛學名著爲世人所重視。

在長期的流傳過程中，《華嚴五教章》主要形成了四種版本：草本、錬本、和本與宋（唐）本。

草本與錬本的名稱出於朝鮮華嚴學大師均如（公元九二三——九七三年）的《釋華嚴教分記圓通鈔》。在該書中，均如指出《華嚴五教章》的版本有草本、錬本兩種，錬本是法藏的原著，草本是義湘（公元六二五——七〇二年）的改訂本。其間的區別包括兩個方面：一、在章節的安排次序上，錬本以「義理分齊」爲第十章，而草本以「義理分齊」爲第九章。均如說：「此文有草本、錬本不同，義理爲九者，是草本；反此者，錬本故爾也。」❽二、錬本正文之前有序言和作者名，正文後面有流通偈；而草本則沒有序言、作者名和流通偈。均如指出：「有本無序及章主名……錬本則具有序及章主名，草本則無也。」❾「問：何知義理爲十者是錬本耶？答：義理章末有流通偈，故知爾也。」❿

和本，是奈良時代傳入日本的《華嚴五教章》版本，在章節的排列順序上與均如所說的草本相同；日本講述注釋《華嚴五教章》的學者都以這個本子爲底本。

宋本，係淨源（公元一〇一一——一〇八八年）重新校訂、師會（公元一一〇二——一一六六年）等宋朝華嚴四大家據以注解的本子；鎌倉時代這個本子傳入日本，爲區別於「和本」，日本華嚴學者便用「宋本」指稱它。室町時代撰著的《冠註五教章》記載：高倉院治承時分，栂尾明惠上人於華嚴未渡疏章。在此時，一本附商船來，宋朝傳來本也，故云「宋本」。⓫中國華嚴學者則稱這種版本爲「唐本」，如《復古記・刊行凡例》說：「就《五教章》有『唐本』及『和本』異也，然今此記箋解唐本。」⓬

宋（唐）本的特點有三個：一、在章節的排列次序上與均如所說的鍊本相同，而缺少鍊本正文前後的序言、作者名和流通偈。二、文字上與和本有些許出入，但內容與和本並無二致；十三世紀以後，中、朝、日三國刊印的諸部大藏經中收錄的《華嚴五教章》多屬宋本，如朝鮮的再刻《高麗藏》，中國的《嘉興藏》、《頻伽藏》，日本的《弘教藏》、《大正藏》等。金陵刻經處刊刻流通的《華嚴五教章》也是宋本，中華書局於一九八三年出版的《中國佛教思想資料選編》第二卷第二册，又依據金陵刻經處本將《華嚴五教章》全文收入。三、在卷數劃分上，存在著三卷、四卷及卷軸起始等的不同，如《義苑疏》指出其所據底本分作三卷：前八章爲上卷，第九章爲中卷，第十章爲下卷。《大正藏》本與金陵刻經處本都分作四卷，但在《大正藏》本中，前八章爲第一卷，第九章第一節至第五節之「若依終教」前爲第二卷，「若依終教」至第九章末爲第三卷，第十章爲第四卷；而在金陵刻經處本中，前八章爲第一卷，第九章前五節爲第二卷，第九章的六至十節爲第三卷，第十章爲第四卷。

與版本多樣相類似，《華嚴五教章》在長期的流傳過程中，還獲得了許多其他的名稱。詳情如下圖所示：

題目	出處
華嚴教分記	《華嚴經傳記》、《崔傳》、《釋華嚴教分記圓通鈔》
一乘教分記	《寄海東華嚴大德書》、《三國遺事》

華嚴一乘教分記	日本宗教大學藏寶永三年刻本[13]和日本大谷大學藏慶長十七年刻本[14]上中兩卷之首、乙本和日本大谷大學藏正應三年寫本[15]中卷之末、鍊本上下兩卷
華嚴經中一乘五教分齊義	甲本下卷之首、乙本下卷的首末
華嚴經中一乘立教分齊義記	鍊本中卷
華嚴一乘教義分齊章	宋本、丙本各卷之首、乙本上卷之末
五教章	甲本各卷之末
義分齊	《華嚴經疏鈔》、《復古記》
教義分齊	《華嚴經疏鈔》、《新編諸宗教藏總錄》
五教義分齊	《華嚴經疏鈔》、《圓覺廣鈔》

華嚴教義分齊	《圓覺廣鈔》
華嚴一乘分教記	《淨源重校序》
教義章	《淨源重校序》
賢首分齊記	《華嚴融會一乘義章明宗記》

從組織內容方面說，《華嚴五教章》分爲十章：第一章通過一乘和三乘間的相互關係闡明同教一乘與別教一乘的意義；第二章敍述一乘和三乘在經典、教義方面的各自特徵及其利益的對象、程度；第三章是對作者以前的諸種判教學說作一簡要性地歷史回顧；第四章從經典和旨趣兩方面建立起五教十宗的判教體系；第五章論述一乘、三乘和五教之間的相互關係；第六章從產生時間的先後順序上說明佛教各種經典有所不同；第七章進一步揭示佛教各種經典的產生所以有先後的原因；第八章從時間、地點等十個方面說明一乘與三乘的相異之處；第九章從心識、佛性、修行等十個方面區別五教間的不同，從而說明華嚴一乘的理論特色在於強調「無盡」；第十章集中論述

了別教一乘的四門義理。

為配合《中國佛教經典寶藏》的編輯體例，本書僅選錄了《華嚴五教章》三分之二的原文。節選的原則為：一、保持原典的十章結構，而排除重複性的標題和一些用以區分章節的說明性文字；二、保留原典的基本思想，而略去一些就次要問題所作的較為細緻的闡解和作者引用的一部分佛教經文；三、凡原典中就相關問題採取相同形式論述的，一般只保留與第一個問題有關的內容；四、原典中為避免讀者產生疑惑或為維護自家觀點所設的問答論辯一般不予節選；凡遇作者通過問難答辯展開自己見解之處，則加以選錄。

注釋：

❶以下簡稱《崔傳》。

❷贊寧在《宋高僧傳·法藏傳》中說：「（法藏）薄遊長安，彌露鋒穎，尋應名僧義學之選。屬奘師譯經，始預其間。後因筆受、證義、潤文見識不同，而出譯場。」考諸史實，此論不能成立，理由有三：其一，法藏成名離玄奘辭世有數年時距。玄

奘卒於公元六六四年，其時法藏二十出頭，正隨智儼學習《華嚴》，連沙彌資格都沒有，不可能被作爲義學名僧入選玄奘譯場。其二，玄奘譯場爲唐朝廷所設，組織嚴密，參加人員專司一職。法藏即使參加，諒也不會出現在筆受、證義、潤文多方面的「見識不同」，因此，退出之說不能成立。其三，《續高僧傳・慈恩傳》卷六具體記載有參加玄奘譯場的僧人名單，其中也無法藏。

❸以下簡稱《續法傳》。

❹參見呂澂《中國佛學源流略講・華嚴宗》。

❺參見《宋高僧傳・法藏傳》、《宋高僧傳・文綱傳》、〈大唐聖朝無憂王寺眞身寶塔碑銘並序〉。

❻參見拙文《法藏的佛教業績》（《人文雜誌》一九九三年增刊）。

❼此語出自《八宗綱要抄》（《大藏經補編》第三十二册八十四頁）。

❽此語出自《釋華嚴教分記圓通鈔》（《大藏經補編》第二册二十三頁）。

❾同上（《大藏經補編》第二册十八頁）。

❿同上（《大藏經補編》第二册二十三頁）。

⓫參見《大正藏補編》第一册十六頁。
⓬見《卍續藏經》一〇三册。
⓭以下簡稱甲本。
⓮以下簡稱乙本。
⓯以下簡稱丙本。

經典

第一章確立一乘的意義

譯文

首先闡明確立一乘的意義問題。這個一乘的經典及其義理中有些程度上的差別，依據這種差別，一乘可以分析爲兩種：其一爲別教，即《華嚴經》及其主張的一乘教義與三乘的完全不同；其二爲同教，即《法華經》及其主張的一乘教義與三乘的相同。

第一節確立別教一乘的意義

一、原因和結果兩個層面

別教一乘中包括兩個層面：第一層面指一切物質與精神現象的本原，如廣闊無邊的大海一般深廣浩瀚，只能被盧舍那佛所極證，就是修行功德很高的普賢位上的菩薩都無法窺知，叫做性海果分。其意境無法用語言表述出來。爲什麼呢？因爲性海果分超越了語言，是通三世間而有十身的盧舍那佛內心獨自了知的境界。正因如此，《十地經論》說因分即隨應衆生機緣的教法可以解釋，果分即盧舍那佛所證知的性海境界無法解釋。第二個層面叫做緣起因分，是指隨應衆生根機所說的普賢教法，能使衆生趣向佛果；這是信仰、知解、修行、體悟一切普法者所理解，也能用語言詮釋的境界。因分與果分這兩個層面相攝相依、不可分離，把握其中之一就把握了別教一乘的全體；這種關係就像波浪依賴海水而成、波浪就是海水一樣，思考一下就可明白。

二、關於普賢境界

能用語言詮解的普賢境界還可分成兩門：其一是從教法的名義相狀來看，一乘建立於三乘之外，叫做分相門；其二是從教法法體而言，三乘本質上與一乘相一致，爲一乘所總攝，叫做該攝門。

㈠分相門的意義

所謂分相門，是指別教一乘與三乘有所差別。《法華經．譬喻品》中巨富長者爲誘導幾個孩子逃離火宅所說停在宅外的羊、鹿、牛三車，類似於三乘教；長者在火宅外送給孩子們的大白牛車，類似於一乘教。概略地說，《法華》、《華嚴》和《大乘同性經》等經典中關於一乘和三乘的差別，有十種提法。

㈡該攝門的意義

所謂該攝門，是指所有的三乘等教法本來就都是別教一乘的教法。這是怎麼回事？因為三乘相對於一乘來說有兩個方面，就是不異和不一。

首先談談不異，即三乘和一乘沒有什麼不同這一方面。三乘不異於一乘有兩種情形：第一，因為三乘依賴於一乘而得以存在，所以說三乘和一乘不異；第二，因為一乘依賴於三乘而存在，所以三乘不異於一乘。

問：如果依據第一種情形即三乘依存於一乘，不知三乘是存在還是不存在？如果存在，怎麼只有一乘？如果不存在，那些具有三乘根機的衆生要依據什麼教法修行來獲得進步？

答：有四個判斷：一、由於三乘要依賴一乘，所以三乘不會沒有；二、由於三乘依存於一乘，所以不妨礙三乘的存在；三、由於三乘依存於一乘，所以三乘都不存在；四、由於三乘依存於一乘，所以三乘不能存在。依據前兩個判斷的意蘊，三乘根機的衆生就有了修行進步所要依靠的教法；依據後兩個判斷的意義，則三乘根機的衆生才能領悟一乘教法。因爲四個判斷都說三乘依存於一乘，所以只有一乘存在，不再有其他的教法。如果依據第二種情形所說一乘依存於三乘來說明三乘與一乘不異，則關於一乘的隱沒或彰顯有四個判斷，這四個判斷可參照上面所說的三乘存在與否的四個判斷推導出來，因此，只有三乘，再沒有一乘的教法。這裡所說的一乘依存於三乘，因而三乘、一乘不異的道理與下面同教一乘中將要談到的情況是一樣的。

第二方面所說的不一，是指依存於一乘的三乘和上文所述依存於三乘的一乘有所差別，這叫做不影響不一來闡明不異。其次，如將三乘與一乘的不一、不異關係和分相門、該攝門相結合，則這裡所說的不一，是前面所說的分相門；這裡所說的不異，是我們現在討論的該攝門。

原典

第一章建立一乘

初，明建立一乘❶者。然此一乘教義❷分齊❸，開爲二門：一別教❹，二同教❺。

第一節別教一乘

一、因果二分

初中二：一、性海果分❻，是不可說義。何以故？不與教相應故，則十佛❼自境界❽也。故《地論》❾云因分可說、果分不可說❿者，是也。二、緣起因分⓫，則普賢境界⓬也。此二無二，全體偏收，其猶波水，思之可見。

二、普賢境界

就普賢門復作二門：一、分相門⓭，二、該攝門⓮。

㈠分相門

分相門者，此則別教一乘別於三乘⓯，如《法華》中⓰，宅內所指門外三車⓱，誘引諸子令得出者，是三乘教也；界外露地所授牛車⑱，是一乘教也。然此一乘、三乘差別⑲，諸聖教⑳中略有十說。

㈡該攝門

該攝門者，一切三乘等，本來悉是彼一乘法。何以故？以三乘望一乘有二門故。謂不異㉑不一㉒也。

初，不異有二：一、以三即㉓一故不異，二、以一即三故不異。

問：若據初門三即一者，未知彼三為存為壞？若存，如何唯一？若壞，彼三乘機更依㉔何法而得進修？

答：有四句：一、由即一故不待壞，二、由即一故不礙存，三、由即一故無不壞，四、由即一故無可存。由初二義，三乘機得有所依；由後二義，三乘機得入一乘。由四句俱即一故，是故唯有一乘，更無餘也。三、以一乘即三明不異者，隱顯四句㉕反上思之，是故唯有三乘，更無一也。此如下同教中辨。

二、不一者，此即一之三，與上即三之一，是非一門也，是則不壞不一而明不異。又，此中不一，是上分相門；此中不異，是此該攝門也。

注釋

❶**一乘**：梵文ekayāna的意譯。亦稱佛乘、一佛乘、一乘教、一乘究竟教、一乘法、一道等。謂引導教化一切衆生成佛的唯一方法、途徑或教説。《華嚴經．明難品》和《法華經．方便品》等早期大乘佛經首立此義。法藏在本章中用以和三乘直接相對，主要指稱《華嚴經》和《法華經》所明是唯一絕對眞實、圓滿、深邃而能使所有衆生普遍成佛的教法。

❷**教義**：教與義之並稱。教是梵文śāstra的意譯，音譯設娑怛羅。指能詮之聲名句文，爲始於佛陀一代所説之法與菩薩諸聖所垂教道之總稱。法藏在本章中把佛之經教主要分別爲一乘教、三乘教和小、始、終、頓、圓五教這兩大類。義是梵文artha的意譯，音譯阿他或阿陀。指所詮之一切義理。法藏在本章中用以主要指稱無盡緣起之法。據此，法藏認爲華嚴一乘圓教有教有義，三乘末教唯有教而無義。

❸**分齊**：指程度上有所差別。

❹**別教**：別教一乘之略稱。謂華嚴一乘無盡緣起之法僅能使圓頓之大機領悟，恆與針

對三乘之機所說教法別異；亦即指華嚴宗獨特之思想。

❺**同教**：同教一乘之略稱。謂為隨應二乘、三乘等根機，使其入於一多無盡之法界，而說一乘同於三乘、三乘亦同一乘之法門；亦即將一乘無盡緣起之法，寄顯於始教之三乘法，或終、頓二教之一乘法，以說一乘之義。

❻**性海果分**：事理諸法之本源叫做性。此性橫遍豎徹，包羅萬有，深廣無涯，難以形容，只能以廣闊無邊之大海作喻，是為性海。盧舍那佛所證之境界，就是此性海，即稱性海果。此性海果與普賢因人之所了有別，故稱性海果分，也略稱果分。

❼**十佛**：賢首宗依無盡緣起說盧舍那佛，通三世間而具足十身。十佛又有解行二境。華嚴圓教之菩薩以眞實之智解了法界時，視一切有情非情無一不是佛身，簡約其類，別為十種，即㈠眾生身，指一切有情眾生。㈡國土身，指一切有情眾生所居之處。㈢業報身，指感受前二身因緣之惑、業。㈣聲聞身，指聲聞之果位。㈤辟支佛身，指緣覺之果位。㈥菩薩身，努力於未來成就佛果的修行者。㈦如來身，證得佛果者。㈧智身，指三乘及佛之智慧。㈨法身，依前項智慧而開悟之理法。㈩虛空身，指以上諸身之所依皆為空。此上十身統稱為解境十佛。行境十佛係就一佛身所具之

十德而分，即㈠正覺佛，不執著生死、涅槃，證成眞實之悟，而顯用於迷妄世界。㈡願佛，生出無量誓願。㈢業報佛，以莊嚴而得一切修行。㈣住持佛，保持一切善之根本，使之周遍三世。㈤化佛，隨應衆生之機，而示現之佛身。㈥法界佛，佛身遍滿一切法界。㈦心佛，佛遍滿於一切衆生心中，衆生心即是佛。㈧三昧佛，常住於三昧之中。㈨性佛，謂佛身眞實之本性遍一切處。㈩如意佛，謂隨心所欲教化不同根機之衆生。此處所說十佛即指行境十佛。

❽**自境界**：性海果分之究極境界，唯十佛所了，語言不足以詮表，菩薩等衆生無緣得識，故叫做（十佛）自境界。

❾**地論**：即《十地經論》，共十二卷。古印度世親著，北魏菩提流支、勒那摩提、佛陀扇多等譯。是對《華嚴經．十地品》的論釋。

❿《十地經論．初歡喜地之二》說：「前言十地義，如是不可得說聞。今言我但說一分。此言有何義？是地所攝有二種：一因分，二果分。說者，謂解釋。一分者，是因分於果分爲一分。故言我但說一分。」（《大正藏》第二十六冊一三三頁下至一三四頁上）法藏轉引其意，旨在以果分證性海分，以因分證下文之緣起分。

⑪**緣起因分**：「緣」，謂機緣；「起」，謂生起；應衆生機緣而說不可思議之佛果境界，是爲緣起。普賢之法門就是此緣起，這是使一切衆生趣向佛果之因，故叫做緣起因。此緣起因與盧舍那佛之所證有別，故稱緣起因分，略稱因分。

⑫**普賢境界**：普賢，梵文Samantabhadra的意譯，也譯遍吉，音譯三曼多跋陀羅。佛教菩薩名。以此菩薩之身相及功德普遍存在於一切處所，純一妙善，故稱普賢。從菩薩修行階位上說，普賢已至等覺位，只是在實際修行上比佛略遜一籌。從其代表的法門而言，普賢象徵理、定、行，爲諸佛之本源，亦爲一切諸法之體性。故信、解、行、證一切普法者，不論凡聖，亦皆稱爲普賢。體悟此種一乘普賢之大機境界，叫做普賢境界。

⑬**分相門**：賢首大師認爲，隨著佛教的發展，佛教教法如行、位、因、果、時、處等，其名義在不同的階段上有所不同。據此之不同，佛教可區分爲三乘和一乘。若於三乘之外，另外建立一乘，稱爲分相門。

⑭**該攝門**：與分相門相對而存。賢首大師認爲，分相門所言別教一乘與三乘有別，是從教法名義的角度相對而說的。若從教法法體的角度絕對地說，別教一乘與三乘本

質上是一致的，三乘教本來就是一乘法，三乘與別教一乘可總攝爲一乘，稱爲該攝門。

⑮ **三乘**：梵文triniyānāni的意譯，謂引導教化衆生從生死此岸到達涅槃彼岸的三種方法、途徑或教說，此指佛針對衆生之根機不同而說聲聞乘、緣覺乘、菩薩乘三種教法。聲聞乘，謂因聽聞佛陀宣講四諦之聲教而證悟得道，故稱聲聞；所得果報是知苦斷集，慕滅修道。緣覺乘，謂獨自觀照十二因緣而證悟得道，故稱緣覺，也稱獨覺或辟支佛；所得果報是滅盡無明，了悟非生非滅。菩薩乘，謂志求無上菩提，願度一切衆生，修六度萬行，不唯自利，且能利他，故又稱佛乘、如來乘或大乘；所得果報略次於佛。賢首大師在本章中用以和一乘相對，基本上是在三種意義上使用它的。㈠從佛教教法方面說，與《華嚴經》、《法華經》爲一乘相對，三乘指此上二經之外的其他經典。㈡從華嚴宗所分五教方面說，與圓教爲一乘相對，三乘指小、始、終、頓四教。㈢從中國佛教派別方面說，相對於華嚴宗、天台宗等爲一乘，三乘指三論宗、法相宗和成實宗、俱舍宗等。

⑯ 此處所引出自《法華經·譬喻品》，見《大正藏》第九冊十二頁下、十三頁下。

⑰**三車**：謂羊車、鹿車、牛車。華嚴宗和天台宗都以此三車喻聲聞、緣覺、菩薩三乘。從形體和性情方面看，羊小且遲鈍，鹿個頭居中而捷疾，牛體大力壯能負重致遠，其差別行狀與三乘之不同有某種類似；又，三乘之乘，原意爲交通運輸工具。故以羊車譬之聲聞乘，以鹿車譬之緣覺乘，以牛車譬之菩薩乘。

⑱**牛車**：即大白牛車，華嚴宗以之比喻一佛乘。駕此車之牛膚色潔白，肥壯多力，快捷如風；所駕之車形狀高大，且有寶網、寶鈴等衆寶作爲裝飾。可見，此牛車比宅內所指三車優勝，故譬作佛果一乘。

⑲**一乘、三乘差別**：中國佛教學者對《法華經．譬喻品》中這一火宅喻所說的宅內所指三車、界外所授一車，及其代表的三乘和一乘間的關係有不同的理解。賢首大師等華嚴宗人和天台宗學者繼承了南朝梁光宅寺法雲法師的思想，認爲宅內所指三車之外另有界外的大白牛車存在，即一乘是在三乘之外別立的；三乘是權假之教，一乘爲眞實佛教。法相宗人和三論宗人均以爲界外的大白牛車就是宅內所指三車中之牛車，即總有三車；但在何者爲眞、何者爲假方面，他們之間也有分歧。法相宗人採取三乘眞實、一乘方便的立場，而三論宗人則以三乘中之菩薩乘爲眞實，餘二乘

爲方便。故華嚴宗和天台宗有「四車家」之稱，法相宗和三論宗有「三車家」之稱。

⑳**諸聖教**：即《法華經》、《華嚴經》和《大乘同性經》等佛經。

㉑**不異**：異謂不同。不異就是沒有什麼不同，換句話說，即是一致。

㉒**不一**：一謂同一、一致。不一就是有差別。

㉓**即**：相即之略稱。意謂事物間有密切不可分離的關係，彼此相互依存，共同融爲一體。

㉔**依**：梵文samniśraya的意譯，意謂依賴、依靠、依止。有能依、所依之別，二者相互依存。能依，指依靠某物得到某種結果的主體；所依，指被依賴、依靠的事物。

㉕**隱顯四句**：即在「一即三」的條件下分別一乘是隱沒還是彰顯的四句話。賢首大師在文中並未直接給出這些語句，而只是說「反上思之」。依據其意，被省略的四句話及相關文字應是「未知彼一爲顯爲隱？若顯，如何唯三？若隱，彼一乘機更依何法而得進修？答：有四句：一、由即三故不待隱，二、由即三故不礙顯，三、由即三故無不隱，四、由即三故無可顯。由初二義，一乘機得有所依；由後二義，一乘

機得入三乘。由四句俱即三故」。

譯文

第二節確立同教一乘的意義

同教一乘中包括兩個方面：前一方面是適應方便教化不同根機的衆生接受一乘教法之需，將同教一乘的法體分爲一乘、二乘、三乘以至無量乘，叫做分諸乘；後一方面是同教一乘以一乘爲根本教法，以三乘爲枝末教法，並融合一乘、三乘爲一體，叫做融本末。

一、關於分諸乘

分諸乘中有六種情形：

㈠一乘

第一，闡明一乘，其中有七種說法：

其一，按照有所不同的三乘、一乘教義相互交錯來闡明一乘。教義有所區別又相互交織，是說像三乘教中也有說因陀羅網及微細相容等教法的地方，不過，三乘不像一乘那樣指認這些教法中所體現出來的事物現象間的關係爲互爲主導和從屬；或者三乘教中也論及了蓮華藏世界，但不像一乘那樣說十蓮華藏世界；或者一乘中也含有三乘的教法，例如，一乘所說的肉、天、慧、法、佛、智、明、出生死、無礙和普十眼中的前五眼，就是三乘教所說的五眼，一乘所說的他心、天眼等十種神通中就有三乘所說的神足、天眼等六種神通等等；但是，一乘和三乘關於等等這些教法的詮解都有所不同。這就是一乘下滲於三乘，三乘上附於一乘，因而三乘和一乘兩方面交徹粘連，引導攝取三乘根機的衆生成就一乘的根機、欲樂和種性，使其悟入別教一乘的絕對境界。

其二，按照攝取三乘的方便法門來說明一乘。指的是聲聞、緣覺、菩薩三乘等的教法，概括起來全部是一乘的方便教法，因而都叫做一乘。所以《法華經》說：「諸佛與如來的所有教化行爲，都是爲開啓衆生使其證得佛的知見這一重大事項」等等。

其三，按照一切支流都從大海流出以辨明一乘。是指三乘等教法，都是從一乘中引申出來的。所以《法華經》說：「你們依據三乘修行，就是找到了菩薩修行成佛的途徑」等等。再者，《勝鬘經》說：「佛陀爲出家人不犯過惡而制定的行爲禁忌就是大乘教法。」

其四，依照三乘中最爲殊勝的菩薩乘來說明一乘。就是在用小、中、大分別指代聲聞、緣覺、菩薩三乘的情況下，僅以大乘爲一乘。因爲三乘中的大乘與別教一乘相比，雖存在著權假和眞實的差別，但它們共同是菩薩修行所遵循的法門。因此，《法華經》說：「只有這個一乘教法爲眞實，其餘二乘都不眞實。」還說：「佛陀爲排遣眞、假二邊的緣故，才說二種涅槃」等等。這裡所引的經文有兩種意義：第一，如相對於別教一乘爲眞實教法而言，其他二乘則是指作爲大乘的菩薩乘和由聲聞乘、緣覺乘所構成的小乘這兩種教法，因爲聲聞、緣覺、菩薩等衆生的根機雖有聰敏和愚鈍的差別，但他們都以成就自我解脫這樣的小果作爲修行實踐的最終目的；還因爲建立別教一乘就是要與三乘有所分別。第二，若相對於同教一乘以大乘爲眞實之一乘而言，其他二種教法則是指聲聞乘和緣覺乘，因爲同教一乘是融攝大乘等同於一乘的。

其五，依據《法華經》的教義深刻而細密來說明一乘。該經所述深邃而又精緻的教義是會三歸一、即染歸淨的一乘，所以其〈如來壽量品〉說：「我一直在靈鷲山和其他地方」等等。

其六，依照佛說一乘的八方面旨趣來說明一乘。理解這一點，可根據玄奘法師翻譯的《攝大乘論》，參考智儼大師所著《華嚴五十要問答》第五十三條問答的內容。

其七，根據方便一乘的十方面含義來辨明一乘。瞭解方便一乘的十方面含義，應參見智儼大師所著《華嚴孔目章》中的有關論述。

依據上述關於一乘的七種提法，可以得出結論說，三乘等教法都叫做同教一乘，究其原因不外乎以下二個方面：第一，三乘等教法的實質都是從同教一乘的立場加以判定的；第二，三乘等教法中表現出來的萬物間關係不具備互爲主伴的特點。所以，這裡所說的一乘是同教一乘，不是別教一乘。

(二)二乘

辨明二乘有三種說法：

其一，一乘和三乘叫做二乘。其意義就像《法華經》中在四通八達的大路上贈送的大白牛車和在火宅內允諾的羊、鹿、牛三車一樣，這裡把不理解法空道理的聲聞、緣覺二乘合併到能迴轉小乘認識接受大乘思想的聲聞、緣覺二乘中，把它們一併看做是小乘，加上視一佛乘等同於菩薩乘，所以共有兩種教法。

其二，大乘和小乘叫做二乘。這裡是把一佛乘併入聲聞、緣覺、菩薩三乘中，把它們一起看做是大乘，另外把不理解法空道理的聲聞、緣覺二乘從能接受大乘思想的聲聞、緣覺二乘中區別出來作爲小乘，所以總計是二種教法。

其三，聲聞乘和緣覺乘叫做二乘。這裡的聲聞、緣覺二乘既指不理解法空道理的，也指轉變小乘認識接受大乘思想的。

再者，上述辨明二乘的三種說法是分別依據一乘、三乘和小乘的立場立論的，以這些立場爲標準就易於把握它們。

㈢三乘

辨明三乘也有三種說法：

其一，一乘、三乘和小乘叫做三乘。這樣劃分三乘是爲了表現不同的教法在名義上有根本和枝末的差別。所以以三乘爲準的，在其上面發展出一乘作爲根本，於其下引申出不理解法空道理的小乘作爲枝末，因而計有三種教法。《法華經》中把不理解法空道理的愚法二乘歸入權引幾個孩子逃離火宅的方便法門中，由此可知三乘教法之外還有小乘教法存在；許諾羊、鹿、牛三車是爲了誘導孩子們逃出火宅，由此可知小乘教外還存在三乘教法；孩子們從火宅逃到安全地帶後，長者卻送給他們各一輛大白牛車，因而可知三乘教之外另有一乘教法存在。

其二，大乘、中乘和小乘叫做三乘。這裡可分析出三種含義：第一，融合一佛乘等同於作爲大乘的菩薩乘，合併愚法二乘等同於作爲小乘的聲聞乘，加上作爲中乘的緣覺乘，所以只有三種教法。從會三歸一的教理上可以明白此點，這是以同教一乘爲標準討論的結果。第二，大乘自身就包含有聲聞、緣覺、菩薩三乘，就像辨明三乘的第一種說法後面的答疑中所陳述的那樣。第三，是指小乘中也含有三種教法，比如小乘論藏中本來就有關於聲聞、緣覺和佛的教法，這裡所說的佛法只是指憐憫、慈愛衆生使之祛除痛苦、獲得快樂等，和關於聲聞、緣覺二乘的教法有所不同。

㈣四乘

有的把同教分爲四乘，也有三種說法：

其一，一乘和三乘叫做四乘，這是從三乘中分立出有別於它的一乘，並將愚法二乘和迴心二乘合而爲一的結果。

其二，一乘和三乘、小乘、人天乘叫做四乘，這裡的意趣是全面分立，即以三乘爲基準，於其上設立一佛乘，於其下建立愚法二乘，更進一步於愚法小乘下設置人天乘。

其三，三乘和人天乘叫做四乘，參考上面辨明三乘的第三種說法即可明白。

㈤五乘

有的將同教一乘的法體分爲五乘。也有三種說法：其一，把一佛乘和聲聞、緣覺、菩薩三乘以及小乘叫做五乘；其二，把大、中、小三乘和人乘、天乘叫做五乘；其三，以諸佛如來乘和聲聞、緣覺二乘及天乘、梵乘爲五乘。這三種說法都可以依據前文的表述得以明白。

㈥無量乘

有的將一代佛法分爲無量乘。所謂無量乘，是指佛的所有教法。由此，《華嚴經》說：「在同一世界中，能夠聽到佛陀宣說一乘教法，有的則聽到佛陀講演二乘、三乘、四乘、五乘乃至無量乘的教法。」說的就是這個道理。

原典

第二節同教一乘

同教者，於中二：初分諸乘❶，後融本末❷。

一、分諸乘

㈠一乘

初中有六重：

一者，明一乘，於中有七：

初、約法相❸交參以明一乘。謂如三乘中亦有說因陀羅網❹及微細❺等事，而主伴❻不具；或亦說華藏世界❼，而不說十❽等；或一乘中亦有三乘法相等，謂如十眼❾中亦有五眼❿，十通⓫中亦有六通⓬等，而義理皆別。此則一乘垂於三乘，三乘參於一乘，是則兩宗交接連綴，引攝成根、欲、性，令入別教一乘故也。

二、約攝方便⓭。謂彼三乘等法，總爲一乘方便，故皆名一乘。所以經云：「諸有所作，皆爲一大事故」⓮等也。

三、約所流[15]辨。謂三乘等，悉從一乘流故。故經云：「汝等所行，是菩薩道[16]」[17]等。又經云：「毘尼[18]者，即大乘也。」[19]

四、約就勝門。即以三中大乘爲一乘，以望別教雖權實有異，同是菩薩所乘故。故經云：「唯此一事實，餘二則非眞。」[20]又云：「止息故說二」[21]等。此文有二意：一、若望上別教，餘二者，即大、小二乘也。以聲聞等利鈍雖殊，同期小果故，開一異三故。二、[22]若望同教，即聲聞等爲二也，又融大同一故。

五、約教事深細[23]。如經云：「我常在靈山」[24]等。

六、約八義意趣[25]。依《攝論》[26]，如《問答》[27]中辨。

七、約十義方便[28]。如《孔目》[29]中說。

依上諸義，即三乘等並名一乘，皆隨本宗定故，主伴不具故，是同非別也。

(二)二乘

二者，明二乘有三種：

一者，一乘、三乘名爲二乘。謂如經中四衢所授並臨門三車，此中合愚法[30]同迴心[31]俱是小乘，故有二耳。

二者，大乘、小乘爲二乘，此則合一同三，開愚法異迴心。

三者，聲聞、緣覺爲二乘，此通愚法及迴心。

又，初約一乘，次約三乘，後約小乘，準可知之。

㈢三乘

三者，明三乘亦有三種[32]：

一者，一乘、三乘、小乘名爲三乘，此爲顯法本末故。上開一乘，下開愚法，故有三也。以經中愚法二乘，並在所引諸子中，故知三乘外別有小乘；三車引諸子，故知小乘外別有三乘；三人俱出至露地已，更別授大白牛車，故知三乘外別有一乘。

二者，大乘、中乘、小乘[33]爲三乘，此有三義：一則融一乘同大乘，合愚法同小乘，故唯三也。教理可知，此約一乘辨。二則大乘中自有三乘，如上所說。三則小乘中亦有三，如小論中自有聲聞法、緣覺法及佛法，此中佛法但慈悲愛行等，異於二乘故也。

㈣四乘

四者，或爲四乘。亦有三種：

一謂一乘、三乘爲四，此則開一異三，合二聲聞故也。

二謂一乘、三乘、小乘、人天❸❹爲四，此總開意也。

三謂三乘、人天爲四，準上可知。

㈤五乘

五者，或爲五乘。亦有三種：一謂一乘、三乘、小乘爲五，二謂三乘、人❸❺、天❸❻爲五，三謂佛與二乘、天及梵❸❼亦爲五，並準釋可知。

㈥無量乘

六者，或無量乘。謂一切法門也。故此經云：「於一世界中，聞說一乘者，或二三四五，乃至無量乘。」❸❽此之謂也。

注釋

❶**分諸乘**：意謂爲方便誘導不同根機的衆生領悟一乘佛法，而將同教一乘之法體分爲一乘、二乘、三乘、乃至無量乘。

❷**融本末**：就名義言，同教以一乘爲本，以三乘爲末，並融攝三乘和一乘本末兩者爲

一體，叫作融本末。同教一乘的融本末與別教一乘中的該攝門有所不同，前者承認一乘和三乘有本末差別而融合之，後者則不承認一乘和三乘的本末差別，而視一切三乘等法本來就是一乘法。

❸**法相**：指有區別的教義。

❹**因陀羅網**：梵文indra-jala的譯語。因陀羅，梵文寫作indra，意指帝釋天。因陀羅網，爲裝飾帝釋天宮殿的珠網。珠網的一一結上均有寶珠，其數無量，一一寶珠既放射本身之光影又映現其餘一切寶珠之光影，一一影中又都映現自他一切寶珠之影；如是寶珠無限相錯，珠影疊互交映，相互照耀，重重影現，互顯互隱，重重無盡。華嚴宗繼承了《華嚴經》的思想，用因陀羅網譬喻世界萬法之間相即相入、重重無盡的緣起關係。

❺**微細**：指微細相容，意謂形體上極細小的事物能包容粗大的事物，數量上非常少的事物能容納多種事物；前者如芥子包容須彌山，後者如一根毛髮盛盡四大海水。

❻**主伴**：指主與伴，即主體和從屬的並稱。華嚴宗在論述無盡緣起時認爲，緣起萬法之中，若以此爲主，則以彼爲伴；若以彼爲主，則以此爲伴；如此，萬法互爲主伴

，法界緣起才具備無盡之功德，稱爲主伴具足。

❼**華藏世界**：即蓮華藏世界，意謂從蓮華中產生的世界，或指含藏於蓮華中之功德無量、廣大莊嚴的世界。《華嚴經》稱之爲華藏莊嚴世界海，或十蓮華藏莊嚴世界海、十蓮華藏世界、十華藏等。

❽**十**：《華嚴經》在形式上的特點是經文的十句式，同時對某些教法也用十門分別論述。受其影響，華嚴宗人愛好用「十」這個數字表示諸法的數量。他們認爲，「十」是圓數，能顯示「重重無盡」的奧妙之義。因而在一定程度上可以說，某法門前有或無「十」這個數詞加以界定，成爲判別該法門是否屬於一乘圓教的一個尺度。

❾**十眼**：眼是梵文caksus的意謂，謂主管視覺的感覺器官，或指視覺性的認識機能。《華嚴經》提出這種認識機能可分十類，即十眼。據〈離世間品〉的論述，十眼，即肉眼、天眼、慧眼、法眼、佛眼、智眼、明眼、出生死眼、無礙眼、普眼。

❿**五眼**：即肉眼、天眼、慧眼、法眼、佛眼。

⓫**十通**：通，又作通力、神通、神通力、神力等，爲梵文abhijñā的意譯，謂通過修持禪定所得到的超人間的、不可思議的、而自由無礙的機能。《華嚴經》提出這種神

通可分爲十類，稱爲十通。據新譯《華嚴經》卷四十四〈十通品〉的論述，十通，即他心通、天眼通、宿住隨念通、知盡未來際通、天耳通、住無體性無動作往一切佛刹通、善分別一切言辭通、無數色身通、一切法通、一切法滅盡三昧通。

⑫**六通**：即神足通、天眼通、天耳通、他心通、宿命通、漏盡通。

⑬**方便**：梵文upāya的意譯，亦譯善權、變謀，音譯漚波耶；意指爲利益衆生所採取的各種靈活方法、手段，也指針對衆生根機以各種巧妙方法引其了悟眞實教法而權設的法門。此處是在後一意義上使用這一名詞的。

⑭《法華經》卷一〈方便品〉說：「佛告舍利弗：諸佛如來，但教化菩薩。諸有所作，常爲一事：唯以佛之知見示悟衆生。」（《大正藏》第九冊七頁上、中）

⑮**所流**：賢首大師認爲，同教一乘以三乘爲末，以一乘爲本，其情形類似於一切支流都從大海流出，故以一乘比喻大海，以所流（支流）比喻三乘。

⑯**菩薩道**：梵文bodhisattva-caryā的意譯，謂菩薩修行成佛的方法、途徑。

⑰《法華經．藥草喻品》說：「汝等所行，是菩薩道，漸漸修學，悉當成佛。」（《大正藏》第九冊二〇頁中）

⑱**毘尼**：梵文vinaya的音譯，亦作比尼、毘奈耶、毘那耶、鼻奈耶等；意譯律、調伏、滅、離行、化度、善治等。佛教爲比丘、比丘尼所制定的有關生活規範的行爲禁忌，謂能滅除諸多過惡，故名；也指記錄教團規則的典籍，稱爲律藏、毘尼藏等。

⑲語出《勝鬘經》（《大正藏》第十二冊二一九頁中）。

⑳語出《法華經．方便品》（《大正藏》第九冊八頁上）。

㉑語出《法華經．化城喻品》（《大正藏》第九冊二十六頁上）。

㉒「二、」，作者據文意加。

㉓**深細**：《法華經》宣說一乘，故教義甚深；這種一乘是會三歸一、即染歸淨，故內容精緻細密。

㉔語出《法華經．如來壽量品》（《大正藏》第九冊四十三頁下）。

㉕**八義意趣**：指佛說一乘的八方面旨趣：㈠爲引攝不定機性聲聞趣向大乘；㈡爲促成不定種性菩薩不信受小乘；㈢因爲聲聞等諸乘都依賴同一眞如；㈣因爲大、小乘共據無人我這一教理；㈤因爲大、小諸乘都從煩惱中得到解脫；㈥因爲不定性聲聞也能修菩薩種性；㈦爲得到利益一切有情的兩種意樂；㈧爲使聲聞修行聲聞乘化作聲

聞佛之故。

㉖玄奘譯《攝大乘論》卷下在回答「以何意趣佛說一乘」時，提出兩首偈頌「爲引攝一類，及任持所餘，由不定種性，諸佛說一乘。法無我解脫，等故性不同，得二意樂化，究竟說一乘」（《大正藏》第三十一冊一五一頁中）。這是八義意趣得以提出的依據。

㉗**問答**：即《華嚴五十要問答》，又稱《華嚴經問答》、《華嚴問答》、《要義問答》，共二卷，華嚴宗二祖智儼撰，內容是通過五十三條問答闡述華嚴一乘的要義。該書第五十三條問答的內容，就是從《攝大乘論》的二首偈頌中分析出八意，以解說佛宣說一乘的原因。

㉘**十義方便**：指十種方便乘權假施設之法，即一、就三寶言，佛是一乘，僧是三乘；二、就四諦言，滅諦是一乘，苦、集、道三諦是三乘；三、就二諦言，眞諦是一乘，俗諦是三乘；四至十分別就對過、人智、所解了法、一乘三乘小乘、大乘中乘小乘、三世間、譬喻區分一乘和三乘（參見《華嚴孔目章》卷一，《大正藏》第四十五冊五三八頁上）。

㉙**孔目**：即《華嚴孔目章》，又稱《華嚴經內章門孔目章》、《華嚴經孔目章》，共四卷，爲智儼所著。主要內容是將《六十華嚴》分成一百四十四章，闡明《華嚴經》的優越地位，解釋《六十華嚴》的深奧旨趣。

㉚**愚法**：即愚法小乘，指只主張人沒有獨立的永恆的實體，而不承認宇宙萬象也都沒有獨立的永恆的實體，即愚於大乘法空教理的聲聞、緣覺二乘。也稱作愚法二乘，或愚法聲聞。賢首大師在本章中用以與迴心二乘相對，意義相當於五教判中的小乘教。

㉛**迴心**：也作回心。本意謂迴轉心意。根據所轉心意的不同內容，迴心可區別爲多種。此處指迴轉自利之小乘心而趣向利他兼利已之大乘心，稱爲迴心向大。華嚴宗針對法相宗關於不定性聲聞、緣覺能迴心向大而定性二乘則不能的主張，認爲二乘皆能迴心向大，以至成佛，因而稱其爲迴心二乘。又因爲迴心二乘不僅能證小乘我空的教理，而且能悟解大乘的法空教理，所以又被稱爲不愚法二乘、不愚法小乘、不愚法聲聞。

㉜**三種**：下文中只有二種，即第一種一乘、三乘、小乘爲三乘，和第二種大乘、中乘

、小乘爲三乘。師會（公元一一〇二——一一六六年）在《華嚴五教章復古記》中認爲前明二乘有三種，爲追隨之，法藏在這裡說也有三種。同時代的觀復（生卒年不詳）作《折薪記》時認爲，辨明第三種三乘的一段話在《五教章》的流傳過程中被脫漏掉了。後來的一些學者則主張，第二種三乘內「三則小乘中亦有三，……」一段內容，既是第二種三乘的第三義，也可以看作是所要辨明的第三種三乘。

㉝**大乘、中乘、小乘**：大乘即指菩薩乘，中乘即指緣覺乘，小乘即指聲聞乘。

㉞**人天**：即人天乘，指佛陀爲最早的兩位在家弟子提謂和波利所說的五戒。

㉟**人**：即人乘，梵文manusya-yāna的意譯。指引導人歸依三寶，修持五戒，以便來生跳出地獄、餓鬼、畜生、阿修羅四道而生於人道的教說、方法或途徑。

㊱**天**：即天乘，梵文deva-yāna的意譯。謂引導衆生修行上品十善及四禪八定，以便來生超越四大部洲而生於天界的教說、方法、途徑。

㊲**梵**：即梵乘，梵文brahma-yāna的意譯。指引導衆生修持四禪、四無量心、四無色定，以便脫離生死苦海而出生在色界、無色界的教說、方法、途徑。

㊳語出《華嚴經·入法界品》，見《大正藏》第九冊七八七頁中。

譯文

二、在本末意義上融合一乘和三乘於一體

所謂融本末，是把上面分諸乘中所說的各種教法平等地融會貫通爲一體，使其達成無二不異的關係，被融爲一體的這些教法都同樣是引導衆生成佛的原因，其間的關係可從兩個角度加以論述：一、泯滅方便法門歸並到眞實教法中，叫做泯權歸實門，指的是同教一乘；二、攬取眞實教法以成立方便法門，叫做攬實成權門，則是指同教三乘等教法。前一方面不是取消而是泯滅方便權教，因而三乘依存於一乘而不妨礙三乘教相宛然；後一方面不是和眞實教法大相逕庭，而是通過方便權教來表現眞實教法，因而一乘依存於三乘而不影響一乘教相儼然。由此可知，一乘和三乘名義上有本末融合攝收，法體上沒有什麼兩樣。

問：如果一乘、三乘相互依存而不妨礙各自的存在，歸實與成權兩門都相一致，怎麼還說有權教和眞實教法呢？

答：因爲教法的名義上有差別，所以權敎和實敎一直並存；一乘與三乘教法的理體普遍相通，所以彼此相互融攝，共成一體。爲什麼這樣說呢？因爲權設之敎的存在必須依賴於眞實教法，所以說眞實教法爲權設之教攬取而不喪失自身的眞實性質；眞實教法的表現不一定必須通過權教，所以說泯滅權教的話，權教最終無從確立。因此，三乘依存於一乘時，其存在雖有有和無的四種情形，但它的存在性最終還是有局限的；一乘依存於三乘時，其法體雖也有顯現和潛藏的四種情形，但它的存在卻是無限的。從一乘和三乘融攝爲一體的這種關係來看，一代佛法可以歸結爲四個判斷：一、要麼只有一乘，如別教一乘的主張；二、要麼只有三乘，如三乘等教法所說，因其不知道還有一乘存在；三、或者是既有三乘也有一乘，如同教一乘的觀點；四、或者既沒有一乘也不存在三乘，像本章開始所述說的性海果。此上四個判斷的任何一個都包含了一代佛法的全部法體，因此，不論所劃分的各種教法是存在抑或是不存在，它們之間都不彼此相互妨礙，深刻地思考一番就能理解。關於通過闡釋各種教法從而揭示其理體等其他內容，可參考我的另外一些著述。

原典

二、融本末

融本末者，此同上說諸乘等會融無二，同一法界❶，有其二門：一、泯權歸實門，即一乘教也；二、攬實成權門，則三乘教等也。初則不壞權而即泯，故三乘即一乘而不礙三；後則不異實而即權，故一乘即三乘而不礙一。是故一三融攝，體無二也。

問：若爾，二門俱齊，如何復說有權實耶？

答：義門異故，權實恆存；理遍通故，全體無二。何者？謂權起必一向賴於實，是故攬實實不失；實現未必一向藉於權，故泯權權不立。是故三乘即一，雖具存壞❷，竟必有盡；一乘即三，雖具隱顯❸，竟恆無盡。由此鎔融，有其四句：一、或唯一乘，謂如別教；二、或唯三乘，如三乘等教，以不知一故；三、❹或亦一亦三，如同教；四、或非一非三，如上果海。此四義中，隨於一門，皆全收法體，是故諸乘或存或壞而不相礙也，深思可解。餘釋乘明體等，並如別說❺。

注釋

❶**法界**：梵文dharma-dhātu的意譯，音譯達摩馱多。意思有多種。華嚴宗基本上是在二種意義上使用它的：一、謂以相狀差別歸類的各種事物；二、謂事物現象的本源和本質，尤其指成佛的原因。此處即指第二義。

❷**存壞**：參見該攝門中論述三乘即一乘，因而三、一不異的存壞四句。

❸**隱顯**：參見第一節注釋㉕。

❹「三、一」，爲作者所補。

❺**別說**：指賢首大師的《大乘起信論別記》和《華嚴經探玄記》等著述中相關部分。

第二章 諸乘教義指引下衆生所獲得的利益

譯文

在諸乘教義感召下衆生所得到的好處包括兩方面內容，以下先談談各種教法在教義方面的程度差別，然後再闡明諸乘教義引導不同根機的衆生所得利益的區別程度。

第一節 諸乘教義的程度差別

一、揭示諸乘經典和教義的狀況

關於諸乘在經典和教義方面的程度差別，還可從兩方面進行論述：先揭示別教一乘、三乘和同教一乘三者在經典和教義的總體狀況方面的差別，隨後並用分析與綜合兩種方法闡明三乘與一乘是否具有經典和教義或只具有其中一項內容。頭一方面包括三種情形：其一，如《法華經》中長者於露地所贈送的大白牛車，本身就具有經典和教義，教義爲世界萬物互爲主體和從屬，彼此普遍無限地相互融攝，如《華嚴經》中所說，這就是別教一乘。其二，如《法華經》中長者於火宅內許諾的三車，本身就有經典和教義，三界之內誘引諸子出離三界爲言教，使諸子逃離三界爲教義。這是三乘自家的看法，若相對於一乘而言，三乘所謂使諸子出離三界的教義也是言教，與三界之內所許三車一樣都屬於權施的教法，二者只可總稱爲三乘教，其間並無言教與教義的區別，如《大品般若》、《解深密》和《涅槃》等經以及《瑜伽師地》等論所說。其三，以《法華經》中長者於宅內所許三車爲引導諸子的方便權教，三界外贈給的大白牛車才是顯示眞實的教義，這是同教一乘，如《法華經》中所說。

二、諸乘和經典、教義的關係

用分析與綜合兩種方法說明諸乘和經典、教義的關係，可採用如下兩種方式：先分別論述，後總體把握。從三乘、同教一乘和別教一乘三者的立場分別來看，一乘與三乘在經典和教義的區別問題上各有三個判斷。三乘的三個判斷是：或者既有經典也有教義，這是三乘自家的觀點；或者只有經典沒有教義，這是同教一乘的看法；或者經典和教義都沒有，這是別教一乘的見解。在別教一乘看來，三乘教法不過是一乘教網上的孔目。一乘的三個判斷是：或者經典和教義齊備，這是別教一乘從自家的立場上所說；或者只有教義沒有經典，這是同教一乘的觀點；或者經典和教義皆無，這只是從三乘的立場所說，忽略了一乘關於重重無盡的經典和教義。

從一乘和三乘的關係上總體地看，一乘、三乘和經典、教義間的關係可歸結爲：或者經典和教義都是言教，因爲三乘出離三界的教義相對於同教一乘而言，只是一乘的方便權教；或者經典與教義都是教義，因爲同教一乘關於界外露地所贈送的大白牛車的言教相對於三乘而言，只是教義；或者除了上面兩種情形外，經典與教義都不成其爲經典和教義，因爲三乘本來是依別教一乘而立；或者經典和教義具有上面所言三種情形，這是同教一乘的觀點；或者一乘、三乘各具有經典和教義，這是他們從各自的立場看待這一問題的必然結論。

第二節諸乘教義使不同根機的衆生所得好處有所不同

關於諸乘教義引導言不同根機的衆生所得利益的不同，可從以下三個方面進行說明：其一，要麼只感召三界內的凡夫，使其出離三界苦海而截斷生死之流，就以爲達到了至高無上的境界。這是三乘自宗的見解，《瑜伽師地論》等經典中所申述的也是如此。

其二，要麼引攝已出離三界的衆生，使其獲得無上法益，才以爲達到最高境界。這包括兩種情況：如果先用三乘教義使衆生出離三界得到出世的益處，然後再用種種善巧方法使其獲得一乘法益即得至諸佛淨土，這是和合一乘、三乘的教法，因而屬於同教的攝益衆生，也叫做迴轉三乘趣向一乘的教法，相當於《法華經》中所說；如果對於一乘教法已經先行知解並進而實踐躬行，然後於出離俗世的生命中契證一乘教義，達到無盡圓融的佛果境地，則屬於別教一乘的攝益衆生，這種情況相當於《華嚴經·佛小相光明功德品》中所說。

其三，要麼平等引攝三界內外二種根機的衆生，使其獲得兩種好處。這也包括兩種情況：如果先用三乘教法引導界內衆生出離三界，然後再使其獲得一乘法益，則也是三乘與一乘和合的教法，引攝這類根機的衆生成就兩種利益，因而屬於同教的攝益。這種情況相當於《法華經》中所說。如果衆生於三界內已見、已聞，出離三界後知解，出出世圓滿證入一乘教法；或於三界內既有見聞又有所知解，出離三界後只是知解，出出世只證入一乘教法，這些則屬於別教一乘的攝益。這種情況相當於《華嚴經》中所說。

原典

第二章教義攝益❶

教義攝益者，此門有二：先辨教義分齊，後明攝益分齊。

第一節教義分齊

一、教義示相❷

初中又二：先示相，後開合❸。初中有三義：一者，如露地牛車，自有教義，謂十十無盡❹，主伴具足，如《華嚴》說，此當別教一乘。二者，如臨門三車，自有教義，謂界內❺示爲教，得出爲義，仍教義即無分❻，此當三乘教，如餘經❼及《瑜伽》等說。三者，以臨門三車爲開方便教，界外❽別授大白牛車方爲示眞實義，此當同教一乘，如《法華經》說。

二、教義開合

開合者有二：先別❾，後總❿。別中，一乘、三乘各有三句。三乘三句者：或具教義，約三乘自宗說；或唯教非義，約同教一乘說；或俱非教義，約別教一乘說，爲彼所目⓫故也。一乘三句者：或具教義，約自別教說；或唯義非教，約同教說；或俱非教義，唯約三乘教說，隱彼無盡教義故。

後總者，或教義俱教，以三乘望一乘故；或教義俱義，以一乘望三乘故；或具此三句⓬，約同教說；或皆具教義，各隨自宗差別說矣。

第二節攝益分齊

攝益分齊者，於中有三：一、或唯攝界內機，令得出世益，即以爲究竟。此約三乘當宗說，亦如《瑜伽》等辨。

二、或攝界外機，令得出出世益，方爲究竟。此有二種：若先以三乘令其得出，後乃方便得一乘者，此即一乘、三乘和合說，故屬同教攝，亦名迴三入一教，此如《法華經》說。若先於一乘已成解行，後於出世身上證彼法者，即屬別教一乘攝，此如

〈小相品〉⑬說也。

三、或通攝二機，令得二益。此亦有二：若先以三乘引出，後令得一乘，亦是三一和合，攝機成二益，故屬同教，此如《法華經》說。若界內見聞、出世得法、出出世證成，或界內通見聞解行、出世唯解行、出出世唯證入，此等屬別教一乘，此如《華嚴》說。

注釋

❶攝益：謂引攝一定根機的衆生所獲得的利益。

❷教義示相：指別教一乘、三乘、同教一乘在經教和義理的總體規定的差別相狀。

❸開合：謂並用分析與綜合兩種方法論述三乘和一乘是具有教或義，還是教義兼備，或教義皆無。

❹十十無盡：賢首宗認爲，緣起萬法可以歸結爲教義、理事、境智、行位、因果、依正、體用、人法、逆順、感應等十義門，此十義門及任何一門又可用十玄門加以解釋，由此說明森羅萬象之間存在著無限的普遍的相互融攝、相互作用的關係，稱作

十十無盡，也叫作重重無盡。

❺**界內**：指欲界、色界、無色界三界之內，凡夫於此生死輪迴，承受痛苦的磨難。

❻**教義即無分**：依據三乘本宗的立場，三乘的經教與義理之間有所分別，即界內所指三車爲教，使三個孩子出離三界是義；但，相對於一乘而言，三乘所謂使諸子出離三界的義也是教，與界内所指三車一樣，都屬於權施之教，二者可總括爲一個三乘教，所以說是教義即無分。

❼**餘經**：此指《大品般若經》、《解深密經》和《涅槃經》等。

❽**界外**：謂欲界、色界、無色界三界之外的空間，是各種佛與菩薩生活其中的淨土。

❾**別**：謂就一乘、三乘在教與義的區別問題，分別從三乘、同教一乘、別教一乘三宗的立場加以論述。

❿**總**：謂從一乘和三乘的關係上，對一乘、三乘在教與義的區別方面加以總體論述。

⓫**所目**：賢首宗人以網比喻佛的教法，謂一乘爲教網上的綱，三乘爲目。綱目之間是由綱而有目，同樣，三乘教法是依一乘而立，一乘之外沒有三乘教法，所以說三乘爲一乘所目。

⑫**三句**：有的版本謂「二句」，意指前文「教義俱教」一句和「教義俱義」一句。三句是在此二句之外另增一句：或俱非教義，以三乘望別教一乘故。

⑬**小相品**：即《華嚴經·佛小相光明功德品》，參見《大正藏》第九冊六〇五頁上至六〇六頁下。

第三章從古至今建立的判教體系

譯文

闡述古今建立的判教體系，是指自古及今諸多高僧大德所建立的各種判教體系，其間差別不一，以下姑且簡要地列舉十家的說法，作爲辨別彼此不同的明證。

第一節 一音教

北魏菩提流支依據《維摩》等經，建立起一音教的教判。認爲所有佛教教法，都是同一音聲、同一韻味，就像草木平等經受同一雨水滋潤一樣；只是由於衆生的根機及其踐行不同，各隨機緣得出不同的知解，因而出現多種教法。如能探究其本質，則各種教法只是如來佛同一圓滿音聲的教誨。《維摩經》所以說：「佛以一音演說法，衆生隨類各得解」等，就是這個緣故。

第二節　漸教和頓教兩種教法

唐初的慧誕等法師依據《楞伽經》等經典，建立起漸、頓二教的判教體系。主張由於衆生首先修習小乘，然後趣向大乘，大乘是從小乘發展而來的，所以叫做漸教。稱爲漸教也是由於大、小乘教法都有所陳述的緣故，《涅槃經》等經典就是這樣。如果開始就直接深入到菩薩等大乘教法中，大乘不是經由小乘次第演進而來，則叫做頓教。稱爲頓教還由於其中沒有小乘教法的緣故，《華嚴經》就是如此。淨影寺慧遠等後代大德多讚同這種說法。

第三節　漸教、頓教和圓教三種教法

北魏僧人慧光建立的教判將佛教分爲漸、頓、圓三種。慧光律師闡解其意義是，因衆生的大機沒有成熟，起初只宣講諸行無常和諸法無我，然後再講述佛身永恆存在和一切事物並非虛無，如此循序漸進逐步宣說大乘的深妙教義，所以叫做漸教；針對大機成熟的衆生，在宣說某條具體教法中，同時講演所有的教法，換言之，就是將常與無常、空與不空等一切教法同時一起托出，消除此先彼後的次序，所以叫做頓教；相對七地之前及十地中一乘根機成熟的衆生，宣說如來無所罣礙的解脫境界就像大海深廣無涯一樣至高無上，以及最爲圓融、深奧隱密的教法，所以叫做圓教。圓教指的就是《華嚴經》。後來慧光門下的洪遵等許多法師大都讚同此說。

第四節　四種教法

齊朝僧人曇衍等一代大德，建立四種教的教判，用以說明釋迦牟尼以來的佛教。其一爲因緣宗，指說一切有部；其二是假名宗，指《成實論》一類經典；其三是不眞宗，指諸部般若經典，主張一切事物皆依原因條件而得以存在、沒有自性因而不眞實，所以是空；其四爲眞實宗，指《涅槃》、《華嚴》等經典，闡明佛性、法界和眞如等。

第五節　五種教法

齊朝自軌法師將佛法分爲五種。其中的三種與曇衍等法師所劃分的前三類相同，第四種叫做眞實宗，指《涅槃》等經典，闡解的是佛性、眞如等內容。第五種叫做法界宗，是說《華嚴經》主張萬物莫不相即互攝、自由自在、互不相礙。

第六節六種教法

南陳安廩法師就所詮之理趣將佛陀一代教法分爲六類。其中的頭二種與曇衍等法師所分判的前二類相同；第三種叫做不眞宗，指諸大乘教法共同主張一切事物皆由原因條件的相互作用而產生，虛幻不實；第四種叫做眞宗，主張萬法皆由原因條件的相互作用而存在，因而其眞實本質是空；第五種叫做常宗，主張眞如無量功德恆常存在等教義；第六種叫做圓宗，主張萬物自由自在、同時緣起、互不相礙、圓滿具足一切功用，也是指《華嚴經》等教法。

第七節藏、通、別、圓四種教法

天台宗二祖慧思與三祖智顗根據佛陀教化衆生的教法內容，把流傳中國的佛教分爲四種。第一種叫做三藏教，指的是小乘佛教。智顗撰《四教義》時引用《法華經》

中的話說，不應親近小乘的三藏學者。再者，《大智度論》中說小乘是經律論三藏教，大乘是摩訶衍藏。第二種叫做通教，意指大乘經典中包含的能使三乘衆生都能獲益的教法，以及《大品般若經》所說乾慧地等十地會通大小乘的教法。第三種叫做別教，指諸大乘經典中專門爲菩薩所說的深奧玄理，聲聞、緣覺等小乘衆生不能理解。第四種叫做圓教，主張依存在法界中的世界萬物既相互融攝，又自由自在，一即一切，一切即一等，就是指《華嚴經》。

第八節屈曲教和平等道教

法敏法師根據佛身及其教化衆生的方法把佛教判分爲兩種。一種指釋迦牟尼佛所說經典，叫做屈曲教。因爲這種教法是順應衆生的不同根機，方便施以不同形式的佛法眞理，以便破除其各自特殊的執著，比如《涅槃》等經典。另一種是毘盧舍那佛所說經典，稱做平等道教。因爲這種教法是隨順事物現象的本質，主張萬物都是同樣地相依相攝，就是指《華嚴經》。

第九節 四乘教

南梁光宅寺法雲法師建立的是四乘教的教判。認爲《法華經‧譬喩品》中長者在宅內答應的羊、鹿、牛三車爲聲聞、緣覺、菩薩三乘，長者在四通八達的大路上所送的大白牛車才是第四乘即一乘。理由是宅內答應的牛車與羊車、鹿車一樣，都沒有被長者送給諸子。其餘的說法與第一章建立一乘中所述一致。隋朝的信行禪師以此種說法爲依據，把佛教判立爲一乘和三乘二類。三乘是指聲聞、緣覺、菩薩各自的知解、修行隔歷不同，並且都是先修學小乘再追求大乘。一乘是指一種知解、一種修行中即包含了一切知解和一切修行，所解所行只是一乘教法；也指華嚴教義是爲能直接進入眞實教法的菩薩而說。

第十節 三法輪

唐初的玄奘法師依據《解深密經》、《金光明經》及《瑜伽師地論》將佛教判釋爲三種，即三法輪。第一種叫做轉法輪，意指佛陀最初於鹿野苑所說的四諦教法，即指小乘佛理。第二種叫做照法輪，是說世尊在傳教的中期於大乘教法中，秘密用諸法皆空等般若言教照破小乘執著事物實在的觀點。第三種叫做持法輪，是說世尊在後一傳教時期，在大乘教法中公開闡解遍計、依他、圓成實三性及眞如不空等妙理，使三乘衆生都能修持。此三法輪教判中，只包括了小乘及三乘中的大乘始、終二教，別教一乘沒有被容納在內。爲什麼這樣說呢？這是因爲《華嚴經》是佛陀在成道之初說出的，但它不是小乘教法；持法輪爲佛陀在後一階段所說，但它不是《華嚴經》。因此，三法輪中沒有包括華嚴教法。

原典

第三章古今立敎

敍古今立教者，謂古今諸賢所立教門，差別非一，且略敍十家以爲龜鏡。

第一節一音敎

依菩提流支❶，依《維摩經》等，立一音教。謂一切聖教，皆是一音一味，一雨等霔。但以衆生根行不同，隨機異解，遂有多種。如克其本，唯是如來一圓音教。故經云：「佛以一音演說法，衆生隨類各得解」❷等是也。

第二節漸頓二教

依護法師❸等，依《楞伽》等經，立漸、頓二教。謂以先習小乘，後趣大乘，大由小起故名爲漸，亦大小俱陳故，即《涅槃》等教是也。如直往菩薩等，大不由小，故名爲頓，亦以無小故，即《華嚴》是也。遠法師❹等後代諸德，多同此說。

第三節漸頓圓三教

依光統律師❺，立三種教，謂漸、頓、圓。光師釋意，以根未熟，先說無常，後說常，先說空，後說不空，深妙之義，如是漸次而說，故名漸教；爲根熟者，於一法門，具足演說一切佛法，常與無常，空與不空，同時俱說，更無漸次，故名頓教；爲於上達分階佛境者❻，說於如來無礙解脫究竟果海、圓極秘密自在法門，故名圓教❼，即此經是也。後光統門下遵統師❽等諸德，並亦宗承，大同此說。

第四節四種教

依大衍法師❾等一時諸德，立四宗教，以通收一代聖教。一、因緣宗，謂小乘薩婆多等部；二、假名宗，謂成實經部等；三、不眞宗，謂諸部般若，說即空理，明一切法不眞實等；四、眞實宗，《涅槃》、《華嚴》等，明佛性法界眞理等。

第五節五種教

依護身法師⑩，立五種教。三種同前衍師等。第四名眞實宗教，謂《涅槃》等經，明佛性眞理等。第五名法界宗，謂《華嚴》明法界自在無礙法門等。

第六節六種教

依耆闍法師⑪，立六宗教。初二同衍師；第三名不眞宗，明諸大乘，通說諸法如幻化等；第四名眞宗，明諸法眞空理等；第五名常宗，明說眞理恆沙功德常恆等義；第六名圓宗，明法界自在，緣起無礙，德用圓備，亦華嚴法門等是也。

第七節藏通別圓四教

依南岳思禪師，及天台智者禪師，立四種教，統攝東流一代聖教。一名三藏教，謂是小乘故。彼自引《法華經》云：不得親近小乘三藏學者。⑫又，《智論》中說小乘爲三藏教，大乘爲摩訶衍藏。⑬二名通教，謂諸大乘經中，說法通益三乘人等，及《大品》中乾慧等十地⑭，通大小乘者是也。三名別教，謂諸大乘經中所明道理，不通小乘等者是也。四名圓教，爲法界自在，具足一切無盡法門，一即一切，一切即一⑮等，即《華嚴》等經是也。

第八節屈曲教與平等道教

依江南愍法師⑯立二教。一、釋迦經，謂屈曲教，以逐物機隨計破著故，如《涅槃》等。二、盧舍那經，謂平等道教，以逐法性自在說故，即《華嚴》是也。

第九節四乘教

依梁朝光宅寺雲法師⑰，立四乘教。謂臨門三車爲三乘，四衢所授大白牛車方爲第四。以彼臨門牛車，亦同羊鹿，俱不得故。餘義同上辨。信行禪師⑱依此宗立二教，謂一乘、三乘。三乘者，則別解別行及三乘差別，并先習小乘，後趣大乘是也。一乘者，謂普解普行，唯是一乘，亦華嚴法門，及直進等是也。

第十節三法輪

依大唐三藏玄奘法師，依《解深密經》、《金光明經》及《瑜伽論》，立三種教，即三法輪是也。一、轉法輪，謂於初時鹿野園中，轉四諦法輪，即小乘法。二名照法輪，謂中時於大乘內，密意說言諸法空等。三名持法輪，謂於後時於大乘中，顯了意說三性及眞如不空理等。此三法輪中，但攝小乘及三乘中始終二教⑲，不攝別教一乘。何以故?以《華嚴經》在初時說，非是小乘故；彼持法輪在後時說，非是《華嚴》故，是故不攝華嚴法門也。

注釋

❶**菩提流支**：梵名Bodhiruci，也譯菩提留支等；意譯道希、覺希等。北天竺僧人。北魏宣武帝永平元年（公元五〇八年）來洛陽，譯有《十地經論》、《佛名經》、《入楞伽經》、《法集經》、《深密解脫經》、《寶性論》、《金剛般若經論》、《法華經論》等經論共三十九部一百二十七卷。與弟子道寵等建立地論宗相州北道派。

❷語出《維摩經·佛國品第一》，見《大正藏》第十四冊五三八頁上。

❸**護法師**：當作誕法師，即慧誕。唐初僧人，生卒年不詳。雍州（今陝西長安）人。從學於曇延，精研《涅槃經》及《攝大乘論》。

❹**遠法師**：即淨影寺慧遠（公元五二三——五九二年），隋代僧人。敦煌（今甘肅

人，俗姓李。屬地論宗南道派，通曉大小乘經論，著有《大乘義章》、《十地經論義記》、《華嚴經疏》、《大涅槃經義記》等共二十部一百餘卷，對隋唐的佛教研究影響甚大。

❺**光統律師**：即北魏僧人慧光（公元四六八——五三七年）。定州長蘆（今河北滄州）人，俗姓楊。爲地論宗相州南道派初祖，也因撰《四分律疏》被尊爲四分律宗之祖。北魏末在洛陽任僧都，東魏時在鄴（今河北臨漳）任國統，所以有光統律師之稱。還著有《玄宗論》、《大乘義律》、《仁王七誡》、《僧制十八條》、《勝鬘經疏》、《華嚴經疏》、《十地論疏》等十數種。

❻**上達分階佛境者**：指十地之前及地上一乘根機成熟的衆生。上達，指地前；分階佛境，指地上。

❼**故名圓敎**：此四字爲作者據文意而增。

❽**遵統師**：即隋朝律僧洪遵（公元五三〇——六〇八年）。相州（今河南安陽）人，俗姓時。曾隨慧光的弟子道雲學習律要及《華嚴》。致力弘揚《四分律》，著有《四分律大純鈔》五卷。北齊時任過斷事沙門之職，所以被稱爲遵統師。

❾**大衍法師**：即齊朝僧人曇衍，為慧光門下十大傑出弟子之一。

❿**護身法師**：即齊朝僧人自軌，住護身寺。生平不詳。

⓫**耆闍法師**：即南朝僧人安廩（公元五〇七——五八三年）。又作安凜。江陰利成（今江蘇江陰）人，俗姓秦。陳朝時曾住耆闍寺講演經論。

⓬《法華經·安樂行品第十四》說：「亦不親近，增上慢人，貪著小乘，三乘學者。」見《大正藏》第九冊三十七頁中。

⓭《大智度論》第一百卷中這樣說：「復次有人言，如摩訶迦葉將諸比丘在耆闍崛山中集三藏，佛滅度後，文殊尸利、彌勒諸大菩薩亦將阿難集是摩訶衍。」見《大正藏》第二十五冊七五六頁中。

⓮《大品般若經·深奧品》說：「世尊！何等是十地？菩薩具足已，得阿耨多羅三藐三菩提。佛言：菩薩摩訶薩具足乾慧地、性地、八人地、見地、薄地、離欲地、已作地、辟支佛地、菩薩地、佛地，具足是地得阿耨多羅三藐三菩提。」見《大正藏》第八冊三四六頁中。

⓯**一切即一**：也稱一即多，多即一；或一即十，十即一。意指世界萬物同時構成一大

緣起法界，其中任何一物不能離開緣起的整體而存在；缺少任何一物，緣起法界也不復存在。

⑯**愍法師**：即法敏（公元五七九——六四五年），唐代僧。江蘇丹陽人，俗姓孫。研修大乘經論，曾就《六十華嚴》作《華嚴經疏》七卷。

⑰**雲法師**：即法雲（公元四六七——五二九年），南朝梁三大法師之一。義興陽羡（今江蘇宜興）人，俗姓周。屬成實學派，精通《涅槃經》，也注重研究《法華經》。現存有《法華經義記》八卷。曾奉敕主持光宅寺，創立僧制。

⑱**信行禪師**：又稱三階禪師，即隋代僧人信行（公元五四〇——五九四年）。魏郡（今河南安陽）人，俗姓王。創立三階教，著有《三階佛法》四卷等數十種著作。

⑲**始終二教**：即大乘始教和大乘終教。大乘始教，有大乘初門的意義，爲華嚴宗所判五教中的第二，又作分教；指爲從小乘開始進入大乘，而大乘根機尚未成熟的衆生所說的教法，於中又分作爲破除有執而說一切皆空的空始教，和雖廣泛分別法性與法相卻因事理未融而說五性各別的相始教二種。大乘終教，主張以法性統攝法相，認爲眞如隨緣所生的染淨諸法的體性本來清淨，進而主張「定性二乘」和「無性闡

提」都能成佛；與始教所說相比，此教已盡大乘至極之說，故得大乘終教之稱；也稱實教，位列華嚴五教判之第三。

第四章分判經典和辨析旨趣

譯文

關於分判經典和辨析旨趣，可從以下兩方面進行說明：先以教法爲依據，把佛陀的言教判釋爲五種，叫做五教；然後根據義理，把佛陀及菩薩諸聖所尊崇的旨趣分辨爲十種，稱爲十宗。

第一節判定五教

佛陀及菩薩諸聖所示言教千差萬別，概要地說只有五種：其一是小乘教，其二是大乘始教，其三爲大乘終教，其四爲頓教，其五爲圓教。

五教判中的頭一種是爲不理解大乘法空教理的聲聞、緣覺二乘所說的言教，最後一種則指特爲圓頓之大機所說的別教一乘。稱別教一乘爲圓教，是因爲《六十華嚴·入法界品》把爲善伏太子所說的言教叫做圓滿修多羅，即圓滿經。

中間的三種經典，可從如下三種意義上加以理解：第一，可將它們三者總括爲一，稱作三乘教。因爲這三種經典雖深淺有別，但都分別含有三乘教法，都能使聲聞、緣覺、菩薩三種根機的衆生得到益處。如第一章第二節分諸乘中依據《大品經》所說。

第二，可把這三種教法分別爲漸教和頓教兩種。大乘始教與終教所有的知解和修行都用語言文字表述，體現著由淺至深、從細微到顯著、因果相沿的遞進特點，因而共同叫做漸教。四卷《楞伽經》說：「漸，就像菴摩勒果，是逐漸成熟而非突然成熟的。」說的就是這個道理。頓教主張超越語言文字，就能立即顯現自身本具的理體，於剎那之間完成一切知解與修行，換言之，不起任何心念就是佛。四卷《楞伽經》說：「頓，如同明鏡映像，是一下子映現一切事物的形象，而非一個一個地反照。」說的就是這個道理。因爲一切事物現象本來就具有始終不變的理體，皆可自己體證，不必藉助語言文字，也不需要心智知解外物。維摩詰居士就是以默然無語表示眞正把握不二法門等教法的。此外，《大寶積經》中也說到了頓教修多羅，因而依據這個確立頓教的名稱。

第三，也可將它們分析爲三類。就是在漸教中再分別出始、終二教，相當於上述第三章第十節中玄奘依據《解深密》等經所建立的轉、照、持三法輪中的後面兩種法輪。《大法鼓經》以這個意義爲依據，把闡明諸法皆空的教法當做大乘的起始，而將論述如來藏完全具備一切法而與煩惱不離不異的教法視爲大乘的終結。該經說：「迦葉對釋迦牟尼說：諸部大乘經典多主張一切皆空。釋迦牟尼告訴迦葉說：一切談論空義的經典都是對於眞空妙有的教理說得不夠透徹，只有這部經說得最完善，不屬於說得不徹底的那一類。還有一點，迦葉！波斯匿王於十一月舉辦盛大的布施法會時，先是把飯施給那些餓鬼和孤弱貧窮而乞討的人吃，然後再隨應各位沙門和婆羅門各自的心願施以衆多的美味佳餚。諸佛世尊的做法也和波斯匿王一樣，針對衆生各種願望喜好而爲他們演說各種各樣的教法。如果有衆生精神渙散，違犯禁戒，不努力追隨佛法，棄捨關於論述如來藏恆常不變的經典，而樂於修學各種談論諸法皆空的經典。」經中還詳細地說了許多。按我的理解，這段經文是說：就談論空而沒有把空與不空講得徹底的教法而言，叫做始教；主張如來藏永恆不變的經典，則叫做終教。此外，《大乘起信論》中，在頓教的立場上，主張眞如超越語言思惟；從漸教的角度，則認爲眞如還要用語言表現。就依賴語言表現的眞如而言，該論還從始、終二教的立場出發，區別了空與不空兩種眞如。

第二節 辨析十宗

一、我法俱有宗，即主張主觀上的我與外在的事物都是眞實的存在。包括兩方面：其一是佛爲人、天衆生說善惡報應教義的人天乘，其二是犢子部等小乘派別。犢子部等認爲世界萬象可按集合分爲三類：第一類是由於許多原因條件相互作用而產生，因而有生滅變化，叫做有爲聚法；第二類是不依靠外因而有自性的事物，叫做無爲聚法；第三類爲無法歸入上二類的，叫做非二聚法。這三類中的前二類爲外在的事物現象，叫做法；後一類是主觀上的我。犢子部還把宇宙間的一切存在分作五類，叫做五法藏：一、過去藏，二、未來藏，三、現在藏，這前三藏總稱有爲聚法；四、無爲藏，即無爲聚法；五、不可說藏，指的是我，因爲不能說它是有爲聚法或是無爲聚法，所以也就是非二聚法。

二、法有我無宗，即主張存在於過去、現在、未來三世中的所有事物都是眞實的，但主觀上的我卻不存在。指說一切有等小乘部派。認爲世界萬物可歸結爲二類，也可歸結爲四類或五類。二類法包括：一、精神現象，叫做名；二、物質現象，叫做色。四類法即指存在於過去、現在、未來三世中的法和無爲法。五種法包括：一、精神作用的主體，叫做心法；二、相應於心法而產生的心理活動與精神現象，叫做心所法；三、物質現象，叫做色法；四、指既不屬於色法，也不屬於心法，又不是相應於心法而產生的有爲法，叫做心不相應法；五、指不是由於原因條件的相互作用而產生、無生滅變化的絕對存在，叫做無爲法。由此這些派別認爲世界上的一切事物現象都全部是眞實存在著的。

三、法無去來宗，指大衆部等小乘派別。認爲無爲法和現在存在的有爲法有實體，各種事物在過去、未來則無實體。

四、現通假實宗，指說假部等小乘派別。認爲一切事物於過去、未來二世中沒有實體；於現在也只是五蘊法有實體，十二處及十八界則假有不實。這就是說，我們不能確認現在所見的同一事物現象是有抑或是無實體，這取決於其屬於五蘊還是屬於十二處、十八界。宗奉《成實論》的經量部支系，也讚同這種主張。

五、俗妄眞實宗，指說出世部等小乘派別。主張一切世俗事物都是假名、不眞實，因爲它們是人們的虛妄分別；只有出世的佛教眞理才是眞實的，因其不屬於人們的虛妄分別。

六、諸法但名宗，指一說部等小乘派別。認爲主觀上的我和世間出世間、有煩惱無煩惱的一切事物都只是假名，而沒有實體。這一部派的教義與大乘始教有相通之處，比較一下就能知道。

七、一切皆空宗，指大乘始教。主張一切事物現象都是眞空，這種眞空不是迷妄之心所能想像的空，因其本來就是無分別的空。如般若等經就這樣認爲。

八、眞德不空宗，指大乘終教。該教諸經宣說一切事物現象最終都歸結爲一眞如，這是因爲如來藏即覆藏於煩惱中的眞如有自體，完全具備一切事物現象以及無數清淨的性質。

九、相想俱絕宗，即以消除認識上的主客對立爲旨趣。頓教中就是用超越語言、思惟的教法，直接表現無法通過語言文字表達的眞理，就像維摩詰居士以默言無語顯示眞正契入不二法門一樣。參見前文所述即可明白。

十、圓明具德宗，指別教一乘。主張每一事物現象都完全具備一切功德，萬法互為主體和從屬而互不相礙，重重無盡。

原典

第四章分教開宗

分教開宗者，於中有二：初就法分教，教類有五；後以理開宗，宗乃有十。

第一節五教判

聖教萬差，要唯有五：一、小乘教，二、大乘始教，三、終教，四、頓教，五、圓教。

初一即愚法二乘教，後一即別教一乘。以經本中下文內，為善伏太子所說，名為圓滿修多羅❶故，立此名也。

中間三者，有其三義：一、或總為一。謂一三乘教也，以此皆為三人所得故。如上所引說。

二、或分爲二，所謂漸、頓。以始終二教所有解行，並在言說，階位次第，因果相承，從微至著，通名爲漸。故《楞伽》云：「漸者，如菴摩勒果❷，漸熟非頓。」❸此之謂也。頓者，言說頓絕，理性頓顯，解行頓成，一念不生，即是佛等。故《楞伽》云：「頓者，如鏡中像，頓現非漸。」❹此之謂也。以一切法本來自證，不待言說，不待觀智。如淨名以嘿顯不二❺等。又，《寶積經》中，亦有說頓教修多羅❻，故依此立名。

三、或開爲三。謂於漸中開出始終二教，即如上說《深密經》等，三法輪中後二是也。依是義故，《法鼓經》中以空門爲始，以不空門爲終。故彼經云：「迦葉白佛言：諸摩訶衍經，多說空義。佛告迦葉：一切空經是有餘說，唯有此經是無上說，非有餘說。復次，迦葉！如波斯匿王當十一月設大施會，先飯餓鬼孤貧乞者，次施沙門及婆羅門甘饍衆味，隨其所欲；諸佛世尊，亦復如是，隨諸衆生種種欲樂，而爲演說種種經法。若有衆生，懈怠犯戒，不勤隨順，捨如來藏常住妙典，好樂修學種種空經。」❼乃至廣說。解云：此則約空理有餘，名爲始教；約如來藏常住妙典，名爲終教。又，《起信論》中，約頓教門，顯絕言眞如；約漸教門，說依言眞如。就依言中，

約始終二教，說空、不空二眞如也。❽

第二節十宗判

一、我法俱有宗。此有二：一、人天乘，二、小乘，小乘中犢子部等。彼立三聚法：一、有爲聚法，二、無爲聚法，三、非二聚法。初二是法，後一是我。又，立五法藏：一、過去，二、未來，三、現在，四、無爲，五、不可說。此即是我，不可說是有爲無爲故。

二、法有我無宗。謂薩婆多等，彼說諸法，二種所攝：一名，二色。或四所攝，謂三世及無爲。或五，謂一心，二心所，三色，四不相應，五無爲。故一切法皆悉實有也。

三、法無去來宗。謂大衆部等，說有現在及無爲法，以過未體用無故。

四、現通假實宗。謂法假部等，彼說無去來，現在世中諸法在蘊可實，在界處假。隨應諸法，假實不定。成實論等經部別師，亦即此類。

五、俗妄眞實宗。謂說出世部等，世俗皆假，以虛妄故；出世法皆實，非虛妄故。

六、諸法但名宗。謂說一部等，一切我法，唯有假名，都無體故。此通初教之始。準知。

七、一切法皆空宗。謂大乘始教，說一切諸法，悉皆眞空。然出情外，無分別故。如般若等。

八、眞德不空宗。謂如終教諸經，說一切法唯是眞如，如來藏實德故，有自體故，具性德❾故。

九、相想俱絕❿宗。如頓教中，顯絕言眞理等，如淨名嘿顯。準知。

十、圓明具德宗。如別教一乘，主伴具足，無盡自在，所顯法門是也。

注釋

❶**圓滿修多羅**：指《華嚴經》。修多羅，爲梵文sūtra的音譯，意譯作經。此係《華嚴經》中自稱之語。《六十華嚴》卷五十五說：「爾時，如來知諸衆生應受化者，而爲演說圓滿因緣修多羅。」後面的重頌又說：「顯現自在力，演說圓滿經，無量諸衆生，悉受菩提記。」見《大正藏》第九冊七四九頁上和七五〇頁中。

❷**菴摩勒果**：梵文āmala的音譯，是一種類似豆莢、長約十多公分的果實，味酸甜，食用與藥用皆可。

❸此語出自四卷《楞伽經》第一卷〈一切佛語心品〉第一。見《大正藏》第十六冊四八五頁下至四八六頁上。

❹四卷《楞伽經．一切佛語心品》說：「譬如明鏡頓現一切無相色像。」見《大正藏》第十六冊四八六頁上。

❺淨名以嘿顯不二，此典故出自《維摩經．入不二法門品》。參見《大正藏》第十四冊五五一頁下。

❻《大寶積經論》卷一說：「未曾受持者，雖至耳識道，不受持諸頓教說，及諸修多羅法謗。以是義故，如來說此修多羅。」見《大正藏》第二十六冊二〇八頁下。

❼此段引文出自《大法鼓經》卷下。見《大正藏》第九冊二九六頁中。

❽此段文字取意於《大乘起信論》所說：「心眞如者，即是一法界大總相法門體。」至「以有自體具足無漏性功德故」。見《大正藏》第三十二冊五七六頁上。

❾**性德**：指本來就具備的無數清淨的性質。

⑩**相想俱絕**：指消除認識對象與認識能力的對立。相，此指外在的認識對象；想，此指主觀的認識之心。

第五章從分析綜合的觀點看待諸乘和五教的關係

譯文

第一節五教的分立與整合

首先，說說五教的關係。這五教相互會通含攝，可表現在五個方面：其一，五教可整合為一種教法，指的是將上述五種根本教法與枝末教法融會成一種既使圓教的法體保留無遺，又能應機現出有一定程度差異從而攝化各種衆生的教法，叫做大善巧法。其二，也可將五教分為兩類，一是根本教法，指別教一乘為其餘四教的根本；二是枝末教法，意指小乘及三乘教法都依據一乘而成立。根本與枝末教法又可分別叫做究竟教及方便教，這是因為別教一乘所闡明的教理至高無上，而相對於別教一乘而言，小乘教和三乘教都是權設的教法。其三，五教也可分為三類，即一乘教、三乘教和小乘教，這是由於從上面所說的方便教法中又分立出了為不理解大乘法空道理的聲聞、緣覺而說的愚法小乘教。其四，五教還可分爲四類：小乘教、漸教、頓教和圓教，這是由於大乘始、終二教都藉助語言文字表現其教理等的緣故。五教各各獨立，理由如第三章第一節五教判中所說。

第二節以五教融攝諸乘

用五教融攝諸乘表現爲兩個方面：

先來看看一乘，在五教中一乘有五種：一是別教一乘，二爲同教一乘；以上兩種一乘都隨圓教而建立。三是絕想一乘，這種一乘主張超越語言、思惟，如《楞伽經》就是這樣，屬於頓教。四爲佛性平等一乘，主張一切衆生都能成佛，屬於終教。五爲密義意一乘，即這種一乘的旨趣是通過三乘教法隱蔽地表現出來的，認爲佛說一乘有八方面的旨趣等，爲隨應始教而建立。

第二，三乘在五教中也有五種：一、是始別終同三乘，隨小乘教而設立；最初的修行各自不同，但最終所得佛果是相同的，因爲都成就了羅漢果。二、爲始終俱別三乘，隨始教而建立；其修行與結果都不相同，最後唯獨菩薩成佛，種性已經決定的聲聞、緣覺二乘則灰身入滅。三、爲始終俱同三乘，係隨終教而立；最初的因行與最後所證佛果都是一致的，最終皆能成佛。四、爲始終俱離三乘，爲依頓教而設立；這三乘起初的因行與最後證果都棄捨了外界對象的「相」和主觀思惟的「想」的對立。五、爲始終俱同三乘，係依據圓教而設立；如《法華經》所說：他們最初的修行是相同的，都是進入一乘的方便，最終也都能成佛。

第三節 五教相互融攝

五教之間相互融攝表現爲兩個方面：一是以根本教法爲依據建立枝末教法，叫做以本收末；二是將枝末教法歸結爲根本教法，叫做以末歸本。

第一，以本收末方面，圓教中要麼是只有一個圓教；因爲在別教一乘看來，所有的教法都是一乘，其間沒有什麼差別的跡象；要麼是五教並立，因爲從同教一乘的立場來看，圓教除其自身外，還融攝了其餘四教作爲方便教。在頓教中，或者是只有一個頓教，也是由於從頓教的立場看，一切教法的差別都已消失殆盡；或者是四教並立，因爲頓教除其自身外，還以始、終二教和小乘教爲方便教法。終教中或者是只有一終教，或者是終教、始教和小乘教三教共存；始教中要麼是只有一始教，要麼是始教和小乘教二教並立；小乘教仍是一個小乘教。都可參照上文推知。

第二，關於以末歸本方面，小乘教中或者只有一個小乘，這是以自宗立場為標準的結果；或者有五個小乘教，是說小乘教既以自宗存在，又位居後面四教之初，作為後四教的方便。始教中，或者只有一個始教，這是始教自家的觀點；或者有四個始教，意思是始教除作為自身存在外，還為後面三教作了方便教。終教中要麼是只有一個終教，要麼是有三個終教；頓教中或者是只有一個頓教，或者是有二個頓教；圓教中則只是一個圓教。這些都可參照上文加以理解。

因此諸教名義下所說的道理，具有相互交叉聯繫又深淺有別的特點，望讀者參考這裡的論述思索一番。這樣，關於五教間本末融攝的數句命題就構成了一張巨大的佛教法網，其中既包容了圓教的法體，又能應機現出各種教法，教化各種根機的衆生。所以《華嚴經》所謂：「把佛教法網張大，放入生死輪迴的苦海，打撈人、天等衆生，將他們送往涅槃的彼岸。」說的就是這個意思。

原典

第五章乘教開合

第一節諸教開合

初，約教者。然此五教相攝融通，有其五義：一、或總爲一。謂本末鎔融，唯一大善巧法❶。二、或開爲二。一本教，謂別教一乘，爲諸教本故；二末教，謂小乘、三乘，從彼所流故。又名究竟及方便，以三乘、小乘望一乘，悉爲方便故。三、或開爲三。謂一乘、三乘、小乘教，以方便中開出愚法二乘故。四、或分爲四。謂小乘、漸、頓、圓，以始終二乘俱在言等。五、或散爲五。謂如上說。

第二節以教攝乘

以教攝乘者有二：

先一乘，隨教有五：一、別教一乘，二、同教一乘，三、絕想一乘，如《楞伽》，此頓教。四、約佛性平等爲一乘等，此終教。五、密義意一乘，如八意等，此約始教。

二明三乘，亦有五：一、小乘中三，謂始別終同，以俱羅漢故。二、始教中三，始終俱別，以有入寂故。三、終教中三，始終俱同，並成佛故。四、頓教中三，始終俱離。五、圓通中三，始終俱同，汝等所行是菩薩道故。

第三節諸教相收

諸教相收者有二門：一、以本收末門，二、以末歸本門。

初中於圓內，或唯一圓教，以餘相皆盡故；或具五教，以攝方便故。頓教中或唯一頓教，亦以餘相盡故；或具四教，以攝方便故。熟教中或一或三，初教中或一或二，小乘中唯一，皆準上知之。

二、以末歸本。小乘內或一，以據自宗故；或五，謂於後四教皆有爲方便故。初教中或一，是自宗故；或四，謂於後三教皆有作方便故。熟教中或一或三，頓教中或一或二，圓教中唯一，皆準上知之。

是諸教下所明義理交絡分齊，準此思之。是則，諸教本末句數結成教網，大聖善巧，長養機緣，無不周盡。故此經云：「張大教網，置生死海，漉人天魚，置涅槃岸。」❷此之謂也。

注釋

❶**大善巧法**：指統攝五教的佛教教法，即全部佛教。大，比喻包羅圓教的法體無遺；善巧，喻圓教可以方便應機現出深淺不同的教理，隨機攝化各種衆生。

❷《華嚴經．入法界品》說：「張大教網，亙生死海，諸調伏者攝而取之，長養善根。」該經〈離世間品〉又說：「菩薩金翅王，生死大海中，搏撮天人龍，安置涅槃岸。」（見《大正藏》第九冊七七三頁下和六七〇頁下）法藏於此處是依據這兩段文字的意義綜合引用。

第六章經典出現的時間有先有後

譯文

第一節與法性相稱的根本言教

契合法性的根本教法指的是別教一乘。即是說，佛陀證得無上正覺的第二個星期，在伽耶城南菩提樹下，如同太陽出來最先照耀高山一般，於海印三昧的禪定境界中，同時演說十十無盡的教義，即闡述世界萬象無論是形體上極細小或粗大，還是數量上極少或無量，抑或是時間上存在於九世、十世之中，彼此之間皆互為主體與從屬，相互融攝，又互不相礙，就像帝釋天宮殿飾網上的寶珠無限交錯、重重影現一樣。這就是說，在佛陀進入海印三昧這個時候，世界萬物之間的一切原因與結果、本體與現象等關係，佛陀初成正覺及之後的一切教法，乃至佛法衰頹時代見聞、流通佛舍利等事，都在佛陀澄靜的心中同時顯現了出來。

第二節針對三乘等根機所說的枝末言教

逐機末教，指對應三乘、小乘等根機的衆生而說的枝末教法。以佛陀演說別教一乘的時間、地點爲標準，它可區分爲兩種：第一種爲同時異處所說，指佛說三乘、小乘等末教的時間與說別教一乘相同而地點不一致；第二種爲異時異處說，指佛說三乘、小乘等枝末教法的時間、地點與說別教一乘的都不相同。其中前一種是同教三乘、小乘，因爲三乘、小乘等末教不但沒有離開一乘本教，而且是依靠本教而成立的；後者表示三乘、小乘等末教分離了本教一乘，不與本教相一致。

原典

第六章敎起前後

第一節稱法本敎❶

初者，謂別教一乘。即佛初成道第二七日，在菩提樹下，猶如日出先照高山，於海印定❷中同時演說十十法門，主伴具足，圓通自在，該於九世十世❸，盡因陀羅微細境界。即於此時，一切因果理事等，一切前後法門，乃至末代流通舍利見聞等事，並同時顯現。

第二節逐機末教❹

逐機末教者，謂三乘等有二義：一、與一乘同時異處說，二、異時異處說。初義者，是同教故，末不離本故，依本而成故。後義者，本末相分故，與本非一故。

注釋

❶**稱法本教**：又作稱性本教，與「逐機末教」相對應，指契合法性的根本教說。華嚴宗用以指稱《華嚴經》的旨趣。

❷**海印定**：又作海印三昧、海印三摩地、大海印三昧，為梵文sāgaramudrā-samādhi的譯稱。華嚴宗以之作為《華嚴經》七處八會所依據的總定。海印，是比喻，即以波平水澄的大海能映現天邊萬象，譬喻入此定時佛陀的心中至為清淨湛然，三世一切諸法無不同時炳然顯現。

❸**九世十世**：過去、現在、未來三世各具三世，合爲九世。即過去之過去、過去之現在、過去之未來、現在之過去、現在之現在、現在之未來、未來之過去、未來之現在和未來之未來。華嚴宗人認爲此九世相即相入，總爲一念，總別合計而爲十世。

❹**逐機末敎**：指順應小乘、三乘等根機所說的枝末教法。華嚴宗用以指代《華嚴經》以外的其餘經典的主張都從《華嚴經》衍生。

第七章判斷諸教產生先後的意義

譯文

第一節小乘根機固定的衆生

有些衆生在現在這個世界中小乘根性始終不變，其表現就是看到釋迦牟尼從成道之時起直至涅槃入寂說的都只是小乘教法，未曾看到佛陀宣講大乘教法。小乘諸教派中堅持不相信大乘教義者就屬於這一類。

第二節小乘根性不固定的衆生

有的衆生在現在這個世界中小乘根性尚未決定，所以能在接受大乘始教的教法之後才固定其根性。其特點就是看到如來佛最初宣說小乘教法、批駁佛教之外其他宗教哲學派別，後來發現佛陀講述大乘始教教法，即用諸法皆空的道理迴轉諸小乘之心趣向大乘。《中論》開頭部分論述的就是這種意見。

第三節小乘及始教根性不固定的衆生

有的衆生在現在這個世界中小乘及始教根性沒有固定，所以其根性能在領會終教教法之後馬上決定下來。這是指這類衆生起初看到佛陀教導小乘教法，中間階段上理解了佛陀所說一切皆空的教義，到後來又接受了佛陀關於如來藏完全具有一切事物現象因而不空的教導。《解深密經》等佛典就是這樣主張的。

第四節漸教根性不固定的衆生

有的衆生漸教根性沒有固定，所以能在悟入頓教教法之後立即決定其根性，他們明白佛陀最初語言表述出來的教法尚未達到最高境界，後來揭示的超越語言文字的教法才是境界無上。《維摩經·入不二法門品》中前三十二位菩薩與文殊演示的不二教法都藉助於語言，後來維摩詰居士不用語言表現出的教法才是至高無上的境界。說的就是這種情況。

第五節頓教根性固定的衆生

有些在現世中頓教根機成熟就固定其根性的衆生認爲，佛陀早自證悟得道起直至入滅，未曾說過一字。如《楞伽經》就持這種觀點。《涅槃經》還說：「如果得知如來佛始終沒有宣講過教法，就叫做菩薩聽聞受持了完滿的經法說教」等等。

第六節三乘根性固定的衆生

有些在現世中三乘根性固定的衆生認爲，佛陀從成就最上正覺以來就宣說三乘教法，直到圓寂也沒有講過其他的教法。前文第六章第二節所引《密迹力士經》及《大品般若經》的觀點就是如此。

第七節三乘根性不固定的衆生（上）

有些在現世中三乘根性並未固定因而能理解同教一乘教法的衆生懂得，自己所掌握的教法，都是依據一乘無盡緣起的教法而得以建立，是同教一乘方便施設的言教；

因此捨去已經修持的各種三乘教法，以追求一乘的旨趣。如以三乘的方便教法歸入圓融無盡的一乘教法等。又如上文第六章第二節關於佛陀宣說三乘教法與講解一乘同時的論述等。

第八節三乘根性不固定的衆生（下）

有些在現世中三乘根性並未固定因而能接受別教一乘教法的衆生，知道三乘等教法本來就與別教一乘沒有區別。什麼原因呢？因爲三乘等教法是華嚴圓教法網上的孔目，與別教一乘的教法沒有什麼不同之處。《法華經》關於同教的論述就是這樣。

第九節普賢根機的衆生

有些在現世中具有普賢根性的衆生，觀見如來佛從開始獲得正覺直至涅槃所開示的一切佛法，無不是在成佛後的第二個星期中在海印三昧的禪定境界中隨心所欲演說出來的；其中各門具體教說各各互爲主導與從屬、相互容攝，其重重無盡的情形就像因陀羅網上的寶珠普遍而無限地相互映照一樣。這些衆生還始終沒有見到佛陀演說三乘、小乘等方便教法。《華嚴經》別教一乘中所說的情況就屬於這一種。這是相對於普賢教法及其見聞、解行二生的立場而言的。

第十節證悟盧遮那佛境界的衆生

有些衆生已經圓滿成就了對於別教一乘的了知與修行，因而證悟了超越一切語言思惟的毘盧遮那佛境界。他們發現以上所說各種教法，都是毘盧遮那佛所證無盡圓融之境界在一定條件下的產物，根本不是什麼另外的東西；因此，各種教法都屬於無盡圓融的境界，這種境界功德無量而超越語言思惟，因而不能用語言表說。這是從別教一乘關於三生成佛之證入生的立場所作的判斷，其餘的內容可以依據這個來理解。

原典

第七章決擇前後意

第一節小乘定根

或有衆生於此世中，小乘根性始終定者，即見如來從初得道乃至涅槃，唯說小乘，未曾見轉大乘法輪。如小乘諸部，執不信大乘者是。

第二節小乘不定根

或有衆生於此世中小乘根不定故，堪進入大乘初教即便定者，即見如來初時轉於小乘法輪翻諸外道，後時見轉大乘初教，即空法輪迴諸小乘。如《中論》初說❶者是。

第三節小乘及初敎不定根

或有衆生於此世中於小乘及初教根不定故，堪入終教即便定者，即初時見轉小乘法輪，中時見轉空教法輪，後時見轉不空法輪。如《解深密經》等說者是。

第四節漸敎不定根

或有衆生於此漸教中根不定故，堪入頓教即便定者，即見初示言說之教猶非究竟，後顯絕言之教方爲究竟。如《維摩經》中初三十二菩薩，及文殊等所說不二，並在言說中；後維摩所顯絕言之教，以爲究竟者是。

第五節頓敎定根

或有衆生於此世中頓悟機熟即便定者，即見佛從初得道，乃至涅槃不說一字。如《楞伽》說❷。又，《涅槃經》云：「若知如來常不說法，是名菩薩具足多聞」❸等。

第六節三乘定根

或有衆生於此世中三乘根性定者，見佛從初即說三乘教法，乃至涅槃更無餘說。如上《密迹力士經》及《大品經》說者是。

第七節三乘不定根（上）

或有衆生於此世中三乘根不定故，堪進入同教一乘者，即見自所得三乘之法，皆依一乘無盡教起，是彼方便阿含施設，是故諸有所修皆迴向一乘。如會三歸一等。又如上所引三乘與一乘同時說者等。

第八節三乘不定根（下）

或有衆生於此世中三乘根不定故，堪可進入別教一乘者，即知彼三乘等法，本來不異別教一乘。何以故？爲彼所目故，更無異事故。如《法華經》同教說者是。

第九節普賢機

或有衆生於此世中具有普賢機者，即見如來從初得道，乃至涅槃，一切佛法，普於初時第二七日海印定中自在演說，無盡具足，主伴無窮，因陀羅網，微細境界；本來不見說三乘、小乘等法。如《華嚴經》別教中說者是。此約普賢教分見聞❹及解行❺處說。

第十節證入果海

或有衆生於一乘別教解行滿足已，證入果海者，即見上來諸教，並是無盡性海隨緣所成，更無異事。是故，諸教即是圓明無盡果海，具德難思，不可說不可說也。此約一乘入證❻分齊處說，餘可準知。

注釋

❶《中論》卷一中說：「先於聲聞法中說十二因緣，又爲已習行有大心堪受深法者，以大乘法說因緣相，所謂一切法不生不滅、不一不異等，畢竟空無所有。」見《大正藏》第三十冊一頁中。

❷四卷《楞伽經．一切佛語心品》說：「我從某夜得最正覺，及至某夜入般涅槃，於

其中間不說一字，亦不已說當說。」見《大正藏》第十六冊四九九頁上。

❸這段話出自該經〈光明遍照高貴德王菩薩品〉。見《大正藏》第十二冊五二〇頁中。

❹**見聞**：即見聞生，又作見聞位，爲華嚴宗所說三生成佛的第一生。意指觀見別教一乘之三寶及佛門良師經典的境界，聽聞如來所說之教法及良師開導的教理，從而具備獲得無礙解脫之可能性。

❺**解行**：即解行生，又作解行位，爲三生成佛的第二生。意指由見聞別教一乘之境界的作用，而獲得對於一乘無盡緣起的教法最圓滿深刻的了知，並身體躬行所知解的教理。

❻**入證**：即證入生，又作證入位、證果生、證果海位，爲三生成佛的第三生。意指由解行圓滿而得證佛果菩提，即成就無上圓滿之妙果。

第八章比較別教一乘和三乘的教相差別

譯文

第一節時間不同

時間不同，是指別教一乘爲佛陀在剛成道的第二個星期中講述出來，其情形就像太陽出來最先照耀高山等物一樣。由此《十地經論》卷一說：「這是爲了表示別教一乘的教法殊勝，所以在開始的時候及殊勝的場所講說。」如果確是這種原因，爲什麼佛陀不在證道後的第一個星期中就宣講它呢？這是由於在成佛的頭一個星期中釋迦牟尼在思考如何把自己所證悟的眞理用於教化衆生行等的緣故，就像《十地經論》卷一中解釋的那樣。再者，這第二個星期的時間，就像因陀羅網上的明珠無限地相即相入一樣，也融攝一切時間，在此之前或其後各不可用數字表示的大劫和貫通前後的三世，都一起融攝在這一個星期中。三乘等言教就不是這樣，它們爲佛陀在不確定的時間中對應不同根機的衆生所說，有的時間較早，有的則較後，這前後不定的時間也不能在一個時間裡融攝所有的劫世等時間。

第二節 場所不同

地點不同，是說別教一乘爲佛陀在華藏世界中無數珍寶裝飾的菩提樹下所講說，因而融攝了七個場所中的八次法會等內容，其餘不能用語言描繪的無數世界也都同時融攝其中。這是因爲這一地點與其他一切場所相即相入等的緣故……三乘等經典就不是這樣，它們爲佛陀在娑婆世界的華鉢羅樹下所說，那裡也沒有一個地點與一切場所相即相入等情況。

如有人問：若是這樣，爲什麼《佛地經》等也是在佛國淨土中講說出來的呢？答覆是這樣：《佛地經》只說在光曜宮殿等場所，那裡具備有十八種圓滿殊勝的功德，也沒有另外指出摩揭陀國等地方。因爲這部經是爲歡喜地以上的法身菩薩述說佛地的功德，所以是在三界以外諸佛所住的受用土中。這是三乘終教及同教一乘的說法。像這部《華嚴經》，都說是在華藏世界內摩揭陀國等地講述的，沒有說在娑婆世界中，也沒有說在欲、色、無色的三界以外，由此可以得知別教一乘與三乘的說法地點有區別。

第三節說法的主體不同

說法的主體不同，是指別教一乘爲毘盧遮那解境十身及無窮無盡的器世間、衆生世間和智正覺世間所說。如《華嚴經・普賢行品》所言：「佛說菩薩說，寺院說衆生說，過去、現在和未來的一切都在說」等。三乘經典就不是這樣，爲化身佛和報身佛等所說。

第四節聽衆不同

聽法人不同，是說《華嚴經》的開頭，只列有普賢等菩薩及毘盧遮那佛華藏世界中的各種神王在座。不像三乘等經典，或者只以聲聞爲聽衆，或者是針對菩薩、聲聞二衆等衆生而說。

問：如果這樣，爲什麼《華嚴經》第九逝多園林法會中有聲聞作聽衆呢？

答：第九會中列有聲聞的意義有兩種：其一，是藉聲聞作參照物以顯示一乘教法，即爲了以聲聞如聾者盲人一樣看不見聽不到來說明一乘教法的深邃而圓滿；其二，文殊離開第九會辭佛南行時所帶領的六千名比丘，不是上述第一種意義上的諸大聲聞。他們都是已經在三乘教中被教化迴轉三乘認識追求一乘旨趣的聲聞，所以這樣說的。

第五節 講經時所依據的智慧不同

講經時所依據的智慧不同，是說別教一乘從佛的海印三昧禪定智慧中產生；不像三乘等經典，以佛的後得智爲根據而說。

第六節 說法的內容不同

所說不同，是指別教一乘在一個場合講說一種現象、一個教義、一篇經文、一次法會時，必然連結貫通十方一切世界都同樣如此說，彼此各各互爲主體與從屬，含容無盡，共同構成一部經典。因此，《華嚴經》中的任何一個文字一段話，都遍及十方；多個文字多種句子，也都全部與十方貫通。三乘等經典就不是這樣，僅就一個場所一種相狀而說，沒有別教一乘中的主體與從屬相互融通等情形。

第七節階位不同

階位不同，是說別教一乘的所有階位上下齊備，一一階位中還能容攝一切階位。因此，上至佛位等各種較高的階位，存在於信位等最初的階位中；其餘的階位也都這樣和所有的階位相互容融。三乘教中的階位就不是這樣，某一階位只能存在於特定的上下層次中，階位之間都互不相容貫通。

第八節修行不同

修行不同，是說任何一位修持別教一乘的菩薩都達到了十信等六個修行階段，這六個修行階段中的任何一個所具有的進入或出離禪定狀態等特徵不同的實踐行爲都可被同時修持。比如在東方一切世界中一直處於進入禪定等狀態，同時又在西方一切世界中始終實踐著供養佛等修行，這樣，就能在十方世界中全部實踐各種不同的修行，又毋需變化出各種身體，在佛陀講演某部經典所用的時間之中或者在一閃念之間都能普遍使一切修行圓滿，每一閃念中也都如此。十信階段上的十種心修滿以後，其餘每一階位也都這樣被同時全部修持，它們之間沒有孰優孰劣之分。別教一乘中還表現出一種修行與一切修行相即相入，以及這些修行境界和貫穿在因陀羅網上的明珠相互融攝類似等情形。三乘教中的修行就非如此，歡喜地以上階位的法身菩薩之間的修行尚各有程度上的差別，何況地位以前的凡夫菩薩的修行呢？

第九節教法不同

關於教法不同，這裡簡要地舉出十種差別來加以說明：一、三乘教中認爲佛有法、報、應（化）三身，別教一乘則主張佛身有十種；二、三乘教中認爲神通有六種，別教一乘則主張有十種神通；三、三乘教主張有全面了知宿命等三種對象的智慧，別教一乘則認爲十地菩薩具有十種智慧；四、三乘教認爲藉八種禪定之力能從渴求色和無色的貪欲中解脫出來，別教一乘則主張在拋棄煩惱、妄想或外物的束縛後，菩薩的身心能得到十種自由；五、三乘教主張佛菩薩說法時有四種無所畏懼，別教一乘則主張有十種無所懼怕;六、三乘教認爲視覺性的認識機能有五個,別教一乘則認爲有十個;七、三乘教主張有過去、現在、未來三個世界,別教一乘則認爲這三個世界相互融攝並共同與一念相即相入而有十世;八、三乘教認爲佛掌握苦、集、滅、道四種眞理,別教一乘則認爲難勝地位的菩薩有十種差別方便智慧;九、三乘教認爲辯論才能有法、義、詞、應(辯)四種,別教一乘則指出這種才能有十種;十、三乘教主張不與聲聞、緣覺共通而爲佛菩薩特有的功德法有十八種,別教一乘則指出菩薩擁有十種這樣的功德法。三乘教和別教一乘的教法在其他方面的差別不勝枚舉,詳盡地論述見於《華嚴經》。

第十節事象不同

事象不同,是指別教一乘認爲任一宅舍、樹林、水池、土地、山丘等事象,都是具體的教法,或者是修行,或者爲階位,或者是經典、教義等,而不妨礙其作爲某事象的存在。每一塵埃之中都具有全世界所有千差萬別的事物現象,因爲一切事物現象之間都彼此無限相即相入,就像貫穿於因陀羅網上的寶珠一樣;隨便以一個現象爲例，都是如此。三乘等教法就不這樣看待萬物，只主張一切事物現象都依賴一定的原因條件而存在，所以是空；又都與眞如相即不離，因此不同於別教一乘的觀點。三乘等教法還用神通這種超越語言思惟的特殊能力解釋事物現象可以暫時出現，而不認爲那些事物現象從來都是這樣的。

原典

第八章施設異相

第一節時異

時異，謂此一乘，要在初時第二七日說，猶如日出，先照高山等。故論云：「此示法勝故，在初時及勝處說」❶也。若爾，何故不初七日說？思惟因緣行等，如論釋❷。又，此即是時因陀羅網等故，即攝一切時，若前若後，各不可說劫，通前際後際，並攝在此一時中也。三乘等不爾，以隨逐機宜時不定故，或前或後，亦不一時收一切劫等。

第二節處異

處異，謂此一乘，要在蓮華藏世界海❸中衆寶莊嚴菩提樹下，則攝七處八會❹等，及餘不可說不可說世界海並在此中。以一處攝一切處故，……三乘等則不爾，在婆婆界木樹等處，亦無一處即一切處等。

問：若爾，何故《佛地經》等亦在淨土中說耶？

答：彼經但云在光曜宮殿等，具十八種圓滿，亦不別指摩竭提國等。以彼爲地上菩薩❺說佛地功德，故在三界外受用土中。此三乘終教及一乘同教說。若此《華嚴》皆云在華藏界內摩竭國等，不云娑婆內，亦不云三界外，故知別也。

第三節主異

主異，謂此一乘，要是盧舍那❻十身佛及無盡三世間❼說。如〈普賢行品〉云：「佛說菩薩說，剎說衆生說，三世一切說」❽等。不同三乘等，是化身及受用身等說。

第四節衆異

衆異，謂此一乘經首，唯列普賢等菩薩，及佛境界中諸神王衆。不同三乘等，或唯聲聞衆，或大小二衆等。

問：若爾，何故第九會[9]中有聲聞衆耶？

答：彼中列聲聞意者，有二種：一、寄對顯法故，爲示如聾如盲[10]顯法深勝也；二、文殊出會外所攝六千比丘，非是前所引衆。此等皆是已在三乘中令迴向一乘，故作是說也。

第五節所依異

所依異，謂此一乘教起，要依佛海印三昧中出。不同三乘等，依佛後得智[11]出。

第六節說異

說異，謂此一乘，此一方說一事一義一品一會等時，必結通十方一切世界皆同此說，主伴共成一部。是故此經隨一文一句，皆遍十方；多文多句，亦皆遍十方。三乘等則不爾，但隨一方一相說，無此主伴該通等也。

第七節位異

位異，謂此一乘所有位相上下皆齊，仍一一位中攝一切位，是故乃至佛等諸位，在信等位中；餘位亦然。三乘中則不爾，但隨當位，上下階降皆不相雜也。

第八節行異

行異，謂隨一菩薩，則具信等六位⑫，一一位中所有定散⑬等差別行相，並一時修。如東方一切世界中常入定等，西方世界中常供養佛等，如是十方世界中盡窮法界行，亦不分身，一時皆遍滿，一念皆遍修，一一念中亦如此。信位滿心已去，一一位皆如是修，更無優劣。又，一行即一切行等，通因陀羅網等。三乘則不爾，地上菩薩猶各有分齊，況地前⑭者乎？

第九節法門異

法門異，謂略舉十種以明之：一、彼有三佛，此有十佛；二、彼有六通，此有十通；三、彼有三明⑮，此有十明⑯；四、彼有八解脫⑰，此有十解脫⑱；五、彼有四無畏⑲，此有十無畏⑳；六、彼有五眼，此有十眼；七、彼說三世，此說十世；八、彼有四諦，此有十諦㉑；九、彼有四辯㉒，此有十辯㉓；十、彼有十八不共法㉔，此有十不共法㉕。餘門無量，廣如經說。

第十節事異

事異，謂隨有舍、林、池、地、山等事，皆是法門，或是行，或是位，或教義等，而不壞其事。仍一一塵中皆具足法界一切差別事，因陀羅微細成就，隨一事起，皆悉如是。三乘等則不爾，但可說即空即眞如等，故不同此也。又，若以神通不思議力容得暫現，非是彼法自恆如是。

注釋

❶此語出自《十地經論》第一卷。見《大正藏》第二十六冊一二四頁上。

❷《十地經論》卷一說：「何故不初七日說？思惟行因緣行故。本爲利他成道，何故七日思惟不說？顯示自樂大法樂故……。」見《大正藏》第二十六冊一二四頁上。

❸**蓮華藏世界海**：《華嚴經》認爲此世界是毘盧遮那佛於過去世發願修菩薩行所成就的清淨莊嚴世界。又作蓮華藏世界、華藏世界、華藏界等。該經載，此世界有無數風輪護持，其最上之風輪能持香水海，海中有一大蓮華；華藏界就處於此大蓮華中，廣大無邊，構造莊嚴，佛與衆生充滿其間。參見第一章第二節注釋❼。

❹**七處八會**：《六十華嚴》說佛陀是在七個場所八次聚會上講完《華嚴經》的。

❺**地上菩薩**：指初地以上的地位菩薩。《華嚴經》認爲菩薩修行經過一大阿僧祇劫，

能斷除一分之惑，證得一分之理，叫作初地，稱爲歡喜地。達到歡喜地之上的菩薩稱爲法身菩薩。

❻**盧舍那**：即毘盧遮那，爲梵文Vairocana的音譯，也作毘盧折那、毘樓遮那等，略稱盧舍那、盧遮那等；意譯光明遍照、大日遍照等。《華嚴經》說其爲報身佛，是華藏世界的教主；通三世間而有十身，相當於華嚴宗所說的解境十佛。

❼**三世間**：即三種世間的略稱。華嚴宗將世間分爲三類，其一是器世間，指衆生依止的處所；其二是衆生世間，指獲得正報的佛以外一切衆生；其三是智正覺世間，指能教化衆生的三身十佛。

❽此語出自《華嚴經．普賢行品》。見《大正藏》第九冊六一一頁上。

❾**第九會**：《八十華嚴》說佛陀講完《華嚴經》共經過七處場所九次法會。此指佛陀在逝多園林所講的第九次法會。

❿**如聾如盲**：《八十華嚴》第九會說，佛和文殊、普賢等五百大菩薩、大聲聞及無量世主聚會。佛以大悲入師子頻申三昧，遍照莊嚴十方世界各有不可說剎塵數菩薩來會，各現神變供養境界。這時諸大聲聞不知不見。

⓫**後得智**：梵文pṛṣṭha-labdhajñāna的譯稱，亦稱作後得無分別智、如量智、權智。與根本無分別智相對。指在獲得的邏輯次序上，位於根本無分別智之後並爲其所引，能了知依賴因緣而起的事物如幻之境。

⓬**六位**：指菩薩修行過程中的六個階段，即十信位、十住位、十行位、十迴向位、十地位和佛地位。

⓭**定散**：定心和散心的合稱。定心，指進入禪定狀態，其心集中在一個認識對象上；散心，指由禪定狀態恢復正常後，其心散亂動搖。

⓮**地前**：指菩薩修行過程中處於十地之第一歡喜地以前的階位。與地上菩薩稱爲法身菩薩相對，地前菩薩稱爲凡夫菩薩。

⓯**三明**：梵文tri-vidya的意譯，又作三達、三證法。指全面了知三種對象的智慧。即㈠宿命明，指明白了知我及衆生的一生乃至百千萬億生之相狀的智慧。㈡天眼明，指在衆生生死之際了知其善惡行爲及歸宿等生死相狀的智慧。㈢漏盡明，指了知如實證悟四諦眞理、滅除一切煩惱等的智慧。

⓰**十明**：指十地菩薩所具有的十種智慧，爲十通在《六十華嚴・十明品》中的譯稱。

⑰**八解脫**：指依靠八種禪定而斷除對色和無色的貪欲。

⑱**十解脫**：指菩薩拋卻煩惱、妄想或外物等的束縛後身心所得到的十種自由。即：㈠煩惱解脫，㈡邪見解脫，㈢熾然解脫，㈣陰界入解脫，㈤超出聲聞緣覺地解脫，㈥無生法忍解脫，㈦不著一切佛刹一切衆生一切諸法解脫，㈧住無量無邊諸菩薩住解脫，㈨離一切菩薩行住如來地解脫，㈩一念了知三世一切諸法解脫。

⑲**四無畏**：又作四無所畏。指佛菩薩説法時具有四種無所懼怕之自信而勇猛安穩。即：㈠總持説法無畏，㈡知法樂及衆生根欲性心説法無畏，㈢善能回答説法無畏，㈣能斷物疑説法無畏。

⑳**十無畏**：十種無畏的略稱。又作十無所畏。指十迴向之第十法界無量迴向位的菩薩所具有的十種不懼怕：㈠聞持無畏，㈡辯才無畏，㈢二空無畏，㈣威儀不缺無畏，㈤三業無過無畏，㈥外護無畏，㈦正念無畏，㈧方便無畏，㈨一切智心無畏，㈩具行無畏。

㉑**十諦**：指十地之第五難勝地位的菩薩所具有的差別方便智有十種：㈠世諦，㈡第一義諦，㈢相諦，㈣差別諦，㈤説成諦，㈥事諦，㈦生諦，㈧盡無生智諦，㈨令入道

智諦，(十)一切菩薩次第成就諸地起如來智諦。

㉒**四辯**：指四種自由自在而無所滯礙的理解能力和語言表達能力。即法、義、詞、應（辯）四辯。

㉓**十辯**：指菩薩具有十種非同尋常的論辯才能。即(一)不妄取辯，(二)無所行辯，(三)無所著辯，(四)悉空無辯，(五)無闇障辯，(六)佛所持辯，(七)不由他悟辯，(八)巧方便說句味身辯，(九)說衆生辯，這九種是針對一切事物現象的；(十)等觀衆生令歡喜辯，這一種是以衆生爲對象的。

㉔**十八不共法**：指不與聲聞、緣覺共通，而爲佛、菩薩所特有的十八種功德法。

㉕**十不共法**：《華嚴經》指出菩薩所特有而不與聲聞、緣覺共通的功德法，有修習六度、攝取衆生隨順攝道等十種。參見《大正藏》第九冊六五〇頁下至六五一頁中。

第九章五教間的教義差別

第一節認知主體及其作用不同

譯文

小乘教只認爲有眼、耳、鼻、舌、身、意六種精神作用即六識，在意義上則將其分爲心、意、識三種。如小乘的《俱舍論》所說。對於阿賴耶識，小乘教僅提到了它的名稱，如《增一阿含經》中就有這個概念。

大乘始教只掌握了阿賴耶識隨順因緣而有生滅變化這一方面的道理，因其對於眞如具有的不變、隨緣兩方面意義沒有加以融會貫通，僅僅說到眞如凝然不變不產生一切事物現象。從依賴一定條件而產生、滅亡的事物現象中建立阿賴耶識，就是認爲它是因善惡業因所薰習、以業等種子爲間接原因所產生的果報，叫做異熟報識；它是萬物得以存在的依據。

大乘終教對於阿賴耶識認識到了如來藏所具有的不生不滅的理及其隨緣生起諸法的事兩方面的內容相互融通，所以《大乘起信論》只是說：「不生不滅的如來藏與有生有滅的萬物相互作用，既互不捨離，也不過於接近，叫做阿梨耶識。」因爲該教主張眞如受無明薰習生成這個作爲萬法本體的阿賴耶識，不像前文談到的始教那樣，認爲阿賴耶識是以業等種子而產生。

頓教認爲，一切事物現象的本性都只歸結爲一個眞如心，在這個眞心理體之中，一切事物現象的形象差別消失殆盡，用語言思惟無從述說。

圓教認爲，眞如理性深廣如海而又圓滿具足一切功德，由眞如變現出來的萬事萬物相互融通，共同構成一大緣起，叫做法界緣起。處在這個緣起中的一切事物現象雖相互融攝，卻不影響其作爲一一個體的自由自在。也就是說，法界緣起中的任一事象都與其他所有事象相互依存，互爲主體與從屬，容融互攝。由此主張菩薩具有十種心，用以表達重重無盡的旨趣，如《華嚴經・離世間品》及十地之第九地中所說。再者，該教認爲，萬物賴以產生的唯一眞如心也具有十種德相，如《華嚴經・性起品》中所說。以上是根據別教一乘來說的。如果站在同教一乘的立場上，則包攬了前頭四教就心識所說的各種見解。爲什麼呢？這是因爲三乘等教是這種一乘的方便施設，是從同教一乘中派生出的教法。

原典

第九章所詮差別

第一節心識❶差別

如小乘但有六識，義分心意識❷，如小乘論說。於阿賴耶識❸但得其名，如《增一經》說❹。

若依始教，於阿賴耶識但得一分生滅之義，以於眞理❺未能融通，但說凝然不作諸法故。就緣起生滅事中，建立賴耶，從業等種，辨體而生異熟報識❻，爲諸法依。

若依終教，於此賴耶識，得理事融通二分義。故論但云：「不生不滅與生滅和合，非一非異，名阿梨耶識。」❼以許眞如隨熏和合成此本識，不同前教業等種生。

若依頓教，即一切法唯一眞如心，差別相盡，離言絕慮，不可說也。

若依圓教，即約性海圓明，法界緣起，無礙自在，一即一切，一切即一，主伴圓融。故說十心❽，以顯無盡，如〈離世間品〉及第九地說❾。又，唯一法界性起❿心亦具十德⓫，如〈性起品〉說。此等據別教言。若約同教，即攝前諸教所說心識。何以故？是此方便故，從此而流故。

注釋

❶**心識**：心與識的合稱。心，爲梵文citta的意譯，指精神作用的主體；識，爲梵文vijñāna的意譯，指認知等精神作用。佛教各派別對心與識的關係及它們的作用有許多不同的觀點。

❷**心意識**：指心、意、識三者。心，意指集起、統攝；意，意指思惟度量；識，意指分別了知。《俱舍論》認爲，心、意、識三者是六識的異名，其體實爲同一。

❸**阿賴耶識**：亦作阿黎耶識、阿梨耶識、第八識、本識、藏識等。爲八識之一。

❹現存的《增一阿含經》沒有提到阿賴耶識，眞諦翻譯的《攝大乘論》卷上說到「復次，此識於聲聞乘由別名如來曾顯，如《增一阿含經》言：於世間喜樂阿黎耶、愛

阿黎耶、習阿黎耶、著阿黎耶，爲滅阿黎耶，如來說正法。」見《大正藏》第三十一冊一一四頁中。

❺**眞理**：指眞如具有的不變、隨緣二義。

❻**異熟報識**：異熟識是阿賴耶識的異稱。唯識學者認爲阿賴耶識是由善惡業所薰習，以業種子爲間接原因所產生的果報，所以又稱爲異熟報識。

❼這段話出自《大乘起信論》。見《大正藏》第三十二冊五七六頁中。

❽**十心**：《華嚴經》所說菩薩十心有很多種。如十住菩薩所發十心，十迴向之第一、六、九迴向之菩薩各發之十心等等。

❾〈離世間品〉第三十三之六所說菩薩十心是勇猛心、無懈怠心、勇健力心、正思惟心、不退轉心、性清淨心、知衆生心、入大梵天住佛法心、空無相無願無行心、金剛莊嚴心，見《大正藏》第九冊六五七頁。〈十地品〉第二十二之四論述第九地時所說十心爲莊嚴世心相、速轉心相、壞不壞心相、無形心相、無邊自在心相、清淨差別心相、垢無垢心相、縛解心相、諂曲質直心相、隨道心相，所見同上書五六八頁上。

❿**性起**：意指從性而起。亦即一切事物現象都由眞如法性生起，並應衆生的根機、能力生起作用，稱爲性起。華嚴宗指出性起是從佛果的境界看待萬法之緣起，因而視其爲極談。

⓫**十德**：法界性起之心具有的十種德相，即㈠平等無依心，㈡性無增減心，㈢益生無念心，㈣用興體密心，㈤滅惑成德心，㈥依住無礙心，㈦種性深廣心，㈧知法究盡心，㈨巧便留惑心，㈩性通平等心。

譯文

第二節　五教關於種性的不同論點

一、小乘的種性觀

小乘教主張，種性共有六種，即退、思、護、住、昇進和不動。其中不動種性還可分爲三個層次，上邊一層爲佛種性，中間一層爲緣覺種性，下面一層是聲聞種性，如舍利弗等就屬於聲聞種性。在這不動種性中，雖然說到了佛陀一人修有佛種性，但這種佛性不是那種先天具有的菩提性。因爲小乘對於佛陀的功能福德，沒有說到能在未來於十方世界中現身成佛、普度衆生這樣大的作用。因此可以確知，在這種教法中，除了釋迦牟尼佛一人以外，其餘一切衆生都沒有被說到修得大菩提性。其他相關的內容如小乘論藏中所說。

二、始教的種性觀

大乘始教是從處於相互聯繫、有生滅變化的事物現象中建立種性的，因而不能遍及於一切衆生，這樣，定性聲聞、定性緣覺、定性菩薩、三乘不定性和人天乘性，所謂五種性中就有了一種衆生不具有三乘的無煩惱種性。所以《顯揚聖教論》說：「爲什麼種性差別有五種道理？這是因爲一切種子間的差別都可以被認識。」以至於說：「僅於現在的世界上存在不能圓寂的種性與道理不符」，此外還有更多的論說。由此可知，由於自然而然的原因，在沒有開端的時間之流中，一切衆生中存在著五種種性，其第五人天乘性由於不具有從生死中解脫出來的基因，永遠不能入滅。根據這一觀點，六方諸佛使衆生獲得利益與安樂的功德，不會出現間斷或終結。

前四種有種性的衆生，正如《瑜伽師地論》中所說：「概括而言，種性可分爲二種：第一種叫做本性住，第二種稱爲習所成。所謂本性住，是指諸位菩薩的六根特別優異，具有這樣顯而易見的形象，從沒有開端的世界中輾轉流傳下來，自然而然地獲得。所謂習所成，是指先積累多種修善的習慣之後所得到的。」其中先天就有的無煩惱種性，是指菩薩六根中的意根尤其卓越，也就是說包含了阿賴耶識中本來具有的能致人成佛的智慧即本覺解性作爲種性。眞諦所譯《攝大乘論》說：聽聞正法的薰染與阿賴耶識中本來具有的智慧種子相互作用，一切三乘聖人都把這當作超脫生死的原因。

不過，《瑜伽師地論》既然主張具有種性的衆生才能發願求菩提心，就可以得知完全具有先天即存在和後天修得的兩種情形，構成一個種性。因此本性住與習所成兩者相互作用而平等無差別，它們之中缺少哪一個，種性都不能成立。也不能說本性住在先，習所成在後；只能在修行達到十信階位以上，才可從先天即有的角度說有性種性，從修行所得的角度說有習種性。然而，這只是兩方面意義，而不是有兩種東西。

就像前文《攝大乘論》所說，這兩方面意義構成了一種超越生死的原因，因而可以得知。

三、終教的種性觀

終教由於從眞如法性中確立種性，則認爲一切衆生普遍都有佛性。因而《大智度論》說：白色石頭中有銀的成份，黃色石頭中有金的成份，濕是水的特性，熱是火的特性，一切衆生都有圓寂的可能性。這是因爲一切煩惱染污之心沒有不能被歸入眞如法性之中的。正如北本《涅槃經》所說：「衆生也是這樣，全部都有精神主體。凡是有精神主體的，一定能證得無上正等正覺。依據這種意義，所以我一直宣說一切衆生都有成佛的可能性。」

四、頓教的種性觀

頓教主張，宇宙中唯一眞實的本體，從其超越語言表達方面看，叫做種性；並且也不區分性種性與習種性間的差別，因爲該教認爲世界一切萬物都沒有可以分別的形象。因此，《諸法無行經》卷上說：「爲什麼這個東西叫做種性？文殊師利，一切衆生都是一個形象，究竟常住；如果捨棄各種名稱概念，相同和差異都無法判斷，所以稱之爲種性。」

五、圓教的種性觀

一乘圓教在種性問題上有兩種見解：其一，攝取上面的四教的種性觀，並主張一乘爲主導，三乘等爲從屬，共同構成一個觀點。因爲這是同教一乘的見解，三乘等教的觀點都是它的方便法門。其二，別教一乘所說的種性極爲深邃，原因與結果沒有分別，貫通依、正二報，遍佈器世間、衆生世間和智正覺世間，總括了理體與現象、智解和修行等一切具體的教法，先天以來就圓滿成就了一切功德。所以《華嚴經》說：「菩薩的種性甚爲幽深廣大，堪稱與一切事物所擁有的空間一般大。」指的就是這個意思。如果從具體的教法上加以表現，就是在十住到妙覺五個修行階位中的任一階位上，菩薩所具有的六種一定不變的善的傾向是相同的，這就叫做種性。也就是說，種性這個東西叫做佛果的形象，因爲原因和結果在體性上是同一無二的。

原典

第二節種性差別

一、小乘的種性

若依小乘，種性有六種，謂退、思、護、住、昇進、不動。不動性中有三品：上者佛種性，中者獨覺性，下者聲聞性，如舍利弗等。雖於此中說佛一人有佛種性，然非是彼大菩提性。以於佛功德，不說盡未來際起大用等故。是故當知，於此教中除佛一人，餘一切衆生皆不說有大菩提性。餘義如小乘論說。

二、始教的種性

約始教，即就有爲無常法中立種性故，即不能遍一切有情，故五種性中即有一分無性衆生。故《顯揚論》云：「云何種性差別五種道理？謂一切界差別可得故。」❶乃至云：「唯現在世非般涅槃法不應理故」❷，乃至廣說。是故當知，由法爾故，無始時來一切有情有五種性；第五種性，無有出世功德因故，永不滅度。由是道理，諸佛利樂有情功德無有斷盡。

其有種性者，《瑜伽論》云：「種性略有二種：一、本性住，二、習所成。本性住者，謂諸菩薩六處殊勝有如是相，從無始世展轉傳來，法爾所得。習所成者，謂先串習善根所得。」❸此中本性，即內六處中意處爲殊勝，即攝賴耶識中本覺解性❹爲性種性故。梁《攝論》云：聞熏習與阿賴耶識中解性和合，一切聖人以此爲因。❺

然《瑜伽》既云具種性者方能發心，即知具性、習二法成一種性。是故此二緣起不二，隨闕一不成。亦不可說性爲先，習爲後，但可位至堪任已去，方可約本說有性種，約修說爲習種。然有二義而無二事。如上《攝論》云，二義和合爲一因，故得知也。

三、終教的種性

約終教，即就眞如性❻中立種性故，則遍一切衆生皆悉有性。故《智論》云：白石有銀性，黃石有金性，水是濕性，火是熱性，一切衆生有涅槃性。❼以一切妄識無不可歸自眞性故。如經說言：「衆生亦爾，悉皆有心。凡有心者，定當得成阿耨多羅三藐三菩提。以是義故，我常宣說一切衆生皆有佛性。」❽

四、頓教的種性

約頓教明者，唯一眞如，離言說相，名爲種性，而亦不分性習之異，以一切法由無二相故。是故《諸法無行經》云：「云何是事名爲種性？文殊師利，一切衆生皆是一相，畢竟不生，離諸名字，一異不可得故，是名種性。」❾

五、圓教的種性

約一乘有二說：一、攝前諸教所明種性，並皆具足主伴成宗，以同教故，攝方便故。二、據別教種性甚深，因果無二，通依及正，盡三世間，該收一切理事、解行等諸法門，本來滿足已成就訖。故大經❿云：「菩薩種性甚深廣大，與法界虛空等。」⓫此之謂也。若隨門顯現，即五位⓬之中，位位內六決定⓭義等，名爲種性。亦即此法名爲果相，以因果同體唯一性故。

注釋

❶此語出自《顯揚聖教論．攝勝決擇品》。

❷同上注。

❸這段話出自《瑜伽師地論．菩薩地》。見《大正藏》第三十冊四七八頁下。

❹**本覺解性**：意指先天具有的使人覺悟成佛的智慧。

❺眞諦譯無著所著《攝論．引證品》在論證出世心的產生時，提出了兩個條件：一爲「出世淨品（心，作者注）離阿黎耶識不可得立」，二爲「最清淨法界所流正聞熏習爲種子故，出世心得生」。認爲這兩項條件如水乳和合一樣相互作用，出世淨心就能產生。接下來，該品還談到了在共同引生出世淨心的過程中，阿賴耶識和聞薰習之間有著一滅一不滅的存在趨勢。同爲眞諦翻譯的世親《攝論釋》在註解這一提法時，說到「由本識功能漸滅，聞熏習等次第漸增，捨凡夫依，作聖人依。聖人依者，聞熏習與解性和合。以此爲依，一切聖道皆依此生」。見《大正藏》第三十一冊五八一頁上。此處係法藏根據以上經文而作的間接引證。參見《大正藏》第三十一冊一一六頁下至一一七頁中，一七五頁上。

❻**眞如性**：即眞如法性，指宇宙一切現象所具有的眞實不變的本性。又作眞性、眞法性等。

❼《大智度論》三十二卷說：「法性者，法名涅槃，不可壞，不可戲論。法性名爲本分種，如黃石中有金性，白石中有銀性。如是一切世間法中皆有涅槃性。」三十一

卷說：「一切諸法性有二種：一者總性，二者別性。總性者，無常、苦、空、無我、無生無滅、無來無去、無入無出等。別性者，如火熱性，水濕性，心爲識性。」分別見於《大正藏》第二十五冊二九八頁中和二九二頁中、下。此處爲法藏概括這兩段文意轉引。

❽這段話出自曇無讖所譯《大般涅槃經》第二十七卷。見《大正藏》第十二冊五二四頁下。

❾這段話出自《諸法無行經》卷上。見《大正藏》第十五冊七五五頁上。

❿**大經**：中國佛教各派別所說大經不一。華嚴宗以《華嚴經》爲大經。

⓫這段話出自《華嚴經·菩薩十住品》。見《大正藏》第九冊四四四頁下。

⓬**五位**：即十住、十行、十迴向、十地和妙覺五個修行階位。

⓭**六決定**：指菩薩具有的六種一定不變的善的傾向。即：㈠觀相善決定，㈡眞實善決定，㈢勝善決定，㈣因善決定，㈤大善決定，㈥不怯弱善決定。

譯文

第三節修行實踐及獲得的進趣階位

修行實踐及獲得的進趣階位方面的差別，在五教中都從三個方面簡單地表現出來：一、說明以修行實踐爲基礎所獲得的進趣階位的狀況即位相；二、辨明不退即不從所體證的菩薩境界退步到聲聞、緣覺二乘境界或六道中去的情況；三、闡明實踐修行的情況即行相。

一、小乘教主張的修行及進趣階位

首先，關於位相，小乘教主張有四個進步的階位，叫做方便位、見道位、修道位及究竟位。又說小乘教以菩薩從因位到果位的十二階行位作爲最高境界；還說欲、色、無色三界中有九種或十一種爲有情衆生居止的世界，叫做三界九地、十一地等，詳細的情況如小乘論藏中所說。其次，關於不退，小乘教主張實踐修行到見道前七方便位中的第六忍法位，就可以不再退步。小乘教關於行相的見解，也爲小乘的各種論藏所說。

二、始教主張的修行及進步階位

首先，關於位相，大乘始教中有兩個方面：

㈠爲了引導不理解大乘法空道理的聲聞、緣覺二乘使其迴轉小乘認識接近大乘，設立迴心教，也只有見道位、修道位等四個階位，以及三界九地等，名稱與小乘所說相同。或者確立五個進步的階位，就是在見道前的七方便位中，將前三種即五停心位、別相念住位和總相念住位三賢歸作爲證得三乘道果作準備的資糧位，因爲它們距體會眞如之理的見道位尚遠；而將後四位即煖法位、頂法位、忍法位和世第一法位四善根概括爲加強功力進修的加行位，因爲它們是接近見道位的方便位。其他階位的名稱和前文小乘教所說的相同。大乘始教在位相上，還說乾慧等三乘十地，其第九地叫做菩薩地及第十地叫做佛地的原因，在於試圖引導聲聞、緣覺二乘發現與上面的境界相比還有不足，依次逐步實踐修行，證得佛果。再者，這裡所說的佛果不在十地以外，而是在十地之中。爲引導二乘接受眞實教法，方便權設與小乘相同的報果，因爲二乘是在現在的分段身上證成聖果的，而不是在後世。還有，始教關於位相及行相等問題的詳細見解，有《瑜伽師地論》中關於聲聞地的論述以及《大乘阿毘達磨雜集論》中的相關內容。

(二)爲了給直接領會眞實教法的衆生闡解位相，大乘始教說歡喜地等菩薩十地有所不同，並把十地說成是見道位和修道位，還認爲十地之前的階位與十二住即菩薩從因位到果位的十二個階位相通。爲什麼呢？爲了在名稱數量上和小乘相似。其次，十地之前還有四十個修行階位即四十心，因爲最初應修的十種心即十信也構成修行的階位；這也是爲了與小乘教主張在見道位前有四善根作爲四種方便位相類似。因此，眞諦所譯《攝大乘論》說：「類似初得聖果的須陀洹道前有四個修行階位，叫做煖法、頂法、忍法和世第一法；菩薩證入十地前也有四個階位，叫做十信、十解、十行和十迴向。」還因爲要在位相的名稱和數量上與迴心教相似，直進教把十信等地前四位作爲資糧位，在十迴向後另外設立四善根作爲加行位；見道位等的設立與前文所說相同。

二、關於不再退步的階位，根據《佛性論》的論述，聲聞要達到在見道位信忍欲界苦諦之理，緣覺要達到世第一法的階位，菩薩要達到十迴向階段，才能都不再退步。由此可知，這裡所說的聲聞、緣覺不是愚法二乘。所以，說的都是這個始教中的三乘聖人。也可以總括起來說，菩薩在到達十地之前的階位中還會退步，因其還可能退墮到諸惡道中。比如，《瑜伽師地論》就說：「如果諸菩薩依據智解修行得以到達初地以前的三賢位，還投生到惡道中，則窮盡第一無數大劫。」像這樣的說法還有一些。

三、說明階位之間的不同修行狀況，比如《瑜伽師地論》說到：「勝解行住菩薩從前一階位轉入時，其修行怎樣？相狀如何？有的時候具有各種聰明智慧，對於各種教法都能領受在心，牢記不忘；對於教法所蘊含的義理，也能體會契入。有時在一定時間中不能這樣。或者在一個時間裡，銘記佛陀的各種功德；有時一下子又形成了各種虛妄的見解。對於各類衆生，不能明確知道教化使之捨惡降伏的方便法門；對於自己所知的佛法，也沒有完全把握怎樣如實引申發展出教化衆生的方法。爲他人宣講教法，教導示範棄惡從善非常努力；努力去宣說演示，就沒有能如實理解。有的時候虛妄地棄捨，像在黑闇中以箭射物一樣，可能射中了，也可能射不中，因爲是憑藉想像去做的。或者在一個時期裡，對於大菩提智慧，已經發願求證，然後又放棄了。由於自身的意向，想使自己快樂；由於思考決擇，試圖使他人快樂。或者在一個時間裡，聽聞特別深邃又無所不包的教法，感到害怕，還有疑問。類似這樣的種種表現，就叫做勝解行住。」這段經文可解釋爲：這是十二住中第二住的修行特點，其第一種性住即菩薩在任持佛種堅固不壞階位上的修行狀況要更差，包括十地以上階位中的修行特點，都像《瑜伽師地論》中所說的一樣。

三、終教主張的修行及進步階位

終教也認爲歡喜地等菩薩十地之間存在分別，也不用見道、修道等概念表示階位。終教還主張在十地之前只有十解、十行、十迴向三種修行階位，叫做三賢位，這是因爲十信僅是修行而非修行的階位，也因爲在十信中菩薩尚未到達不再退步的境地。《菩薩瓔珞本業經》說：「沒達到住（解）位以前存在的這十信心」，不能稱之爲位。該經還說：「從身爲凡夫時開始，在佛菩薩的純正教法中產生一念信仰而發願求證菩提智慧的時候，這個人就叫做十住位以前具有十信心的人即住前信相菩薩，也叫做假借其名而無實修的假名菩薩或名字菩薩。這個人大致修行的十信心，叫做信心、精進心等。」詳細的情況如該經所說。

其次，《仁王般若波羅蜜經》說：「十解以前修持十信善行的菩薩有進步的，也有退步的，如同輕輕的鴻毛隨風東飛西舞一般」等等。因爲在十信中修行，要經過一萬劫的漫長時間進入十住階位，才能做到不再退步。十住之初即發心住階位上的菩薩就不再退墮到其下的聲聞、緣覺二乘的境地中，何況各種惡道及凡夫的境地呢？假設《菩薩瓔珞本業經》說過十住之第六正心住位的菩薩還有退墮的情況，《大乘起信論》中解釋該段經文的用意，是爲哪些因懈怠而進步緩慢的修行者展現退墮的情形，以督促勸勉其上進心。就實際情形而言，菩薩達到發心住階位，就做到了不再退步。

關於終教的修行狀況，《大乘起信論》說：三賢之初位即發心住位上的菩薩，在一定範圍內把握了眞如法性眞實常住，能在從兜率天降生到涅槃入滅的八個階段上於十方世界證道成佛，利益衆生；其次，由於成佛前所發誓願的作用，受用法樂的身體自由自在，又不受到業力的束縛；再次，依靠禪定也能在一定範圍內顯現相好莊嚴的報身。佛菩薩的各種修行都與眞實本性相應，這即是說他們懂得法性之體沒有吝嗇貪著，因而隨之修行布施等六度。詳細的說法爲該論所述。還有，眞諦翻譯的《攝大乘論》中稱修行十信的叫做凡夫菩薩，十解位以上的叫做聖人菩薩等等。初地以上的修行階位，可以參照前文的陳述推斷出來。由此應該知道終教中的行位與前頭始教中所說的行位相比，相狀的深淺差別非常明顯。

四、頓教主張的修行及進步階位

頓教認爲，一切修行階位都不能用語言詮說。這是由於頓教遠離一切形象分別，認爲不產生一個念頭就是佛。如果見到了修行階位的差別等形象，就是違背了眞理。如藉助語言表現這種見解，就像《楞伽經》所說：「第一地就是第八地」，以至於說：「十地間沒有什麼次序」等。其次，《思益梵天所問經》說：「如果有人聽到了一切事物的這種純正本性，努力按照我所說的去修行，就不從一地進昇到另一地；如果不從一地進步到另一地，這個人就不執著於生死或涅槃。」如此等等。

五、圓教主張的修行及進步階位

圓教關於修行及進步階段的主張有兩種：其一，將前邊四教關於修行及進步階位的見解囊括進來，因爲它們是同教一乘的方便施設。其二，別教一乘在這個問題上的主張，包括三個方面：

一、通過階位表現修行，是指從十信位開始一直到佛地的六個階位有所不同，修行到其中的任何一個階位上就達到了所有的階位。爲什麼呢？這是由於六個階位彼此接合，互爲主導與從屬，相互含容，相互依存，圓融無礙。《華嚴經》說：「進入一個階位，就普遍容攝了所有各個階位的功德。」因此，《華嚴經》中主張，完成十信心的修行後繼續向更高的境界前進，就能達到一切階位和佛地，就是這個道理。再者，由於各修行階位及佛地相互依存等原因，修行之因與所證之果就沒有分別，開始與終結就不相互妨礙；在每一個階位上都是菩薩，都是佛，也是這個道理。

二、通過果報說明階位的相狀，只需三次生命就能證成佛果：第一生達到見聞的階位，指觀見聽聞別教一乘緣起無盡的教法，薰成解脫的不壞因種。如《華嚴經·性起品》中所說。第二生達到知解修行的階位，指在兜率天投生的衆生，從地獄等惡道中出離以後，一生就達到了遠離煩惱而清淨的禪定境界，體證十地諸法不生不滅之理及十眼、十耳等圓融境界。細緻的論述如《華嚴經·小相品》中所說。還有，像善財童子，從十信階位開始，一直到十地，在良師的居處，於一生一個身體上，都完全具有了普賢菩薩這樣的各種修行階位，說的也是這個道理。第三生到達證入果海的階位，是說像彌勒菩薩告訴善財童子那樣：「我於將來證成正覺時，你應當來見我。」如此等等。由此可知，這裡是根據修因與得果有前有後分出二個階位。因此，前一階位只指修行的原因已經圓滿，所以證佛果在後一階位，所以才說「應該來見我」。

三、通過修行說明階位，階位只有兩種：指自分即達到某一境界，和勝進即由已到達的某一境界努力向下一個更高的境界前進。這其中的道理適用於從十信到佛地諸階位上的知解與修行以及各階位上佛菩薩所證教法的不同。如釋迦牟尼佛的前身普莊嚴童子等，其身存在於地位菩薩十種境界之世界性等世界之上，將執掌潔白清淨寶網作裝飾的轉輪王位，具有無所不見的普見肉眼，能觀見十方佛刹的微塵數一樣多的世界海等。像聲聞、緣覺和菩薩的肉眼就不能這樣，所以《大智度論》說：「三乘的肉眼只能看見三千世界以內的東西，如果看到了三千世界以外的事物，還用天眼做什麼？」由此可知有所不同。其次，普莊嚴童子能於一念之中，教化不能用數字表達的無數衆生同時都到達沒有煩惱而清淨的禪定境界跟前；其餘每一閃念中，也都能如此。他的福分招感的一面光潔的玻璃鏡所映照的空間，與十佛國土中的塵埃數量一樣多的世界相等。由此可知，這是前文所說的三生成佛中的解行位上的修行相狀，因爲是依據修因這一方面來說的。如果以修完十信進入階位以後爲根據，則所產生的修行功用都遍及一切萬物。如《華嚴經》說：能用一隻手覆蓋整個大千世界；手裡拿出的供養法器與虛空中的一切萬物相等；一個時間裡供養無數衆多的佛陀，進行規模宏大的佛教事業，爲衆生謀取利益，無法用語言述說。詳細的情形如講解十信的經文所說。《華嚴經》還說：不離開任何一個世界，不從任何一個座位上站起，就能展現數不盡的一切身體所做的修行等；還能在一念之中，於十方世界同時成佛及爲使衆生得道而說法等，以至於更詳盡的論說。由此可知，這與三乘關於修行相狀的主張全部不同。爲什麼呢？因爲三乘教所說的修行及其階位，是通過使衆生相信、知解的方便法門這樣加以說明的。

原典

第三節行位差別

行位差別者，於諸教中皆以三義略示：一明位相，二明不退，三明行相。

一、小乘的行位

初者，依小乘有四位，謂方便、見、修及究竟也。又說小乘十二住以爲究竟，及說三界九地、十一地等。廣如小論說。二、不退者，此中修行，至忍位得不退故也。其行相，亦如彼諸論說。

二、始教的行位

初、位相者，此中有二：

㈠爲引愚法二乘令迴心故，施設迴心教❶，亦但有見、修等四位，及九地等，名同小乘。或立五位，謂見道前七方便內，分前三種爲資糧位，以遠方便故；後四善根爲加行位，是近方便故；餘名同前。又，亦說爲乾慧等十地，第九名菩薩地，第十名佛地者，欲引二乘望上不足，漸次修行至佛果故。又，彼佛果不在十地外，同在地中者，以引彼故，方便同彼。以二乘人於現身上得聖果故，不在後也。又，此位相及行相等，廣如《瑜伽》聲聞決擇❷及《雜集論》說❸。

㈡爲直進人❹顯位相者，彼說菩薩十地差別，又以十地說爲見修，及通地前以爲大乘十二住義。何以故？爲影似小乘故。又，彼地前有四十心❺，以彼十信❻亦成位故，此亦爲似小乘道前四方便故。是故梁《攝論》云：「如須陀洹道前有四位，謂煖、頂、忍、世第一法；菩薩地前四位也如是，謂十信、十解❼、十行❽、十迴向❾。」❿又亦爲似迴心教，故以信等四位爲資糧位，十迴向後別立四善根爲加行位；見等同前。

二、不退位者，依《佛性論》⓫，聲聞至苦忍，緣覺至世第一法，菩薩至十迴向，方皆不退也。當知此中聲聞緣覺非是愚法，是故皆是此始教中三乘人也。亦可菩薩地前總說爲退，以其猶墮諸惡趣故。如《瑜伽》云：「若諸菩薩住勝解行地，猶往惡趣故，此盡第一無數大劫。」⓬如是等也。

三、明位中行相差別者，如《瑜伽》云：「勝解行住菩薩轉時，何行何相？或時具足聰慧，於其諸法能受能持，於其義理堪能悟入；或於一時不能如是。或於一時具足憶念；或於一時成於妄類。於諸衆生，未能了知調伏方便；於是佛法，亦未了知如實引發善巧方便。爲他說法，教授教誡勉勵而轉；勉勵轉故，不能如實知。或時虛棄，如闇射，或中或不中，隨欲成故。或於一時，於大菩提已發心而後退捨。由內意樂故，欲令自樂；由思擇故，欲令他樂。或於一時聞說甚深廣大法教，而生驚怖猶預疑惑。如是等類，名勝解行住。」[13]解云：此是十二住中第二住行相，其第一種性住行相更劣，及地上行相，皆如彼說。

三、終教的行位

若依終教，亦說菩薩十地差別，亦不以見修等名說。又，於地前但有三賢，以信但是行非是位故，未得不退故。《本業經》云：「未上住前，有此十心」，[14]不云位也。又云：「始從凡夫地，值佛菩薩正教法中，起一念信，發菩提心，是人爾時名爲住前信相菩薩，亦名假名菩薩、名字菩薩。其人略修行十心，謂信、進等。」[15]廣如彼說。

又，《仁王經》云：「習忍以前行十善菩薩，有進有退，猶如輕毛，隨風東西」[16]等。在此修行，經十千劫入十住位，方得不退故。十住初即不退墮下二乘地，況諸惡趣及凡地耶？設《本業經》說十住第六心有退者⑰，《起信論》中釋彼文爲示現退也，爲慢緩者策勵其心故⑱。而實菩薩入發心住，即得不退也。

其行相者，《起信論》說：三賢初位中，少分得見法身，能於十方世界八相成道，利益衆生；又，以願力受身自在，亦非業縛；又，依三昧亦得少分見於報身佛。其所修行皆順眞性，謂知法性體無慳貪，隨順修行檀波羅蜜等⑲。廣如彼說。又，梁《攝論》中十信名凡夫菩薩，十解名聖人菩薩⑳等。其地上行位，倍前準知。是故當知此中行位，與前始教淺深之相差別顯矣。

四、頓教的行位

若依頓教，一切行位皆不可說，以離相故，一念不生即是佛故。若見行位差別等相，即是顚倒故。若寄言顯者，如《楞伽》云：「初地即八地」，乃至云：「無所有何次」等㉑。又，《思益經》云：「若人聞是諸法正性，勤行精進；如說修行，不從一地至一地。若不從一地至一地，是人不住生死涅槃。」㉒如是等也。

五、圓教的行位

若依圓教者，有二義：一、攝前諸教所明行位，以是此方便故。二、據別教有其三義：

㈠約寄位顯，謂始從十信，乃至佛地，六位不同，隨得一位得一切位。何以故？由以六相收故，主伴故，相入[23]故，相即故，圓融故。經云：「在於一地，普攝一切諸地功德。」[24]是故經中十信滿心勝進分[25]上，得一切位及佛地者，是其事也。又，以諸位及佛地等相即等故，即因果無二，始終無礙；於一一位上即是菩薩，即是佛者，是此義也。

㈡約報明位相者，但有三生：一、成見聞位，謂見聞此無盡法門，成金剛種子等，如〈性起品〉說。二、成解行位，謂兜率天子[26]等，從惡道出已，一生即得離垢三昧，即得十地無生法忍，及十眼十耳等境界。廣如〈小相品〉說。又如善財，始從十信乃至十地，於善友所，一生一身上，皆悉具足如是普賢諸行位者，亦是此義也。三、證果海位，謂如彌勒告善財言：「我當來成正覺時，汝當見我。」[27]如是等。當知此約因果前後分二位故，是故前位但是因圓，果在後位，故說當見我也。

㈢約行明位，即唯有二：謂自分[28]勝進，此門通前諸位解行，及以得法分齊處說。如普莊嚴童子[29]等也。其身在於世界性[30]等上處住，當是白淨寶網轉輪王位，得普見肉眼，見十佛剎微塵數世界海㉛等。若三乘肉眼，即不如此。故《智論》云：「肉眼唯見三千世界內事，若見三千世界外者，何用天眼爲？」㉜故知不同也。又，彼能於一念中化不可說不可說衆生，一時皆至離垢三昧前，餘念念中皆亦如是。其福分㉝感一定光頗離鏡㉞，照十佛剎微塵數世界等。當知此是前三生中解行位內之行相也，以約因門示故。若約信滿得位已去，所起行用皆遍法界。如《經》能以一手覆大千界等，手出供具與虛空法界等，一時供養無盡諸佛，作大佛事，饒益衆生，不可說也。廣如信位經文說。又云：不離一世界，不起一坐處，而能現一切無量身所行等。又，於一念中，十方世界一時成佛轉法輪等。乃至廣說。是故當知與彼三乘分齊全別。何以故？以三乘行位是約信解，阿含門中作如是說也。

注釋

❶**迴心教**：指爲漸悟根機而施設的教法。

❷參見《瑜伽師地論》第一本地分和第二攝決擇分中關於聲聞地的有關論述。

❸《大乘阿毘達磨雜集論》第八卷說：「又，道有五種，謂資糧道、方便道、見道、

修道、究竟道。」見《大正藏》第三十一冊七三四頁中。

❹**直進人**：指能直接接受眞實教法的修行者。

❺**四十心**：指菩薩在十信、十解、十行和十迴向四個修行階段上所應修行的四十個階位。

❻**十信**：指菩薩在信位上所應修持的十種心。亦作十信心或十心。即：㈠信心，㈡念心，㈢精進心，㈣定心，㈤慧心，㈥戒心，㈦迴向心，㈧護法心，㈨捨心，㈩願心。

❼**十解**：亦作十住、十地住、十法住。指菩薩在住位上所應修行的十個階位。即：㈠發心住，㈡治地住，㈢修行住，㈣生貴住，㈤方便具足住，㈥正心住，㈦不退住，㈧童眞住，㈨法王子住，㈩灌頂住。

❽**十行**：亦作十行心。指菩薩在行位上應做的十種，旨在使他人獲益的行爲。即：㈠歡喜行，㈡饒益行，㈢無瞋行，㈣無盡行，㈤離癡亂行，㈥善現行，㈦無著行，㈧尊重行，㈨善法行，㈩眞實行。

❾**十迴向**：亦作十迴向心，略稱十向。指菩薩以大悲心救護一切衆生的十方面表現。

即：㈠救護一切衆生離衆生相迴向，㈡不壞迴向，㈢等一切佛迴向，㈣至一切處迴向，㈤無盡功德藏迴向，㈥隨順平等善根迴向，㈦隨順等觀一切衆生迴向，㈧如相迴向，㈨無縛無著解脱迴向，㈩法界無量迴向。

❿參見眞諦譯《攝大乘論釋·釋入因果修差別勝相第五之二》（《大正藏》第三十一冊二二九頁中）。

⓫《佛性論·破小乘執品第二》說：「三定有佛性，即三乘人：一、聲聞從苦忍以上即得佛性，二、獨覺從世法以上即得佛性，三者、菩薩十迴向以上是不退位，時得於佛性。」見《大正藏》第三十一冊七八七頁下。

⓬此語出自《瑜伽師地論·成就品》。見《大正藏》第三十冊四九八頁中。

⓭這段內容係法藏從《瑜伽師地論》四十七卷〈處住品第四之一〉中節引出。參見《大正藏》第三十冊五五三頁下至五五四頁中。

⓮這句話出自《菩薩瓔珞本業經·賢聖名字品》。見《大正藏》第二十四冊一〇一一頁下。

⓯這段話係自上經〈釋義品〉中引出。見《大正藏》第二十四冊一〇一七頁上。

⑯這句話出自《仁王般若波羅蜜經·受持品》。見《大正藏》第八冊八三一頁中。

⑰此爲法藏據《菩薩瓔珞本業經·賢聖學觀品》中一段文字意引。參見《大正藏》第二十四冊一〇一四頁下。

⑱此爲法藏據《大乘起信論》中一段文字意引。參見《大正藏》第三十二冊五八一頁上。

⑲此爲法藏轉引《大乘起信論》中的一段文字。參見《大正藏》第三十二冊五八一頁上。

⑳此處取意於眞諦譯《攝大乘論釋》的〈出世間淨章〉和〈順道理章〉所述。參見《大正藏》第三十一冊一七四頁下和一七七頁下。

㉑此處係從四卷《楞伽經》的〈一切佛語心品〉中節引出。參見《大正藏》第十六冊五〇九頁下。

㉒這段話出自《思益梵天所問經·分別品》。參見《大正藏》第十五冊三十六頁下。

㉓**相入**：華嚴宗認爲緣起萬物之間的相互作用是：每一具體事物的作用對其餘事物的作用及萬物的整體作用產生影響，同時又受它們的制約，從而使事物之間在各自保

持特質的前提下相互包含、相互滲透。這就叫做相入。

㉔此語出自《華嚴經．世間淨眼品》。見《大正藏》第九冊三九五頁中。

㉕**勝進分**：由已達到的某一修行境界向其他更向的境界努力前進者，稱爲勝進分。

㉖**兜率天子**：又稱地獄天子。指因蒙釋迦菩薩於兜率天宮所放光明照耀從地獄投生到兜率天的衆生。

㉗此語出自《華嚴經．入法界品》。見《大正藏》第九冊七八三頁中。

㉘**自分**：與勝進分相對，指達到某一修行境界。

㉙**莊嚴童子**：一譯大威光太子。係過去愛見善慧王的次子，釋迦牟尼佛的前身，於解行生末期證入果海，究竟成佛。

㉚**世界性**：指存在於三千世界之外，地上菩薩十種境界的第一種。

㉛**世界海**：指地上菩薩十種境界的第二種。

㉜此語取意於《大智度論．釋往生品》。參見《大正藏》第二十五冊三四七頁中。

㉝**福分**：與道分相對，指導致世俗幸福的功德。

㉞**光頗離鏡**：《華嚴經．佛小相光明功德品》說，白淨寶網轉輪聖王的功德成就了一

錠光玻璃珠，此珠能照映十佛刹微塵等世界。

譯文

第四節修行的時間

一、小乘教所說的修行時間

小乘教在修行的時間方面，區分出下根、中根、上根三種根機的衆生。下等根機的衆生，是指修行聲聞乘的人，最快的經三次生命證得阿羅漢果，即是說在第一見聞生中，爲超脫煩惱埋下因種；第二解行生中，致力追求觀見四諦眞理的無煩惱智慧；第三證入生中，斷除所有的煩惱，證成阿羅漢果位。最慢的則需要六十劫久遠的時光。中等根機的衆生，指修行緣覺乘的人，最快的經四生證成道果，最慢的則要經過一百劫悠悠的歲月。上等根機的衆生，指修行佛乘的人，一定要花費三阿僧祇劫漫長的光陰。

二、始教所說的修行時間

大乘始教認爲，修行成佛必須經過三阿僧祇劫的時間，祇是劫的計量單位與小乘的不同（更爲久遠）。

三、終教所說的修行時間

終教關於修行時間，有兩種說法：

第一，一定要經過三阿僧祇劫遙遠的時光，這是就佛陀在我們這個現實世界化導衆生的形式而言的。

第二，不一定花費三阿僧祇劫的時間去修行，這有兩種含義：其一，是爲了與形象不一的雜類世界相互溝通，如《勝天王般若波羅蜜經》中所說。其二，從佛的功德沒有止境的角度而說，如《寶雲經》所說：「善男子！菩薩不具備思議佛的境界的能力，佛的境界無法用思惟來度量。只是爲了根機不深的衆生才說佛的境界係經過三阿僧祇劫的長期修行所得。實際上，從菩薩發願求證菩提到證得佛果，花費了不可計數的阿僧祇時間。」

四、頓教所說的修行時間

頓教認爲，一切時間都不能用語言表達，因爲該教主張只要不讓一個念頭產生就是佛。所謂一念，就是沒有閃念；所謂時間，就是沒有時間。

五、圓教所說的修行時間

圓教認爲，一切修行所需的時間全都不能確定。爲什麼呢？因爲各個劫數的時間相互滲透，相互依存，與一切像因陀羅網上的寶珠一樣無限融攝的各種世界全部融通；還能各自保持自身的特質，或者是一念，或者是無量劫等等，不影響其作爲時間現象的存在。

原典

第四節修行時分

一、小乘的時分

若依小乘，自有三人：下根者，謂諸聲聞中，極疾三生得阿羅漢果，謂於一生種解脫分，第二生隨順決擇分，第三生漏盡得果；極遲經六十劫。中根者，謂獨覺人，極疾四生得果，極遲經百劫。上根者，謂佛，定滿三僧祇劫。

二、始教的時分

若依始教，修行成佛定經三僧祇，但此劫數不同小乘。

三、終教的時分

若依終教，說有二義：

㈠定三阿僧祇，約一方化儀故。

㈡不定修三阿僧祇，此有二義：一、通餘雜類世界❶故，如《勝天王經》說❷。二、據佛功德無限量故，如《寶雲經》云：「善男子！菩薩不能思議如來境界，如來境界不可思量，但爲淺近衆生說三僧祇修習所得，菩薩而實發心已來不可計數。」❸

四、頓教的時分

若依頓教，一切時分皆不可說，但一念不生即是佛故。一念者，即無念也；時者，即無時也。

五、圓教的時分

若依圓教，一切時分，悉皆不定。何以故？謂諸劫相入故，相即故，該通一切因陀羅等諸世界故；仍各隨處，或一念或無量劫等，不違時法也。

注釋

❶**雜類世界**：又稱無量雜類世界海。《華嚴經》中以之作爲見聞生之所依，指形狀如須彌山或河流、車輪、樓觀乃至衆生等的世界，普遍充塞於一一法界而彼此無礙。

❷參見《勝天王般若波羅蜜經．念處品》中勝天王與佛陀的一段問答（《大正藏》第八冊七〇〇頁上、中）。

❸這段話出自《寶雲經》卷六。見《大正藏》第十六冊二三五頁中。

譯文

第五節　修行所依靠的身體

一、小乘教主張依靠的身體

小乘教認為只存在輪迴於六道而壽命、形體各異的身體，叫做分段身，依賴這個身體修行，能達到阿羅漢果位。佛陀與其教化的衆生一樣有分段身，這是實報身而不是化身。

二、始教主張依靠的身體

始教為了使聲聞轉變小乘意識而追求大乘，也說依靠分段生死的身體能達到最高果位。佛陀依賴的也是分段身，不過，始教認為這是化身而不是實報身。如果根據始教為能直接領受眞實教法的衆生所說，則該教在這方面有兩種主張：其一是指通過階位表現十地中的菩薩是否具有產生果報的力用及粗細兩種差別的相狀，因而說七地以前菩薩依靠分段身，八地以上的菩薩則依靠變易身。其二，就菩薩實際受到的果報而言，在分段身到達堅固不壞的階位以前，因爲十地中妨礙到達涅槃的煩惱沒有徹底地斷除，因而保留到了堅固不壞的階位。既然有這種妨礙證悟菩提的煩惱，怎麼會不招致分段身的果報呢？所以《十住斷結經》說：第十地以前的菩薩有死亡到再生期間的識身存在，就是這個道理。

三、終教主張依靠的身體

終教認爲，十地之前保留的煩惱所招致的分段身，在第一地上則一勞永逸地斷除了產生一切煩惱的根源，也不將煩惱區分爲後天產生的以及與生俱來的；在妨礙大乘智慧產生的煩惱即所知障中，還斷除了煩惱的粗重部份。由此，在初地以上招感了三界之外沒有形體、壽命等限制的身體即變易身，到達了堅固不壞的金剛階位。

四、頓教主張依靠的身體

頓教主張，既然一切修行的階位無法用語言表達，據此可知菩薩修行所依靠的不同身體也不能通過語言得以說明。詳細的觀點見於《大般若經・那伽室利分》。

五、圓教主張依靠的身體

關於修行所依賴的身體，圓教不說變易身，只說依靠分段身到達十地中離開煩惱的禪定跟前。因爲菩薩到了那個階位就獲得了能觀見十佛剎微塵數一樣無數世界的普見肉眼，所以知道其依靠的是分段身。還因爲善財童子等都是用分段身經歷了十地階位上的全部修行。

原典

第五節修行所依身

一、小乘所依身

若依小乘，但有分段身❶至究竟位，佛亦同然，是實非化。

二、始教所依身

若始教中，爲迴心聲聞，亦說分段至究竟位，佛身亦爾，然此是化非實也。若依直進中，有二說：一、謂寄位，顯十地之中功用、無功用，粗細二位差別相故，即說七地已還有分段，八地已上有變易❷。二、就實報，即說分段至金剛已還，以十地中煩惱障❸種未永斷故，留至金剛故。既有惑障，何得不受分段之身？故《十住經》云：第十地已還有中陰者❹，是此義也。

三、終教所依身

若依終教，地前留惑受分段身，於初地中永斷一切煩惱使種，亦不分彼分別、俱生，於所知障中又斷一分粗品正使。是故地上受變易身，至金剛位。

四、頓教所依身

若依頓教，一切行位既不可說，所依身分亦準此知。廣如《大般若經·那伽室利分》說❺。

五、圓教所依身

若依圓教，不說變易，但分段身至於十地離垢定前。以至彼位得普見肉眼故，知是分段也。又如善財等以分段身窮於因位故也。

注釋

❶**分段身**：即分段生死之身。指輪迴於六道中的凡夫因善惡業因不同，其果報對於壽命的長短、形體的大小等有一定限制。

❷**變易**：即變易生死之身。指羅漢、緣覺和菩薩等以沒有煩惱的有分別業為因，以所知障為緣，所招感的三界外之殊勝細妙的果報身；這一果報身，又因悲願力的影響，其壽命、形體皆可自由改變，而無一定的限制，所以叫做變易身。

❸**煩惱障**：指擾亂衆生身心，妨礙證得涅槃的一切煩惱。

❹參見《十住斷結經·道智品》（《大正藏》第十冊一〇三四頁下）。

❺此處指該經第八分中龍吉祥與妙吉祥的一段對話。見《大正藏》第七冊九七四頁下。

譯文

第六節斷除惑障方面的不同主張

一、三乘教在斷除惑障方面的區別

三乘教關於聲聞、緣覺、菩薩三者在斷除惑障方面的不同，可從兩個方面得到說明：其一，通過階位揭示所除惑障的特徵；其二，藉助所除惑障說明不同的階位。

(一)通過階位揭示所除惑障

(1)始教的主張

始教在這方面的主張包括了聲聞、緣覺、菩薩三乘在斷除愚惑方面的所有不同點。由於這是針對三乘的教法，妨礙解脫的惑障有兩種：妨礙涅槃的叫做煩惱障，妨礙菩提的叫做所知障。

首先辨析聲聞和緣覺二乘所斷除的擾亂身心、影響到達涅槃境界的一切煩惱，即煩惱障。這又可分作兩個方面：先介紹煩惱的名稱和數量，然後說明斷滅煩惱所得到的結果。前一方面所說的煩惱包括兩類：因不好的老師或教說等的誘導於後天上產生的煩惱，叫做分別；和與生俱來的先天性煩惱，叫做俱生。兩類煩惱一共有十種：第一，無止境地追求聲名財色，叫做貪；第二，對他人懷有怨恨心理，叫做瞋；第三，對佛教眞理蒙昧無知，叫做無明；第四，自負而輕視他人，叫做慢；第五，對佛教眞理懷有猶豫心理，叫做疑；第六，錯誤認為緣起事物中有主體存在，叫做身見；第七，錯誤認為主體永遠或在一定時間裡存在於緣起事物中，叫做邊見；第八，由於執著主體永恆或短暫存在而不相信四諦因果的道理，叫做邪見；第九，由於見解低下而以粗鄙的事情為優勝，叫做見取；第十，把不合佛理的禁戒作為昇天或解脫的原因，叫做戒禁取。其中的四種僅屬於後天產生的，這四種煩惱是指疑、邪見、見取和禁戒取；其餘的六種與後天的分別和先天的俱生兩類都相通。

第二，關於斷滅煩惱而得到的果報。先說說斷除分別煩惱而有的三種人：其一，如果從充滿見、修兩種惑障，進入眞見道即實證眞如性理的階位，則於剎那間一下子斷除了欲、色、無色三界中因迷惑於四諦眞理而產生的分別煩惱，得到預入無煩惱聖道的果位。其二，如果倍離欲人進入實證眞如性理的階段，則在斷滅三界分別煩惱的同時，還消滅了倍離欲，因而得到了一來果，即還須從天上到人間受生一次才能涅槃。所謂倍離欲，是指身爲凡夫時，在欲界九品修惑之中，伏斷了最前的六品，所以叫做倍離欲。進入見道位時，就徹底地斷滅了先前爲凡夫時所伏斷的欲界六品修惑，由此才得到了一來果。其三，如果有人在凡夫時完全伏斷了欲界九品修惑，進入眞見道，則在斷滅三界分別煩惱的同時，完全消滅了欲界九品修惑，得到不還果即到達了不再重返欲界受生的階位。正如《瑜伽師地論》中所說：證入見道果位的人有三種，與其所滅除的煩惱相應，證得三種不同層次的結果。其次談談斷滅俱生煩惱的情況，第六意識中與生俱來的煩惱在欲界、四禪天及四無色天九地中各有九品。另外，爲最後到達阿羅漢果位努力進取而斷除一切俱生煩惱的人有兩種：第一種是逐漸地從這些煩惱中游離出來：把欲界九品修惑中的最前六品全部斷除，則得到一來果；完全消滅了欲界的九品修惑，則得到不還果；將色、無色二界各九品的煩惱都徹底斷滅，則證得阿羅漢果。第二種是立即捨離這些煩惱的人，指得到預入聖道的果位以後，就立刻斷盡了三界各九品修惑中的第一品，逐漸消除了三種九品修惑的全部內容，這樣就證得了阿羅漢的果位，此外再沒有其他的果位。

關於所知障，必將圓寂的定性聲聞們證入無餘涅槃時，一下子就把所知障都掃除了。只有這樣，才是沒有藉助智慧決擇而斷除了所知障，叫做非擇滅。其餘的一切聲聞對於所知障，有的斷滅了，有的則沒有根除：依靠智慧斷除煩惱障而得解脫的聲聞沒有根除所知障，依靠智慧與禪定斷滅煩惱障及妨礙禪定的惑障而得解脫的聲聞，則斷除了一部份所知障。斷除的一部份，指的是妨礙解脫的八種貪欲，是不明事理的無知，爲修持八勝解所要克服的對象。正如《瑜伽師地論》中所說：「這八種解脫是通過滅除所知障顯現出來的，聲聞及緣覺等因爲滅除了所知障精神上得到了解脫。」由此可知，始教爲了引導愚法二乘逐漸轉變小乘認識趣向大乘，設立了這種迴心教，遠遠勝過愚法小乘教，所以允諾能斷除所知障的一部份。不過，這裡所清除的障礙和愚法二乘的不同，因爲愚法二乘只斷除了煩惱障就證得了果位，迴心二乘則不是這樣，他們斷除了產生一切煩惱的種子。

能直接領受大乘教理的菩薩所斷滅的惑障，是將煩惱、所知兩種惑障都斷滅掉。其所斷滅的煩惱障，與聲聞、緣覺二乘分三界九品不同，只是以分別、俱生兩種煩惱中的分別煩惱爲目標，在十地以前伏斷它在精神上已有的表現；於十地之初進入眞見道階位時，一下子立即斷絕能使它產生的種子。至於與生俱來的煩惱障，直進菩薩能夠在進入初地之前輕易地將它斷滅掉，但卻故意保留了它，因而沒有斷除。這是爲什麼呢？因爲直進菩薩打算留下它潤育分段身從而攝化利生，而不想墮落到聲聞、緣覺只追求速證涅槃的境地；還爲了斷滅所知障和證得無上菩提智慧。因此玄奘翻譯的《攝大乘論》說：「由留惑至惑盡，證佛一切智。」這句話可理解爲：所謂惑盡，是指徹底滅除了所知障。也就是說，從爲了引發優勝的修行而保留俱生煩惱，到滅盡所知障的階位，證得了佛果。再者，眞諦所譯《攝大乘論》既然說保留了招致受生的俱生煩惱，因此可以得知，產生煩惱障的種子存留到了堅固不壞的金剛階位。

直進菩薩斷滅的所知障，相狀細微，正好妨礙菩薩自利利他的修行，因此要在每一地的階位上一部份一部份地被斷滅，一直到菩薩證入佛地時才能被完全清除掉。由此可以認爲，煩惱障和所知障這兩種修道時所斷滅的惑障都延續到了佛地。所以《大乘阿毘達磨雜集論》說：「再者，諸菩薩在十地修道的階位上，只需要修持斷滅所知障的方法，不必斷除煩惱障；因爲等到證得無上智慧時，立即斷滅了煩惱障和所知障，馬上證成了阿羅漢和如來佛。」

(2)終教的主張

按照終教的觀點，各位聲聞對於煩惱障，尚不能斷滅，而只能控制使之不能表現出來；何況能斷滅所知障呢？所以《彌勒菩薩所問經論》說：「所有的聲聞、緣覺都不能依據眞如之理修行慈、悲、喜、捨四無量，不能徹底斷滅各種煩惱，而只能抑制一切煩惱的產生」等等。《楞伽經》中也有這樣的論述。

終教認爲菩薩不在煩惱、所知二障中區分俱生和分別，只將它們劃分成正使即產生煩惱的根源，和習氣即因煩惱薰染在精神上留下的習慣。菩薩在十地以前抑制正使使之不產生煩惱，在初地的階段上則斷滅正使這個產生煩惱的種子，在初地以上的階位中則清除習氣，到了佛地就達到了徹底清淨。不過，菩薩在地前十住、十行和十迴向三賢位的住位上，就不會再墮落到急於求證涅槃的聲聞、緣覺二乘境界；對於煩惱障，他們能輕易地斷除，爲了保留所以才沒有斷滅，留下來是因爲想斷除所知障等的緣故。因此眞諦翻譯的《攝大乘論釋》說：十解以前，菩薩得到了超脫塵世的清淨心態。又說：具有十解以上精神境界的叫做聖人，因其不會再墮落到二乘境地中去。《

仁王般若經》說：菩薩在地位之前已經得到人我空幻的眞理，但不選擇無餘涅槃等等。再者，《大乘起信論》說：菩薩在一定範圍中把握了眞如法性，因而變現八相利益衆生等等。說的都是這個道理。因爲始教的菩薩只害怕妨礙菩提智慧產生的所知障，所以修持唯識觀、眞如觀等，用以抑制並斷滅它；然而，對於煩惱障，不但不感到懼怕，不採取辦法對付它，而且還故意加以保留，利用它助願受生，從而攝化利益衆生。到了初地以上，菩薩就斷滅了產生所知障的種子，對於煩惱障也不再加以保留，因此不在煩惱和所知二障中區分見惑和修惑。

㈡通過惑障顯示階位

簡要地說，三乘諸部經典關於用惑障說明階位的說法，有十八種：

一、藉助兩種惑障表現兩個階位。是指區分煩惱和所知兩種惑障，用以說明地前三賢爲比位，十地爲證位。所以眞諦所譯《攝大乘論釋》說：「未登地之前逐步斷除煩惱障，登地以後漸漸清除所知障。」

二、通過皮等三種惑障說明三阿僧祇劫。所以眞諦翻譯的《攝大乘論釋》中說：第一阿僧祇劫斷除與生俱來的修惑即皮煩惱，第二阿僧祇劫斷除後天得到的見惑即肉煩惱，第三阿僧祇劫斷除心煩惱即產生一切迷妄的根本無明。

三、藉助皮、肉、心三種煩惱說明菩薩在每一地位上都有三種不同的精神境界。如眞諦所譯《攝大乘論釋》中關於三十三阿僧祇劫所說：「菩薩在十地的每一地上，都是進入該地時精神境界中斷除了皮煩惱，安住在該地上精神中消除了肉煩惱，離開該地進入下一地位時精神中去掉了心煩惱」等等。

四、以煩惱、所知二障各有粗細的相狀表現三種階位。如《菩薩地持經》說：「煩惱、所知二障與三種境地相聯繫，這三種境地是指地前、地上及佛地。」

五、用三種階位表現精神煩惱的輕重程度，從而顯現佛的三身。如《合部金光明經》所說：「菩薩修習伏結之道，斷除在四住地上所產生的嚴重的精神煩惱，能顯現佛的化身；修習斷結之道，斷滅四住地上因無明而產生的精神煩惱，能顯現佛的應身；修習拔除煩惱的殊勝道，斷滅產生一切煩惱的根本無明，能顯現佛的法身。」

六、通過妨礙解脫的三種惑障直接顯示佛的三身。所以《合部金光明經》說：「菩薩精神境界中去掉煩惱障，能顯現佛的應身；斷滅由身、口、意造成的不善業力，能顯現佛的化身；斷除了所知障，則能顯現佛的法身。」

七、通過迷惑於三無性所產生的煩惱顯示佛的三身。所以《合部金光明經》說：

「一切凡夫由於三相的緣故，有一定的束縛和障礙，離開佛的三身很遙遠，而不能達到佛的三身。什麼是三相？第一種是誤以爲心外有實體存在的思惟分別相，第二種爲事象都因各種條件而產生的依他起相，第三種是指存在於一切事象中的眞如本體不生不滅，叫做成就相。由於不能知解、不能斷滅、不能清淨如此三相，所以不能達到佛的三身。如果能夠知解、斷滅、清淨如此三相，則諸佛菩薩能顯現三身。」

八、通過四種障礙表現四個階位，這包括兩個方面：其一，從斷滅使四種惑障產生的根源的角度，說明十地之前的四個階位、四種修行、四種原因及四種果報。這裡所說的各種四指的是什麼呢？第一是用斷滅妨礙闡提人不信善惡因果的正使，表現十信的階位，促成信仰愛樂大乘的修行，成就淨德和鐵輪王報；第二是通過斷滅使異教徒執著於身中有主體存在的惑種，表現十解的階位，促成追求般若智慧的修行，成就我德和銅輪王報；第三是用斷滅使聲聞畏懼生死痛苦的根源，表現十行的階位，促成照破定執生死如虛空之妄見的禪定修行，成就樂德及銀輪王報；第四是通過斷滅使緣覺放棄於苦難之中救度衆生而獨自證入無餘涅槃的障種，表現十迴向的階位，促成拔除衆生疾苦的大悲修行，成就常德和金輪王報。

其二，通過前述四種惑障在精神上留下的習氣，說明初地以上的四個階位、四種禪定、四種功德因及四種果報：第一，在初地、二地和三地上，滅除闡提人不信善惡因果留下的習氣，也就是說在這一階位表現一切有情衆生都是相同的；還獲得了照了大乘教理行果的光明三昧，成就淨德，滅除以無漏業爲因、無明爲緣而示現的八相生死的果報。第二，在四地至六地上，滅除異教徒執著於身中有實我存在留下的習氣，即在這一階位上表現聲聞、緣覺二乘是相同的；還獲得了集福德王三昧，成就我德，斷滅爲利益衆生而示現的生死。第三，在七至九地間，斷滅聲聞懼怕生死痛苦留下的習氣，即在這一階位上表現大乘都是一致的；還獲得了賢護三昧，成就樂德，滅除有生死即因還有一品無明未斷而招致的一次生死。第四，從十地到佛地以前，斷滅緣覺放棄大悲留下的習氣，即在這一階段上表現因位的各種修行圓滿，和果位上充滿功德；還獲得了首楞嚴三昧，成就常德，不再出現生與死的果報。

九、在十地中爲了區分不同的相狀，主張菩薩的精神中在三地以前已將與生俱來的煩惱、所知二障以及使其產生的正使根源全部清除；四地以上，則只有細微的習氣存在。爲什麽呢？因爲前三地是一樣的凡俗境界，四地以後才是出世間。……上述九門是依據終教的立場而論的。

十、還是在十地相狀的差別中說明世間、聲聞和緣覺二乘、菩薩三個階位之間的區別。《仁王般若經》說：前邊的三地，斷滅三界中色的煩惱；四至六地，斷滅三界中的心煩惱；七至九地，斷除三界中色煩惱留下的習氣；第十地和佛地，斷除三界中心煩惱留下的習氣。這段經文可理解爲：因爲在前三地的最後階段上，菩薩的精神達到了四地以上的色界三禪、四禪境界，甚至達到了超越物質繫縛的四空定，拋棄了前二地中的物質繫縛，所以說斷滅了色煩惱。因爲四地以上，達到了聲聞、緣覺二乘無煩惱超出世間的階位，對於世間的色、心煩惱都已完全斷絕。七地以上是菩薩的階位，相對於前面的階位而言，較爲細妙，所以藉助色、心煩惱留下的習氣來顯示這個階位。

十一、在這個菩薩階位中，爲了表現自由自在及未達到自由自在二個階段的差別，通過七地以前的階位說明斷滅三界色、心兩種煩惱並得到了由之而來的果報；借助八地以上的階位說明斷除色、心兩種煩惱留下的無明習氣。

十二、根據《三無性論》，通過斷滅遍計所執和依他起二性，顯示見道和修道二位的差別。所以該論說：「因爲依照四諦眞理修行的緣故，誤以爲事物差別爲實在的分別性就不存在，所以說得不到分別性；由於反復斷除一切俱生的煩惱種子的緣故，斷滅了依他起性，所以說看不到它。」

十三、按照《大乘阿毘達磨雜集論》等經典，用分別、俱生二種煩惱作依託，顯示見道、修道二位的差別。怎麼知道這兩種煩惱只是作爲階位的依託，而不是實際斷滅的呢？如以爲有我的分別煩惱，是依賴三方面的條件產生的，即在不良的導師、教說及思惟的影響下，虛妄地計議依存於五蘊的我和離開五蘊的我等。像佛陀的弟子，雖然處在凡俗的地位，但因歸依正確的導師、教說和思惟，不但不產生依存於五蘊的我等執著，而且還樂於接受人、法都沒有實我存在。這種人是不是已經斷滅了分別煩惱而沒有進入見道位呢？如果說雖沒有分別煩惱產生，然由於產生它的因種存在，就沒有進入見道位。不過，既然沒有分別煩惱產生，那麼這種人就應當進入了資糧位和加行位。道理既然不是如此，由此可以知道，爲了說明見道沒有實我存在的觀點，依託虛妄計較的明顯惑障，從反面進行說明。還用與生俱來的煩惱相狀細微，難以斷滅，從反面顯示修道位上逐漸斷滅品類衆多的煩惱。像實際的道理一樣，只是一個煩惱，相狀有明顯的，也有細微的；見道位上所斷滅的是明顯的部份，修道位上斷滅的是細微的內容。

十四、通過分別煩惱得以產生的三個條件，顯示地前的十解、十行、十迴向三賢位有所不同。這是指十解位上，斷除不良導師的影響；按照次序應當知道，十行位上斷除不正確教說的影響，十迴向斷除不正確思惟的影響。這是針對能直接領會大乘教義的菩薩而說的。再者，用受不良的導師及教說影響所產生的煩惱說明是資糧位要制伏的，因其相狀明顯；用受錯誤思惟影響所產生的煩惱說明是加行位要制伏的，因其相狀細微。這是針對迴心二乘而說的。

十五、通過第六意識和第七末那識與生俱來的煩惱，表示七地以前有俱生煩惱生起，八地以上被永遠制伏不再生起。這是爲了作依託顯示進入觀有間、觀無間階位的不同，所以才這樣說的。

十六、再用第六意義的煩惱障作依託，說明修行到了四地；用末那識煩惱障作依託，表示修行到達了七地；八地以上只有所知障。這也是爲了顯示世間、聲聞和緣覺二乘、菩薩的階位，所以才這樣說的。

十七、爲了表示十地到佛地間的差別，用十一種煩惱作依託，從反面加以說明。

十八、爲了表示十地中的每一地上有眞、俗兩種智慧，用二十二種煩惱作依託，加以說明。……上述九門是從始教的立場來說的。

二、頓教在斷除惑障方面的主張

根據頓教的立場，一切煩惱本來就是與菩提智慧相分離的，不可說菩薩斷滅還是沒有斷滅煩惱。正如《入法界體性經》所說：佛陀對文殊師利說，你說了些什麼讓在家信仰佛教的善男子發願求證菩提心？文殊說，我教導他們念念發見以爲有實我的妄見心。爲什麼呢？因爲斷除了執著有實我的妄見就是菩提。

三、圓教在斷除惑障方面的主張

圓教認爲，對於一切煩惱都無法用語言說出其本質，僅從它們的表現來說，內容就非常深奧繁多。由於被障礙的事物之間，一與一切相即不離，彼此構成互爲主導與從屬等圓融關係，所以那些能妨礙事物的煩惱也是這樣。因此，不區分正使、習氣或障種、現行，只是像對於一切事物一樣，把握到了其中之一就是把握了其全體；對於煩惱也是斷滅了其中之一，就斷滅了一切煩惱。所以《華嚴經·普賢菩薩行品》主張，受到一種煩惱障礙就受到了一切煩惱的影響；同經〈佛小相光明功德品〉主張，斷滅了一種煩惱就斷滅了一切煩惱，說的就是這個道理。

其次，圓教關於斷滅的惑障的不同，依照《華嚴經》中前後的敍述，共有四種：一、從證悟的角度說，指十地中斷滅的煩惱；二、根據階位來說，指十住心以上所斷滅的；三、從實踐的觀點上看，指十信末端精神中去除的；四、從絕對眞實的立場說，沒有什麼煩惱需要斷滅，因爲一切本來都是清淨的。詳情如《華嚴經》中所說。再者，前文關於三乘等教所斷滅的愚惑，如果是受到其中一種的障礙就受到其全體的障礙，斷滅了其中之一就斷滅了它們的全部，那麼，可將其歸入這個圓教；如果像前文所述，這些煩惱有前後的分別，則是三乘等教的主張。這是從別教的角度來說的。如果從統攝方便的角度看，前文三乘等教所主張的，都可歸入圓教之中。因爲那些都是同教一乘所施設的方便法門，是從圓教中發展出去的，是同教一乘法網上的孔目。

原典

第六節斷惑分齊

一、三乘的斷惑

若依三乘，有二種義：一、約位滅惑相，二、寄惑顯位相。

(一)約位滅惑

(1)始教

初義者，若依始教，具足三乘斷惑差別。由此是其三乘教故，障有二種，謂煩惱、所知。

先辨三乘斷煩惱障，於中有二：先障名數，後斷惑得果。初中煩惱有二：謂分別、俱生；總有十種：一、貪，二、瞋，三、無明，四、慢，五、疑，六、身見，七、邊見，八、邪見，九、見取，十、戒禁取。於中四種唯分別起，謂疑、邪見、見取、戒禁取；餘六通二種。

第二斷惑得果者，先斷分別，有其三人：一、若從具縛入眞見道，刹那頓斷三界四諦分別煩惱，得預流果。二、若倍離欲人入眞見道，兼斷倍離欲，得一來果。言倍離欲者，謂凡夫時，欲界修惑九品之中伏斷前六，故云倍離欲。入見道時，即永斷前所伏故，是以得彼果也。三、若已離欲人入眞見道，兼斷九品，得不還果。如《瑜伽》說：入見道果者，有其三種，隨其所應證三果故。❶次斷俱生者，第六識俱生，九地各有九品。又，進修道人有其二種：一、漸出離，斷欲界九品中前六品盡，得一來果；斷九品盡，得不還果；斷上二界盡，得阿羅漢果。二、頓出離者，謂得初果已，即頓斷三界，漸除九品，即得阿羅漢果，更無餘果。

其所知障，諸趣寂者入無餘時，一時皆斷，唯此非擇滅也。其餘一切有斷、不斷，慧解脫人不斷，俱解脫人分有所斷。謂八解脫障不染無知，修八勝解所對治故。如《瑜伽》說：「又諸解脫，由所知障解脫所顯。由聲聞及緣覺等，於所知障心得解脫故。」❷當知此始教，爲引愚法漸向大故，安立此教，深勝於彼，故所知障亦許分斷。然上所斷，不同愚法。以彼唯斷煩惱得故，此即不爾，斷種子故。

直進菩薩斷惑者，二障俱斷。又，煩惱障中，不同二乘約界分品。但於二障分別起者，地前伏現行；初地眞見道時，一剎那中頓斷彼種。其俱生中煩惱障，初地已去自在能斷，留故不斷。何以故？潤生攝化故，不墮二乘地故；為斷所知障故，為得大菩提故。是故《攝論》云：「由留惑至惑盡，證佛一切智。」❸解云：惑盡者，是所知障盡。即由留煩惱障起勝行故，得至此位證佛果也。又，梁《攝論》既云留種子❹，是故當知，煩惱障種至金剛位。

其所知障，行相細故，正障菩薩道。是故地地分斷，要至佛地方得總盡。由此即說二障修惑俱至佛地，故《對法論》云：「又諸菩薩於十地修道位中，唯修所知障對治道，非斷煩惱障；得菩提時，頓斷煩惱障及所知障，頓成羅漢及如來故。」❺

⑵終教

若依終教，諸聲聞於煩惱障尚不能斷，但能折伏，何況能斷所知障？故《彌勒所問經論》云：「一切聲聞、辟支佛人，不能如實修四無量，不能究竟斷諸煩惱，但能折伏一切煩惱」❻等。《楞伽經》文亦如上說。

其菩薩人，於二障中不分俱生及分別，但有正使及習氣。地前伏使現，初地斷使種，地上除習氣，佛地究竟清淨。然彼地前三賢位中，初既不墮二乘地中，於煩惱障自在能斷，留故不斷，為除所知障等故。是故梁《攝論》云：十解已去，得出世淨心。[7]又云：十解心已上名聖人，不墮二乘地故。[8]《仁王經》云：地前得人空而不取證等。[9]又，《起信論》得少分見法身作八相等[10]，皆此義也。以此菩薩唯怖智障，故修唯識、眞如等觀，伏斷彼障。然於煩惱障，非但不怖不修對治，亦乃故留助成勝行。初地已上，斷於所知障一分粗故，於煩惱障不復更留。是故二障不分見、修。

㈡寄惑顯位

寄惑顯位者，諸聖教說，略有一十八門：

一、寄二障以顯二位。謂分惑、智二障，以顯比、證二位。故梁《攝論》云：「地前漸除煩惱障，地上漸除智障。」[11]

二、寄皮等三惑，顯三僧祇。故梁《攝論》云：初僧祇斷皮煩惱，第二僧祇斷肉煩惱，第三僧祇斷心煩惱。[12]

三、以此三惑，寄顯地地三心不同。如梁《攝論》三十三僧祇中說：「地地之中入心除皮，住心除肉，出心除心」[13]等。

四、以二障粗細，寄顯三位。如《地持論》云：「二障三處通，謂地前、地上及佛地。」[14]

五、以染心粗細寄於三位，以顯三身。如《金光明經》說：「依諸伏道，起事心盡，得顯化身；依法斷道，依根本心盡，得顯應身；依勝拔道，根本心盡，得顯法身。」⓯

六、寄於三障，直顯三身。故彼經云：「煩惱障清淨，能顯應身；業障清淨，能顯化身；智障清淨，能顯法身。」⓰

七、以迷三無性所起煩惱，寄顯三身。故彼經云：「一切凡夫為三相故，有縛有障，遠離三身，不至三身。何者為三？一者、思惟分別相，二者、依他起相，三者、成就相。如是三相，不能解故，不能滅故，不能淨故，是故不得至三身。如是三相能解能滅能淨，是故諸佛至於三身。」⓱

八、寄四障以顯四位。此有二義：一、約正使，寄顯地前四位、四行、四因、四報。何者為四？一、謂以闡提不信障使滅已，翻顯十信之位，成信樂大乘行，為淨德因，及鐵輪王報。二、以外道執我障，寄以翻顯十解位，成般若行，為我德因，銅輪王報。三、聲聞畏苦障，寄顯十行位，成破虛空定器三昧行，為樂德因，銀輪王報。四、獨覺捨大悲障，寄顯十迴向位，成大悲行，為常德因，金輪王報。

第二、以四障習，寄顯地上四位、四定、四德、四報。一、初二三地，滅闡提不信習，即顯此一位相同世間，又得大乘光明三昧，成於淨德，除因緣生死變易報。二、四五六地，滅外道我執習，顯此一位相同二乘，得集福德王三昧，成於我德，除方便生死。三、七八九地，滅聲聞畏苦習，顯此一位相同大乘，得賢護三昧，成於樂德，除有有生死。四、十地至佛地已還，滅獨覺捨大悲習，顯此一位因圓果滿，得首楞嚴三昧，成於常德，無有生死。

九、於十地中爲別相故，三地終心已來，斷二障修惑正使皆盡；四地已去，但有微習。何以故？前三地相同世間，四地已去是出世故。……上來多分約終教說。

十、又於十地別相中，寄顯世間、二乘、菩薩三位別。故《仁王經》說：前之三地，斷三界中色煩惱；四五六地，斷三界中心煩惱；七八九地，斷三界中色習煩惱；第十地及佛地，斷三界中心習煩惱。⑱解云：以三地終位，得上界定，極至四空定，離下地色，故云斷色惑也。以四地已去，得二乘無漏出世間位故，於世間色心俱盡故。七地已去是菩薩位，漸細於前，故寄滅於色心習氣以顯彼位也。

十一、於此菩薩位中，爲顯自在及未自在二位別故，七地已還，寄滅三界色心煩惱及彼果報；八地已去，寄滅色心二習無明。

十二、依《三無性論》，寄滅二性，以顯見修二位差別。故彼論云：「由見道故，分別性即無，故言不得；由修道故，依他性即滅，故言不見。」⑲

十三、依《雜集論》等，以分別、俱生二種煩惱，寄顯見修二位差別。何以得知但是寄位，非實斷者？如分別我見，藉三緣生，謂邪師邪教及邪思惟，妄計即蘊、離蘊等我。如佛弟子，雖居凡位，然已正師正教正思惟故，非直不起即蘊等執，亦乃願樂於無我性，此人豈斷已非入見道邪？若言雖無現行，然有種故，非入見者。既無現行，即應入資糧、加行。義既不爾，是故當知，為顯見道無我理故，寄彼橫計顛倒粗惑，反以顯之。又以任運所起煩惱，細難斷故，翻顯修位漸增差別。如實義者，但一煩惱，有粗有細，見位斷粗，修位斷細。

十四、於分別惑所藉三緣，寄顯地前三賢位別。謂十解等，除邪師等，如次應知。此約直進說。又，以邪師邪教所起，寄資糧位伏，以行相粗故；邪思惟所起，寄加行位伏，以行相細故。此約迴心二乘說。

十五、於俱生內六七識惑，七地已來寄有現行，八地已去永伏不起。此為寄顯入觀有間無間位異，故作此說。

十六、又以六識煩惱，寄至四地；末那煩惱，寄至七地；八地已去，唯有所知障。此亦爲顯世間、二乘、菩薩位，故作此說也。

十七、爲顯十地至佛地差別故，以十一無明反寄顯之。

十八、爲顯地地眞俗二智故，以二十二無明寄以顯之。……上來多分約始教說。

二、頓教的斷惑

若依頓教，一切煩惱本來自離，不可說斷及不斷。如《法界體性經》云：佛告文殊師利，汝云何教諸善男子發菩提心？文殊言：我教發我見心。何以故？我見除，即是菩提故。⑳

三、圓教的斷惑

若依圓教，一切煩惱，不可說其體性；但約其用，即甚深廣大。以所障法，一即一切，具足主伴等故，彼能障惑亦如是也。是故不分使習種現，但如法界一得一切得故，是故煩惱亦一斷一切斷也。故〈普賢品〉明一障一切障㉑，〈小相品〉明一斷一切斷㉒者，是此義也。

又，此斷惑分齊，準上下經文，有四種：一、約證，謂十地中斷；二、約位，謂十住已去斷；三、約行，謂十信終心斷；四、約實，謂無可斷，以本來清淨故。廣如經說。又，前三乘等諸門斷惑，若一障一切障，一斷一切斷，即入此教。若隨門前後，是三乘等。此約別教言。若約攝方便，前諸教所明，並入此中，以是此方便故，及所流所目故。

注釋

❶此句係法藏對《瑜伽師地論·本地分》中一段內容的概括。參見《大正藏》第三十冊四三六頁中。

❷此語出自《瑜伽師地論·攝決擇分》。見《大正藏》第三十冊六四五頁下。

❸此語出自玄奘譯《攝大乘論·彼果智分》。見《大正藏》第三十一冊一五〇頁下。

❹眞諦譯《攝大乘論·智差別勝相》中把與前引玄奘所譯那句話相同的原文譯爲「留惑至惑盡，佛證一切智」（同上一三一頁中）。這裡的種子即指句中的惑。

❺此語出自《大乘阿毘達磨雜集論·決擇分中得品》。見《大正藏》第三十一冊六九

二頁下。

❻此語引自《彌勒所問經論》第八卷。見《大正藏》第二十六冊二六五頁中。

❼此語取意於眞諦譯《攝大乘論釋·出世間淨章》中的一段話。參見《大正藏》第三十一冊一七四頁下。

❽此語取意於眞諦譯《攝大乘論釋·順道理章》中的一段話。參見同上書一七七頁下。

❾此語取意於《仁王般若經·受持品》中的一段話。參見《大正藏》第八冊八三一頁中。

❿參見《大正藏》第三十二冊五八一頁上。

⓫此語引自眞諦譯《攝大乘論釋·釋入因果勝相》。見《大正藏》第三十一冊二一五頁下。

⓬此段取意於眞諦譯《攝大乘論釋·釋入因果修差別勝相》中的部分內容。參見《大正藏》第三十一冊二三〇頁中和二三一頁下。

⓭見《大正藏》第三十一冊二三一頁下。

⓮《菩薩地持經》卷九分別把煩惱、所知二障分作由粗至細的三種，而相應被初地、八地和佛地所滅。參見《大正藏》第三十冊九四五頁中。

⓯這段話出自《合部金光明經·三身分別品》。見《大正藏》第十六冊三六三頁中。

⓰同上書三六四頁下。

⓱同上書三六三頁中。

⓲這段話取意於《仁王般若經·菩薩教化品》。參見《大正藏》第八冊八二六頁下。

⓳見《大正藏》第三十一冊八七〇頁下。

⓴此處取意於《入法界體性經》中佛與文殊的一段對話。參見《大正藏》第十二冊二三四頁下。

㉑此指《華嚴經·普賢菩薩行品》所說：「菩薩摩訶薩起一瞋恚心，受如是等百障法門，乃至百千障礙法門。」參見《大正藏》第九冊六〇七頁中。

㉒此處取意於《華嚴經·佛小相光明功德品》中的一段話。參見《大正藏》第九冊六〇六頁上。

譯文

第七節五教在二乘改變志向方面的不同

一、小乘教關於二乘改變志向的主張

一切聲聞、緣覺二乘都不改變小乘意識而追求大乘，因其除了以證入無餘涅槃爲最高境界外，不再有其他的追求。如小乘教中所說。

二、終教關於二乘改變志向的主張

所有的聲聞和緣覺都轉變小乘意識而追求大乘，因其都有先天的佛性作爲內薰的原因，又不捨棄佛以三十二種大悲心使衆生脫離苦難的外在條件，尚未斷滅無始以來就存在的無明，也不以證入小乘的無餘涅槃爲最高境界。因此，一切二乘沒有不迴轉其利己的小乘心而趣向大菩提智慧的。這是從終教的立場來說的。

三、始教關於二乘改變志向的主張

在所有的聲聞、緣覺二乘之中，有轉變小乘意識而趣向大乘的，也有不改小乘初衷的。這是指種性已經固定的聲聞和緣覺追求證入涅槃，而不轉變志向追隨大乘；種性尚未定型的聲聞和緣覺都迴轉小乘之心而趣向大乘。如《瑜伽師地論‧攝決擇分》中就聲聞而作的論述。這是從大乘始教引導不明白大乘法空道理的聲聞、緣覺二乘的角度來說的。

四、頓教關於二乘改變志向的主張

一切聲聞和緣覺都不轉變小乘之志而趣向大乘，也不不改變小乘之志而趣向大乘，因為頓教主張超越語言和思惟。像《文殊師利所說摩訶般若波羅蜜經》等經典就是這樣論述的。這是從頓教的立場來說的。

五、同教一乘關於二乘改變志向的主張

綜合以上四教在二乘改變志向方面的各種主張，因爲它們都是依據同教一乘所設立的方便說法。這是從一乘統攝方便法門的角度來說的。

六、別教一乘關於二乘改變志向的主張

與上述各教關於二乘改變志向的五種見解完全不同，包括兩種情況：其一，一切聲聞和緣覺都沒有使其轉變志向的目標，因爲從一乘的境界來說，一切二乘本來就虛假不實，所以沒有他們要轉而追求的東西。《華嚴經》所說諸大弟子對於菩薩智慧境界像聾者盲人一樣不覺不知，就是指這種情況。其二，所有的聲聞和緣覺等都已完成了從追求小乘到趣向大乘的轉變，不再重新改變追求的志向了。像《華嚴經》所說用普賢菩薩見一切的智慧目光來觀察，一切衆生都已達到了最高境界，指的就是這種情況。這兩種情況都是從別教一乘的立場來說的。

原典

第七節二乘迴心

一、小乘的迴心

一切二乘皆無迴心，以便無餘求故，如小乘中說。

二、終教的迴心

一切二乘皆迴心，以悉有佛性力爲內熏因故，如來大悲力外緣不捨故，根本無明猶未盡故，小乘涅槃不究竟故，是故一切無不迴心向大菩提也。此約終教說。

三、始教的迴心

一切二乘亦迴亦不迴，謂決定種性者，趣寂不迴；不定種性者，並迴向大。如《瑜伽》聲聞決擇中說❶。此約始教引二乘說。

四、頓教的迴心

非迴非不迴，以離相故，如《文殊般若》等說❷。此約頓教說。

五、同教一乘的迴心

或合具前四說，以是大法方便故。此約一乘攝方便說。

六、別教一乘的迴心

或俱絕前五，此有二種：一、一切二乘悉無所迴，以望一乘皆即空無可迴也。如經中如聾如盲者❸是。二、一切二乘等並已迴竟，更不復迴，如經中以普賢眼見一切衆生皆已究竟者❹是。此並約一乘別教說。

注釋

❶此處指《瑜伽師地論·攝決擇分》中對四種聲聞的解釋。參見《大正藏》第三十冊七四四頁上。

❷《文殊師利所說摩訶般若波羅蜜經》卷上說到：「凡夫法、聲聞法、辟支佛法、菩薩法、佛法，是諸法皆無相。」（《大正藏》第八冊七二七頁下）法藏於此處以之爲據。

❸此指《華嚴經·入法界品》所說諸聲聞弟子對菩薩智慧世界毫無知覺。參見《大正藏》第九冊六七九頁下。

❹此指《華嚴經・寶王如來性起品》所說如來用無礙清淨天眼觀察衆生的一段內容。參見《大正藏》第九冊六二四頁上。

譯文

第八節成佛的意義和相貌

一、常和無常的意義

(一)小乘教關於成佛是常或無常的觀點

小乘教只認爲佛的果位有生滅變化因而是無常，因其不主張無始以來衆生身中就有成佛的可能性。如《佛性論》中所說：小乘由於不承認與生俱來的佛性，只主張依靠後天的修行可以成佛。

(二)始教關於成佛是常或無常的觀點

三乘教中的大乘始教認爲，如來法身一方面常住不變，因其具有眞實不變的個性；另一方面又有生滅變化，因其與一切有生滅變化的事物相聯繫又有區別。靠後天的修行得到的佛性有生滅變化，因爲它的產生是有原因條件的，是經過人爲努力達到的清淨；也可以說它恆常存在，因其享受到的無上快樂綿亙不絕，還由於其爲教化衆生變現出來的身體雖有變化，但變現能無限相續。

㈢終教關於成佛是常或無常的觀點

終教關於成佛是常或無常有兩種說法，先介紹具體的見解，然後再概括地作一說明。具體地說，靠修習證得的佛果有生滅變化，因爲是依賴後天的修行得到的；同時也永不生滅變易，因爲佛果一旦證得以後，就和眞如本覺一樣。爲什麼呢？因爲成佛本來就是從眞如本覺中派生出來的；還因爲無明煩惱被完全斷滅以後，就又重新歸入了眞如本體。……本來就有的如來法身常住不變，因其隨應衆生根機變現作用時不改變自身淸純無雜的本性；也有生滅變化，因其隨應衆生的根機而顯現報、化二身。爲什麼呢？因爲各種功德既然都一樣是從如來法身產生的，所以出現的功用只能是眞如變現的。

第二，概括地說，由於如來法身有隨應衆生根機而變現功用的意義，所以顯現出來的功能之間出現了差別；由於如來法身清純無雜的本性沒有改變，所以一切功能無不依存於眞如。由於如來法身隨應衆生機類而顯現作用，及其雖有各種功用而不改變清純無雜的本性兩方面的意義相互鎔融，而不影響各自的存在，所以關於成佛的意義是常住不變又有生滅變化共有四個判斷；或是非常住不變也非有生滅變化，總計也有四個判斷，根據前文所說的道理可以推論出來。

(四)頓教關於成佛是常或無常的觀點

頓教認為眞理超越語言和思惟，因而主張只有一個具有眞實本性的法身，模樣從來如此，不能說其功能方面有什麼不同，也不能說其永不生滅變易和有生滅變化。如果藉助語言來說明這個道理，正如《大般涅槃經》所說：「我現在的這個身體就是如來法身。」再者，《華嚴經》說：「一切三世諸佛的身體，只是同一如來法身」等等。

(五)圓教關於成佛是常或無常的觀點

圓教關於成佛的恆常不變等意義，是從三個方面來論述的：其一，從功用方面說，成佛既然與世間、出世間、出出世間等一切事物現象相互融通，那麼就具有常住不變等四種意義。其二，從德性方面說，成佛既然具有四方面的含義，即：一、通過後天修習達到的，二、本性上是與生俱來的，三、依據先天即有的本性修行而得，四、經過後天修習得到了先天即有的本性；這四方面的含義相互融攝又各自成立，使佛果具有無邊的性德，因此也與常住不變等四種意義相融通。……其三，從本質方面說，成佛也與常住不變等四種意義相貫通。這是指《華嚴經》中不通過語言表述來表現成佛的本質，所以是常；借助語言表述都是針對衆生根機而作的方便說法，所以是無常；利用與不利用語言兩種情況互不影響而同時存在，所以是常和無常；隨應衆生的機緣而表現清淨的本性，所以是非常非無常。

以上圓教關於成佛意義的三種說法，如從本質方面看都是本質，以至於從功用方面看都是功用，因爲它們相互融攝又不影響各自的獨立，所以都具有同一情形：常住不變等四種意義相互依存，相互容攝。

二、諸教關於佛的殊勝容貌特徵的不同主張

㈠小乘教所說的佛的殊勝容貌特徵

根據小乘的觀點，佛的殊勝容貌中有三十二種明顯的特徵，和八十種細微的特徵，都是眞實的現象。

㈡三乘教所說的佛的殊勝容貌特徵

在三乘教法中，有的也只說佛的殊勝容貌中有三十二種明顯的和八十種細微的特徵，但認爲這是佛陀隨應衆生而變現的種種身體的相狀，沒有實體是這種相狀的意義。如《金剛般若經》、《大乘阿毘達磨雜集論》等經典中所說。這是大乘始教爲破斥小乘執著佛的相好爲實存、使其領會大乘教法而說的。有的根據佛的報身，說佛的容貌中有八萬四千種明顯殊勝的特徵，而且都具有眞實的體性。這是直進教和大乘終教等針對具有頓悟根機的衆生而說的。

再者，佛的容貌中三十二種明顯殊勝的特徵等，因沒有生滅變化沒有自性，所以也就是眞如法身。這是從大乘終教的立場來說的。

㈢一乘圓教所說的佛的殊勝容貌特徵

根據一乘的觀點，佛的殊勝容貌中有十蓮華藏世界海中的塵埃一樣衆多的明顯特徵，其中的每一種相貌特徵都遍滿一切事物現象，每一種相貌特徵的作用也是如此。

用十來形容的原因，在於想顯示重重無盡的圖景。如《華嚴經・如來相海品》中所說。

原典

第八節佛果義相

一、常無常義

㈠小乘

若小乘佛果，唯是無常，以不說本性功德故。如《佛性論》云：小乘以無性德佛性，但有修德也。❶

㈡始教

若三乘始教，法身是常，以自性故；亦無常，以離不離故。修生功德是無常，以從因緣生故，是有爲無漏故；亦得是常，以無間斷故，相續起故。

㈢終教

若依終教，有二義：先別明，後總說。別中，修生功德是無常，以修生故；亦即是常，一得已後同眞如故。何以故？本從眞流故，無明已盡，還歸眞體故。……法身是常，以隨緣時不變自性故；亦是無常，以隨染緣赴機故。何以故？以諸功德即並同是眞，是故起用唯是眞作。

二、總說者，由此法身隨緣義故，是故功德差別得成；由不變義故，是故功德無不即眞。如舉體隨緣、全相不變二義，鎔融無障礙故，是故佛果即常即無常，具足四句❷；或非四句❸，隨義應知。

㈣頓教

若依頓教，以相盡離念故，唯一實性身，平等平等，不可說有功德差別，亦不可說常與無常。若寄言顯者，如經云：「我今此身即是法身。」❹又，經云：「一切諸佛身，唯是一法身」❺等。

㈤圓教

若依圓教，佛果常等義有三說：一、約用，佛果既通三世間等一切法，是故具有常等四句。二、約德，佛果即具四義，謂一修生，二本有，三本有修生，四修生本有。圓融無礙，備無邊德，是故亦通常等四句。……三、約體，亦通四句。謂此經中以不說爲顯，故是常；與阿含相應，故是無常；二義無礙，故俱有；隨緣起際，故俱非。

此上三義，若體即俱體，乃至用即俱用，以體攝無礙故，皆有常等無礙。

二、相好差別

㈠小乘

若依小乘，有三十二相八十種好，是實法也。

㈡三乘

若三乘中，或亦但說三十二相八十種好，是化身之相，乃即空是相義。如《金剛般若經》❻、《對法論》❼等說。此約始教引小乘說也。或約報身，說八萬四千相，並是實德。此約直進及終教等說。

又，三十二相等，即無生無性故，亦即是眞如法身。此約終教說。

㈢一乘

若依一乘，有十蓮華藏世界海微塵數相，彼一一相皆遍法界，業用亦爾。所以說十者，欲顯無盡故。如〈相海品〉說❽。

注釋

❶此指《佛性論・緣起分》中的相關內容。參見《大正藏》第三十一冊七八七頁下。

❷**四句**：意指一、常，以不變故；二、無常，以隨緣故；三、亦常亦無常，以二義俱存故；四、非常非無常，不變隨緣故非常，隨緣不變故非無常。

❸**非四句**：即指一、非常，不變隨緣故；二、非無常，隨緣不變故；三、亦非常亦非無常，以二義俱存故；四、非非常非非無常，以二義相互障礙故。

❹此語出自《大般涅槃經・如來性品》。見《大正藏》第十二冊三八八頁中。

❺此語出自《華嚴經・菩薩明難品》。見《大正藏》第九冊四二九頁中。

❻指經中佛陀和須菩提關於能否通過三十二相得見如來的一段問答。參見《大正藏》第八冊七五〇頁上。

❼指《大乘阿毘達磨雜集論・決擇分中得品》所說，三十二相八十種好是佛爲化度衆生從法身中顯現出來的，不是佛的自體。參見《大正藏》第三十一冊七六〇頁上。

❽此指《華嚴經・如來相海品》中普賢對諸菩薩所說：如來頂上有大人相，三十二寶

以爲莊嚴，普放無量大光明網，遍照十方一切世界等。見《大正藏》第九冊六〇一頁上。

譯文

第九節佛陀引攝化導衆生所依止的國土

一、小乘教的主張

根據小乘教的觀點，只有這個充滿煩惱與惡行的娑婆世界是佛的報身所居之土，其中人類居住的南瞻部洲爲報身佛依止之處，其餘的百億須彌山世界爲佛引攝化導衆生的國土。

二、三乘教的主張

三乘教中關於如來法身居住的眞如法性土，及佛自己受用法樂之身所依國土的見解，現在在這裡就不介紹了。關於釋迦牟尼佛為使衆生享用大乘法樂而應機示現的實報淨土，有的說存在於大自在天境，佛為衆生化現的八相成道之身充滿百億個為人類居住的南瞻部洲，這是順應教化衆生的根機而表現出的差別。如《梵網經》及《大乘阿毘達磨雜集論》等經典所說。應該知道這是依據大乘始教而說的。

有的則認為，釋迦牟尼佛報身居住的國土存在於三界之外。像《涅槃經》就說：「距這個娑婆世界以西，如三十二條恆河中的細沙一樣無數的遙遠佛國淨土中，有一個世界叫做無勝，是釋迦牟尼佛的眞實報土。」這是依據終教來說的。沒有像始教那樣隨應聲聞、緣覺二乘的根機而說釋迦佛的實報淨土位於色界最高處的大自在天境，其目的在於說明娑婆世界是佛攝化衆生的國土。由此可知，存在於大自在天境的佛身也不是佛的眞實報身。

有的認為，佛引攝教化衆生的國土，不只是百億個。像《大智度論》中就把三千大千世界當做一個基數，數到恆河流沙一樣無窮盡時，作為一個世界性；又以此為基數，數到像恆河流沙一樣無窮大時，作為一個世界海；又以此為基數，數到像恆河流沙一樣無量時，作為一個世界種；又以此為基數，數到像十方無數條恆河中的細沙一般無窮盡時，作爲一個佛國淨土因攝化衆生而表現出的差別。這也是根據終教的立場來說的，這樣主張是因爲終教攝化的國土逐漸比始教更爲廣大。

有的則認爲，釋迦牟尼佛報身居住的國土，在靈鷲山。如《法華經》就說：「我一直住在靈鷲山」等處。世親論師把這個國土解釋爲報身具有的菩提智慧。應當知道這是依據同教一乘的立場來說的。

有的認爲，釋迦牟尼佛這個身體就是眞實受報、永遠享用大法愉悅的身體。像《佛地經》的開頭就說：我們的釋迦牟尼佛就具有二十一種眞實受報的功德。《佛地經論》把具有如此功德的釋迦佛解釋爲永遠享受教法快樂之身。這也是依據同教的立場而說的。

有的則說這個釋迦牟尼佛的身體就是自性淸淨的眞如法身，如《涅槃經》說：「我現在的這個身體就是法性之身。」這是根據頓教的立場藉助語言來說的，因爲頓教是主張拋棄語言與思惟的。

三、別教一乘的主張

如果依據別教一乘的觀點，則我們的釋迦牟尼佛的身體就不只是三個，而是十個，用以揭示圓融無盡的境界。不過，十佛居住的淨土可分爲兩種：其一，是佛的報身依止的國土，叫做國土海，圓融無礙而無法用語言形容。如果藉助佛法顯示，則如《華嚴經》中在普光明殿的第二次法會的開始所說。其二，爲佛陀教化衆生的場所，叫做世界海，其中又可分作三類：第一種爲深廣清淨的華藏世界，內含無量個世界，相互構成無限的主導與從屬關係，如同帝釋天宮殿上的飾網境界一般，這是十佛等依居的世界。第二種是在三千大千世界以外存在的十種世界，即一、世界性，二、世界海，三、世界輪，四、世界圓滿，五、世界分別，六、世界旋，七、世界轉，八、世界蓮華，九、世界須彌，十、世界相。這些世界都應該是相對菩薩十地而顯現的國土。第三種爲無數類別不同的世界，這些世界都普遍充滿一切事物和現象。像須彌山這一類世界的數量沒有邊際，充塞一切空間而普遍充滿一切事象。再者，像樹形一類世界乃至一切衆生形等類世界，也全部都是這樣：都普遍充滿一切事象而相互圓融無礙。

以上三類世界，都是同一毘盧舍那佛十身教化衆生的場所。這三類世界之間，華藏世界爲本，另外兩類世界爲末，彼此相互依存、相互融攝，而不相互妨礙。爲什麼呢？因爲就任何一個世界而言，都是根據攝化的衆生機緣的敏、鈍而表現出這三類變化的。

原典

第九節攝化分齊

一、小乘

若依小乘中，唯此娑婆雜穢處，是佛報土。於中此閻浮提，是報佛所依；餘百億等，是化境分齊也。

二、三乘

若三乘中，法性土及自受用土，今此不說。其釋迦佛隨他受用實報淨土，或有說在摩醯首羅天，化身充滿百億閻浮提，是所化分齊。如《梵網經》❶及《對法論》❷等說。當知此約始教說。

或有說釋迦佛報土在三界外。如《涅槃經》云：「西方去此三十二恆河沙佛土，有世界名無勝，是釋迦佛實報淨土。」❸此約終教說。以不隨下說故，爲顯娑婆唯是化故。是故當知，色頂之身亦非實報。

或說化境，非但百億。如《大智度論》中以三千大千世界爲一數，數至恆河沙爲一世界性，又數此至恆河沙爲一世界海，數此又至無量恆河沙爲一世界種，數此又至無量十方恆河沙爲一佛世界所化分齊也。❹此亦約終教說，以攝化漸廣於前故。

或說釋迦報土在靈鷲山。如《法華》云：「我常在靈山」❺等，法華論主釋爲報身菩提也。當知此約一乘同教說。

或有說此釋迦身即爲實報受用之身。如《佛地經》初說此釋迦佛即具二十一種實報功德❻，彼論釋爲受用身也❼。此亦約同教說。

或有說此釋迦身即是法身，如經云：「吾今此身即是法身。」❽此約頓教寄言而說，以相盡離念故。

三、別教一乘

若別教一乘，此釋迦牟尼身，非但三身，亦即是十身，以顯無盡。然彼十佛境界所依有二：一、國土海❾，圓融自在，當不可說。若寄法顯示，如第二會初說❿。二、世界海⓫，有三類：一、蓮華藏莊嚴世界海，具足主伴，通因陀羅等，當是十佛等境界。二、於三千界外有十重世界海：一、世界性，二、世界海，三、世界輪，四、世界圓滿，五、世界分別，六、世界旋，七、世界轉，八、世界蓮華，九、世界須彌，十、世界相。此等當是萬子已上輪王境界。三、無量雜類世界，皆遍法界。如一類須彌樓山世界，數量邊畔，即盡虛空遍法界；又如一類樹形世界，乃至一切衆生形等，悉亦如是，皆遍法界，互不相礙。此上三位，並是一盧舍那十身攝化之處。仍此三位，本末圓融，相收無礙。何以故？隨一世界，即約粗細有此三故。

注釋

❶參見《大正藏》第二十四冊九九七頁下。

❷參見《大正藏》第三十二冊四十六頁中。

❸此語出自《涅槃經・光明遍照高貴德王菩薩品》。見《大正藏》第十二冊五〇八頁下至五〇九頁上。

❹此處取意於《大智度論·釋發趣品》中的一段經文。參見《大正藏》第二十五冊四一八頁下。

❺此語出自《法華經·如來壽量品》。見《大正藏》第九冊四十三頁下。

❻此處爲法藏對《佛說佛地經》中關於佛陀功德的概括。參見《大正藏》第十六冊七二〇頁下。

❼此指《佛地經論》中關於佛與其他大師之不同的一段話。參見《大正藏》第二十六冊二九六頁中。

❽此語出自《涅槃經·如來性品》。見《大正藏》第十二冊三八八頁中。

❾**國土海**:《華嚴經》所分的二種佛土之一，指佛的報身所依止的境地，係佛本身在內心所證悟的國土，僅爲佛所了解，因位的衆生既無法窺知，亦無法用語言表達；如勉強通過語言表達，也只能用遮詮法。

❿指《華嚴經·如來名號品》中關於佛剎、佛住、佛國等皆不可思議一段經文。參見《大正藏》第九冊四一九頁上。

⓫**世界海**:與國土海合稱《華嚴經》所說的兩種佛土。指佛教化衆生的場所。

譯文

第十節佛身的區分與總括

一、佛身劃分與概括的意義

(一)法身的意義

在五教關於佛身的劃分與概括的意義中，讓我們先來談談法身的情況。有的只以眞如法性爲法身，如《佛地經論》就主張清淨法界即佛證悟的眞如無爲功德與四種無上智慧——像大圓鏡一樣如實映照一切事象的鏡智、致人領悟人我平等的平等性智、在對一切事物的觀察中都能斷除疑惑的妙觀察智、和如願變化行爲以利益衆生的成所作智——五種存在包含了佛的三身，其中佛所證悟的眞如理體容攝佛的法身，四種無上智慧容攝其餘的二身。這是根據始教而言的。

有的僅以圓妙的智慧爲法身，因這種智慧爲無始以來就有的覺照智慧，依靠後天修行得到的智慧也與這種先天即有的覺性相同。如《攝大乘論》就以離開煩惱不受任何東西妨礙的智慧作爲法身。《金光明經》中以佛的四種智慧包容佛的三身，因其是用鏡智與法身相對應的。有的則把所證悟的眞如本性與能證的無上智慧合稱法身，因其認爲一切事象眞實不變的本性與證悟這種本性的無上智慧平等無異。如眞諦所譯《攝大乘論》就說：「只有眞如法性與本來淸淨的眞如妙智合爲一體，才叫做法身。」以上這兩種說法，是依據終教而言的。

有的把完全泯滅認識對象和智慧兩方面作爲佛的法身。如一些佛經說如來佛的法身，不是主觀的認識能力，也不是認識的對象。這是依據頓教來說的。

有的則把前文所說的四種情況都囊括起來，這是由於把它們看作同教一乘所具有的方便設施的緣故。有的則完全拋棄了上文所陳述的五種情況，因爲別教一乘認爲佛身超越了語言和思惟，只有證悟一切事物和現象圓融無礙才是佛的法身。最後這兩種情況像《華嚴經·寶王如來性起品》中所說的一樣。這是根據一乘的立場來說的。

㈡釋迦牟尼佛身體的意義

關於我們的釋迦牟尼佛的身體，有的認爲是佛的化身，而不是法身或報身，像始教就是這樣主張的。有的則認爲是報身而不是法身或化身，像同教一乘及小乘教就是這樣主張的；但同教一乘和小乘教的看法有著程度上深淺的區別。有的則認爲是法身而不是報身或化身，像頓教就這樣認爲。有的認爲既是法身也是報身和化身，這是從三乘等教的總體來說的。有的則認爲既不是法身，也不是報身和化身，像別教一乘就這樣主張，因其認爲釋迦牟尼佛身就是佛的十種身。

二、五教關於佛身區分與概括的數量

㈠一身說

關於佛身數量的區分與概括，有的確立一個佛身，指眞如實性佛身。這是依據頓教來說的。

㈡二身說

有的確認有兩種佛身，這包括三種說法：第一種主張佛有託於父母所生而容貌上具有三十二種殊勝特徵的生身和爲救度衆生而變現的化身。這是根據小乘教來說的。第二種主張佛有生身和法身，具體是說佛使衆生享受大乘法樂的他受用身與化身相結合，叫做生身，佛自己享用大法愉悅的自受用身與眞如法身相結合，叫做法身，像《佛地經論》就這樣論述。這是根據始教來說的。第三種主張佛有眞如自性的法身，和適應教化衆生的需要依據眞如理體而成立的應化法身。如《菩薩瓔珞本業經》中所說。這是終教的觀點。

㈢三身說

有的確立佛有三身，如通常所說的法身、報身和化身。這種說法與大乘始、終二教的觀點相通。

㈣四身說

有的確立佛有四身，這包括三種說法：第一種是在自性本有的自性身、爲利益衆生變現的變化身和受用大乘法樂的受用身這三身中，把受用身區分爲自受用身和他受用身兩種，因而構成四身。如《佛地經論》中所說。第二種是在法、報、化三身以外，另立自性身，目的在於說明法身是像恆河流沙一樣功德無量的存在。因此，眞諦所譯《攝大乘論》說：「佛的自性身爲法身所依止。」第三種是在報身內又區分功德身和智慧身兩種，因而有四身。如《楞伽經》說：「第一種爲應化佛，第二種爲功德佛，第三種爲智慧佛，第四種爲如如佛。」這是根據終教而說的。

㈤十身說

有的建立十身佛，用以說明重重無盡的緣起道理。如《華嚴經・離世間品》中所說。這是依據一乘圓教來說的。

原典

第十節佛身開合

一、佛身開合之義

㈠法身之義

義中，先約法身。或唯眞境界爲法身，如《佛地論》五種法攝大覺地，清淨法界攝法身，四智攝餘身。此約始教說。

或唯妙智爲法身，以本覺智故，修智同本覺故。如《攝論》無垢無罣礙智爲法身❶；《金光明》中四智攝三身，以鏡智攝法身故。或境智合爲法身，以境智相如故。如梁《攝論》云：「唯如如及如如智獨存，名爲法身。」❷此上二句約終教說。

或境智俱泯爲法身，如經云：如來法身，非心非境。此約頓教說。

或合具前四句，以具德故；或俱絕前五，以圓融無礙故。此二句如〈性起品〉說。此約一乘辯。

㈡釋迦身之義

次別約釋迦身明者，此釋迦身或是化，非法報，如始教說。或有是報，非法化，如同教一乘及小乘說，但深淺爲異也。或是法，非報化，如頓教說。或亦法亦報化，總如三乘等說。或非法非報化，如別教一乘，是十佛故也。

二、佛身開合之數

㈠一身佛

數開合者，或立一佛，謂一實性佛也。此約頓教。

㈡二身佛

或立二佛，此有三種：一、生身化身，此約小乘說。二、生身法身，謂他受用與化身合，名生身；自受用身與法身合，名法身，如《佛地論》說❸。此約始教說。三、自性法身、應化法身，如《本業經》說❹。此約終教說。

㈢三身佛

或立三身佛，如常所說，此通始終二教說。

㈣四身佛

或立四佛，此有三種：一、於三身中受用身內，分自、他二身，故有四，如《佛地論》說❺。此約始教。二、於三身外別立自性身，爲明法身是恆沙功德法故。是故梁《攝論》云：「自性身與法身作依止故。」❻三、亦於報身內福、智分二，故有四。如《楞伽經》云：「一、應化佛，二、功德佛，三、智慧佛，四、如如佛。」❼此約終教說。

㈤十身佛

或立十佛，以顯無盡，如〈離世間品〉說❽。此約一乘圓教說也。

注釋

❶此爲間接引證玄奘所譯《攝大乘論釋・總標綱要分》中的一句話。參見《大正藏》第三十一冊三八一頁下。

❷此語出自真諦所譯《攝大乘論釋．果寂滅勝相》中。見《大正藏》第三十一冊二四九頁下。

❸《佛地經論》卷七說：「若自性身，若實受用，俱名法身。」見《大正藏》第二十六冊三二七頁下。

❹參見《大正藏》第二十四冊一〇一五頁下。

❺參見《大正藏》第二十六冊三二六頁上。

❻參見《大正藏》第三十一冊一二九頁下。

❼參見《大正藏》第十六冊四八一頁中。

❽參見《大正藏》第九冊六三四頁下及六六三頁中。

第十章別教一乘的獨特教義

譯文

第一節三性及其同異關係

一、具體說明三性的意義

㈠直接闡述三性的意義

三性各自都有兩方面的意義。眞如圓成實性中的二方面意義是：一、永遠不變動，叫做不變義；二、隨應愚悟機緣而變現各種污染或清淨的事物，叫做隨緣義。依他起性的二方面意義是：一、依賴條件而產生的各種污染或清淨的事物都是一種暫時的存在，叫做似有義；二、各種染淨事物都無自性，本質上都是空，叫做無性義。遍計所執性中的二種意義是：一、衆生以爲各種染淨事物全都眞實，叫做情有義；二、各種染淨事物都沒有眞實不變的本質，叫做理無義。以圓成實性中的不變、依他起性中的無性和遍計所執性中的理無三種意義爲依據，可知三性是一致的，彼此之間並沒有什麼不同，這就是不破壞現象而眞如本體永遠如此；《維摩經》說：「衆生不與涅槃分離，不必再追求入滅了。」其次，根據眞如圓成實性中的隨緣、依他起性中的似有和遍計所執性中的情有三方面意義，三性之間也沒有什麼不同之處，這就是眞如本體不變動而永遠產生一切染淨事物；《不增不減經》說：清淨的眞如本體在人、天、畜生、鬼和地獄五道中往返漂流，就叫做衆生。由於這三方面的意義與前邊的三方面意義有所不同，因此，眞如本體含攝一切虛妄的事物和現象，虛妄萬法以眞如本體爲根源，眞如本性與一切事物的形象互相融通，圓融無礙。

問：依他起性中的似有義和圓成實性中的隨緣義，怎麼會與遍計所執性中的情有義相一致呢？

答：根據兩方面的道理，它們之間沒有區別。其一，因爲遍計所執性係執著暫時存在的緣起事物爲眞實的存在，所以依他起性中的似有義與遍計所執性中的情有義沒有什麼不同；其二，如果拋棄了遍計所執性中的情有義，則依他起性中的似有義也就不出現了。由此可知，圓成實性中的隨緣義也是這樣；因爲不虛妄執著，也就沒有隨應機緣而產生染淨萬法這種事情了。

問：爲什麼三性各自具有的二義都不相互抵觸呢？

答：因爲這些二義彼此都沒有不同的性質。何以見得它們都沒有彼此性質上的不同呢？姑且先以圓成實性的二義爲例，眞如雖隨應機緣而變現染淨萬法，但從不喪失自身清淨的本性；只是由於它沒有喪失自身清淨的本性，所以才能隨應機緣而產生染淨萬物。正如映照出污染和潔淨的明鏡一樣，雖然映照出了污染和潔淨而一直沒有失去鏡子的明亮乾淨；只是因其沒有失去鏡子的明亮乾淨，所以才能映現污染和潔淨的相狀。由於映現了污染和潔淨，才知道鏡子是明亮乾淨的；因爲鏡子明亮又乾淨，才得知能映現污染和潔淨。因此，二方面的意義只是同一性質，映現潔淨的現象而不增強鏡子的明亮度，映現污染的現象也不玷污鏡子的潔淨；不但不玷污鏡子的潔淨，反而因此襯托出鏡子明亮又乾淨。據此可知，眞如圓成實性中的二方面意義也是這樣，不但不變化本有的清淨而產生染淨萬法，而且還因產生染淨萬物才體現出本有的清淨；不但沒有破壞染淨萬法而表現本有的清淨，反而因爲本有清淨的緣故，才產生了染淨萬法。因此，這兩方面含義完全相互融攝，具有同一性質而沒有什麼不同，怎麼會相互抵觸呢？

依他起性中雖然還是因爲對外緣的依賴而表現出了似有，但是這種似有一定沒有自性，因爲依賴各種條件產生的事物現象都沒有自性。如果不是無自性，就毋需依賴外緣；因爲不依賴外緣，所以不是似有。似有義如果成立，必定要依賴許多的條件；由於依賴許多的條件，所以一定是無自性。因此，以無自性爲根據，似有義才能成立；由於似有義成立，因此是無自性。所以《大智度論》說：「觀察一切事物現象都是在一定原因條件下產生的；因爲在一定原因條件下產生，因而就沒有自性；由於沒有自性，因而本質上就是空的。本質上是空的，這就叫做從智慧上達到了涅槃彼岸。」這就是從依賴因緣而存在來說明無自性。《中論》說：「由於有了不眞實的空義，所以一切事物現象才得以產生。」這是依據無自性來說明事物現象係依賴條件而產生。《大般涅槃經》說：「事物依賴條件而產生所以存在；無自性，所以沒有眞實的本質。」這是說無自性就是有原因條件，有原因條件就是無自性，緣起和無自性不可分別爲兩種東西。似有、無性二義不但在性質上不相衝突，而且還相互融攝，歸根結底沒有什麼不同。

遍計所執性中雖然從主觀認識上也執著眞如變現出來的染淨萬法爲存在，但從眞實的意義上講，萬法究竟是虛假的，因爲是在虛假不實之處虛妄計度爲存在的。就像把木杌虛幻地認爲是鬼一樣，但是，就木杌而言，鬼終究是不存在的。如果相對於木杌來說，鬼不是沒有，就不能叫做虛妄認識產生了鬼，因爲在木杌上存在著不是由於虛妄計議而產生的鬼。現在既然是虛妄計度，就明確知道緣起萬物沒有眞實的本質；因爲沒有眞實的本質，所以虛妄認識得以存在；因爲有虛妄認識的存在，所以才知道沒有眞實的本質。因此，這兩方面的意義沒有區別，只具有同一的性質。這樣，就明白了遍計所執性中的二義也一樣不相互衝突。

㈡通過問答確定三性的意義

⑴防止從眞實與否的某一方面孤立把握三性

問：眞如眞實麼？答：不，因其隨應條件而產生一切事象。問：眞如虛假麼？答：不，因其從來不生不滅。問：眞如既眞實又虛假麼？答：不，因其不具備二種性質。問：眞如既不眞實又不虛假麼？答：不，因其具有隨應條件而變現萬物的功用。

再問：眞如眞實麼？答：不，因其從不變化。爲什麼呢？由於其從不變化，所以隨應條件而通過萬物顯現。問：眞如虛假麼？答：不，因其隨應條件而產生萬法。爲什麼呢？由於其隨應條件而顯現，所以永遠常住而不生不滅。剩下二句關於眞如既眞實又虛假和不眞實也不虛假的問答可以參照上文來理解。

再問：眞如眞實麼？答：不，因爲離開了常情所執著的一定眞實或一定虛假。其餘三句關於眞如虛假、既眞實又虛假和不眞實也不虛假的提問都可以這樣回答。

再問：眞如眞實麼？答：不，因其自體遠離虛妄計度的認識。問：眞如虛假麼？答：不，因其自體完全具有無限的淸淨功德。問：眞如也眞實也虛假麼？答：不，因其遠離相互矛盾。問：眞如不眞實也不虛假麼？答：不，因其遠離毫無意義的錯誤言論。

再問：眞如眞實麼？答：不，因其遠離虛妄的心念。問：眞如虛假麼？答：不，因其是遠離虛妄分別的智慧所觀修的對象。其餘二句可據此推知。

(2)揭示孤立把握三性的過失

如果認爲眞如從來都是眞實的，則有二種過錯：其一是偏執常住不變的錯誤，指的是由於認爲眞如沒有隨應機緣而變現染淨萬物，或者雖隨應外緣存在於汚染事法中而沒有隱蔽其自體，以及認爲本來就有的覺照能力的顯現沒有受到始覺了悟智慧的作用，因而犯了偏執常見的錯誤。……其二是偏執隔斷不續的過錯，比如迷心以爲眞如眞實，就不是眞的眞實，不是眞的眞實，就把眞如的眞實性隔斷了。再者，如果眞如從來都是眞實的，就不能隨應染淨外緣而變現染淨萬法；染淨萬法既沒有自體，眞如又不隨應染淨外緣，這樣，就不可能有事物現象存在，這也是犯了偏執斷見的錯誤。

第二，如果認爲眞如從來都是虛假的，也有二種過錯：其一是偏執常住不變的錯誤，是指沒有眞如，生滅萬法就沒有存在的依據；沒有依據而存在萬法，就是常住不變。再者，還因爲沒有眞如理體，遠離虛妄分別的智慧無從契證，所以也是常住不變。再者，沒有可依賴的根據，就不允許萬法存在，就是隔斷不續。還有，以爲眞如是虛假的，也就是犯了偏執斷見的錯誤。

第三，如果認爲眞如既眞實又虛假，則具備上文所說的各種過錯。指的是眞如不可分別，而計度其存在著眞實和虛假兩種特性；因爲以其既眞實又虛假的這種計度不符合眞如理體，與眞如理體不相吻合就是斷見。如果說像那種以爲眞如既眞實又虛假的計度是眞實的，這就是認爲沒有眞如理體而有眞實存在，就是犯了常見的過錯。

第四，如果認爲眞如從來都不眞實也不虛假，就是就眞如而發出的沒有意義的錯誤言論，是虛妄的分別，與眞如理體不相符合，因而是斷見。毫無意義的錯誤言論不眞實，而說它是眞實的，這就是認爲沒有眞如理體而有眞實存在，所以是常見。

(3)說明三性眞實與否的意義

眞如是眞實的，係因爲凡聖以及萬物都因爲它而存在，還因爲它有自體，從不生滅變動。其他方面的理由如上文所說。其次，眞如是虛假的，是由於它超越語言思惟、隨應外緣而變現萬法、與汚染現象相對應，其他的原因也與前文所說相同。再者，眞如既眞實又虛假的原因，是它具有隨緣產生萬法的功用、違背自身的本性或隨順他物本性不受任何約束、也與染淨萬法相互融攝。最後，眞如不眞實也不虛假的理由是，它與染淨萬法不一又沒有分別，以及從哪一方面都不能確定把握它。其餘的原因可參照前文所說推知。

二、概括地論述三性

圓成實、依他起和遍計執三性相互鎔融，從根本上說沒有什麼分別，在其中的任何一性上都能把握整個三性；不變不動的眞如理體和生滅變化的染淨萬物彼此融攝，共同構成一大緣起世界，互不妨礙。

原典

第十章義理分齊

第一節三性❶同異義

一、別明三性

㈠直說三性

三性各有二義。眞中二義者：一、不變❷義，二、隨緣❸義。依他二義者：一、似有❹義，二、無性❺義。所執中二義者：一、情有❻義，二、理無❼義。由眞中不變、依他無性、所執理無，由此三義，故三性一際❽同無異也。此則不壞末而常本也。經云：「衆生即涅槃，不復更滅也。」❾又，約眞如隨緣、依他似有、所執情有，由此三義，也無異也。此則不動本而常末也。經云：法身流轉五道，名曰衆生也。❿即由此三義與前三義是不一也。是故眞該妄末，妄徹眞源，性相融通，無障無礙。

問：依他似有等，豈同所執是情有耶？

答：由二義故，故無異也。一、以彼所執，執似爲實，故無異法；二、若離所執，似無起故。眞中隨緣，當知亦爾；以無所執，無隨緣故。

問：如何三性各有二義，不相違耶？

答：以此二義無異性故。何者無異？且如圓成，雖復隨緣成於染淨，而恆不失自性清淨；只由不失自性清淨，故能隨緣成染淨也。猶如明鏡現於染淨，雖現染淨而恆不失鏡之明淨；只由不失鏡明淨故，方能現染淨之相。以現染淨，知鏡明淨；以鏡明淨，知現染淨。是故二義唯是一性，雖現淨法不增鏡明，雖現染法不汚鏡淨；非直不汚，亦乃由此反顯鏡之明淨。當知眞如道理亦爾，非直不動性淨成於染淨，亦乃由成染淨方顯性淨；非直不壞染淨明於性淨，亦乃由性淨故方成染淨。是故二義全體相收，一性無二，豈相違耶？

依他中雖復因緣似有顯現，然此似有，必無自性；以諸緣生，皆無自性故。若非無性，即不藉緣；不藉緣故，故非似有。似有若成，必從衆緣；從衆緣故，必無自性。是故，由無自性，得成似有；由成似有，是故無性。故《智論》云：「觀一切法，從因緣生；從因緣生，即無自性；無自性故，即畢竟空。畢竟空者，是名般若波羅蜜。」[11]此則由緣生故，即顯無性也。《中論》云：「以有空義故，一切法得成」[12]者，此則由無性故，即明緣生也。《涅槃經》云：「因緣故有，無性故空。」[13]此則無性即因緣，因緣即無性，是不二法門故也。非直二義性不相違，亦乃全體相收，畢竟無二也。

所執性中雖復當情稱執現有，然於道理畢竟是無，以於無處橫計有故。如於木杌，橫計有鬼；然鬼於木，畢竟是無。如於其木鬼不無者，即不得名橫計有鬼，以於木有非由計故。今既橫計，明知理無；由理無故，得成橫計；成橫計故，方知理無。是故無二，唯一性也。當知所執道理亦爾。

㈡問答決擇

(1)護分別執

問：眞如是有耶？答：不也，隨緣故。問：眞如是無耶？答：不也，不變故。問：亦有亦無耶？答：不也，無二性故。問：非有非無耶？答：不也，具德故。

又問：有耶？答：不也，不變故。何以故？由不變故，隨緣顯示。問：無耶？答：不也，隨緣故。何以故？由隨緣故，不變常住也。餘二句可知。

又問：有耶？答：不也，離所謂故。下三句例然。

又問：有耶？答：不也，空眞如故。問：無耶？答：不也，不空眞如故。問：亦有亦無耶？答：不也，離相違故。問：非有非無耶？答：不也，離戲論故。

又問：有耶？答：不也，離妄念故。問：無耶？答：不也，聖智行處故。餘句準之。

(2)示分別執之失

若計眞如一向是有者，有二過失：一、常過，謂不隨緣故，在染非隱故，不待了因故，即墮常過。……二、斷過者，如情之有，即非眞有；非眞有故，即斷有也。又，若有者，即不隨染淨；染淨諸法既無自體，眞又不隨，不得有法，亦是斷也。

第二執無者，亦有二過失：一、常過者，謂無眞如，生死無依；無依有法，即是常也。又，無眞如，聖智無因，亦即常也。又，無所依，不得有法，即是斷也。又，執眞如是無，亦即斷也。

第三執亦有亦無者，具上諸失。謂眞如無二，而雙計有無。心所計有無，非稱於眞；失彼眞理，故是斷也。若謂如彼所計以爲眞者，以無理有眞，是即常也。

第四非有非無者，戲論於眞，是妄情故，失於眞理，即是斷也。戲論非眞而謂爲眞者，理無有眞，故是常也。

⑶顯示其義

眞如是有義，以迷悟所依故，又不空義故，不可壞故。餘如上說。又，眞如是空義，以離相故，隨緣故，對染故。餘亦如上。又，眞如是亦有亦無義，以具德故，違順自在故，鎔融故。又，是非有非無義，以二不二故，定取不得故。餘翻說，準上知之。

二、總說三性

三性一際，舉一全收；眞妄互融，性無障礙。

注釋

❶**三性**：即圓成實性、依他起性和遍計所執性。華嚴宗認爲，從有無或假實的立場看，一切存在的性質以及人們對這些性質的認識都可分成三種，叫作三性。圓成實性，是指一切存在的眞實體性，即眞如。依他起性，是指一切色心諸法皆係因緣和合而生，並非眞實的存在。遍計所執性，是指無明衆生在妄心作用下以爲本非眞實的色心諸法都有實體。

❷**不變**：指眞如體性寂靜、不生不滅。

❸**隨緣**：指眞如隨應染淨之緣而顯現森羅萬象。

❹**似有**：指依賴衆緣所生的物質和精神現象都是暫時的顯現。

❺**無性**：指依賴條件產生的各種現象都沒有實體。

❻**情有**：指妄心以爲心外的各種現象有實體存在。

❼**理無**：指妄心執著爲眞實的各種現象實際上卻沒有實體。

❽**三性一際**：意指從眞如本體和緣起萬法兩方面而言，三性都相互融攝而無所差異。

❾此語出自《維摩詰所説經・菩薩品》。見《大正藏》第十四冊五四二頁中。

❿此處係間接引證《不增不減經》中的一段經文。參見《大正藏》第十六冊四六七頁中。

⓫見《大正藏》第二十五冊六三一頁下。

⓬見《大正藏》第三十冊三十三頁上。

⓭見《大正藏》第十二冊五一六頁中。

譯文

第二節產生物質精神現象的六種原因

一、解釋六種原因的特徵

㈠列舉六種原因的概念

列舉六種原因的概念，是說一切導致物質、精神現象產生的原因都可歸結爲六種情形：其一叫做空有力不待緣，其二叫做空有力待緣，其三叫做空無力待緣，其四叫做有有力不待緣，其五叫做有有力待緣，其六叫做有無力待緣。

(二)解釋六種原因的含義

頭一種原因即空有力不待緣，相當於唯識宗所說種子在刹那之間即有生滅變化。爲什麼呢？因爲作爲的現象刹那間壞滅了，就說明它沒有眞實的體性，所以本質上是「空」；由於原因的壞滅而結果得以產生，這叫做「有力」；這種原因的壞滅及其結果的產生，毋需藉助其他條件的作用，所以叫做「不待緣」。第二種即空有力待緣，相當於唯識宗所說因種和結果同時存在。爲什麼呢？因爲原因是因與結果同時存在才存在的，就說明它不是眞實的存在，所以本性是「空」；由於與結果同時存在而能使結果產生，叫做「有力」；和結果同時並存就說明原因並非獨自發揮了生果的作用，所以叫做「待緣」。第三種即空無力待緣，相當於唯識宗所說種子引生結果必須藉助其他條件的幫助。爲什麼呢？因爲作爲原因的事物自身沒有實體，所以是「空」；原因不能獨自使結果出現，而必須藉助其他條件的作用才能引生結果，所以又是「無力」；根據同樣的理由，也爲「待緣」。第四種即有有力不待緣，相當於唯識宗所說結果的善或惡、無記性質與種子的完全一致。爲什麼呢？因爲引生結果並沒有改變自身的性質，所以是「有」；能不改變自身的性質而具有引生結果的全部作用，所以叫做「有力」；不改變自身的性質不是由於其他條件的力用，所以也是「不待緣」。第五種即有有力待緣，相當於唯識宗所說種子只起到了引生與自身性質相同的結果的作用。爲什麼呢？因爲能引生與自身性質相同的結果，原因就是「有」；雖然原因需要藉助其他條件的作用才導致結果產生，但沒有產生與其他條件性質相同的結果，所以叫做「有力」；同樣是由於這個緣故，所以又是「待緣」。第六種原因是有無力待緣，相當於唯識宗所說結果產生時，種子也隨而轉動，沒有間斷，叫做種子六義的「恆隨轉義」。爲什麼呢？因爲緊隨結果而轉動，原因就不可能是「空」；不能逆轉其他條件的作用趨勢，所以不具有引生結果的作用；同樣基於這個理由，所以叫做「待緣」。

二、六種原因得以成立的理由

問：爲什麼一定說產生各種現象的原因是六種，而不增加到七種，也不減少到五種呢？答：相對於次要條件而言，導致各種現象產生的主要原因只有三種情況：第一種是原因具有直接引生結果的全部力用，而毋需添加其他條件的幫助，叫做「因有力不待緣」。第二種是由於主要原因必須和次要條件相互作用，才能使結果產生，所以叫做「因有力待緣」。第三種是由於主要原因本身沒有任何產生結果的力量，原因產生結果的作用必須藉助其他條件的推動才能實現，所以叫做「因無力待緣」。再者，根據上文所說的三種情況，每一種原因都分別具有兩個特徵，叫做沒有實體的「空」，和暫時存在的「有」。空有兩方面分別與三種原因結合，所以使各種現象緣起的原因只有六種，不能增加或減少一種。

問：相對於次要條件來區別主要原因對引生結果所起的作用時，爲什麼不確立第四個判斷「無力不待緣」——原因本身不具有產生結果的力量，又不藉助其他條件的幫助呢？答：因爲這種情況不具備原因的含義，所以不能建立。好好考慮一下就能明白。

問：所謂藉助其他條件的幫助，是藉助什麼樣的條件呢？答：藉助的是作爲原因的現象之外的增上緣等三種輔助條件，而不是說從原因的六種情況中拿出一些再彼此相互幫助。

問：相對於次要條件來說，原因能具有六種情況；不知道相對於原因而言，次要條件也能具有六種情況與否？答：這有兩種情形：從由增上緣的作用而產生的結果——增上果來看，增上緣也具有六種情況，因其爲增上果得以產生的主要原因。相對於主要由其他原因引生的結果而言，增上緣就成了次要條件，所以不具有上文所說的原因的六種情況。對於一種結果來說爲主要原因的現象，相對於別的結果而言也一樣成了次要條件。

問：結果中具有原因的六種情況麼？答：結果只具有空和有二種情況。這是說，結果是依賴其他現象作爲原因條件而產生的，不具有眞實的體性，所以是「空」；另一方面，作爲原因的酬報，結果又是一種暫時的存在，所以又叫做「有」。如果從因果的地位可以相互轉化這一點來說，則這同一種事物現象，作爲產生其他事物現象的原因時，就具有這六種情況；而作爲其他事物現象引生的結果時，就只具有空、有二種情況。因此說六種情況僅存在於原因之中。

三、通過判斷確定六種原因

㈠通過體性四句確定六種原因

從體性的有或空來看，導致結果產生的六種原因可以歸結為四個判斷：其一，原因是有，是說原因沒有改變自身善或惡、無記的性質而能使結果產生，叫做「決定義」；其二，原因是無，指的是原因在極短的時間裡就有生滅變化，叫做「剎那滅義」；其三，原因是亦有亦無，指的是把原因引生與自身性質相同的結果即「引自果」，和「俱有」即原因與結果同時存在結合起來，彼此沒有分別；其四，原因是非有非無，是指把原因緊隨結果的產生而轉動即「恆隨轉」，和「待衆緣」即原因引生結果必須有其他條件的參予相結合，彼此沒有區分。

㈡通過功用四句確定六種原因

從功用的角度看，產生結果的六種原因也可用四個判斷加以表達：由於恆隨轉和待衆緣沒有分別，所以事物不是從自我中產生，叫做「不自生」；由於剎那滅和性決定相統一，所以事物從根本上說不是由其他條件產生的，叫做「不他生」；由於俱有義和引自果是一回事，所以處於因果關係中的事物不可能同時產生，叫做「不共生」；由於具有這三種判斷而將上述六種情形統一了起來，原因的意義才得以形成，所以沒有不是原因引生的事物，叫做「非無因生」。

四、六種原因的區分與統一

或者就本質而言，六種原因只歸結爲一個原因，因爲它們沒有二種體性；或者從存在的眞實與否的意義上說，引生事物的原因可以區分爲兩種，叫做空和有，這是由於其沒有眞實的本質卻又在一定條件的作用下出現在當前；或者根據引生結果的功用將原因區分爲三種：一、有力不待緣，二、有力待緣，三、無力待緣。其中的第一種是原因具有引生結果的全部力用，最後一種是原因不具備絲毫使結果出現的力用，中間的一種是原因既有一定的力用又沒有足夠的力用以使結果產生。由於第四種判斷「無力不待緣」，即自身不具有引生結果的力用又不藉助其他條件的推動，不是導致結果產生的原因，所以不在討論之列。由此，關於原因的作用只有三個判斷。或者進一步把原因區分爲六種，指的是把上述三個判斷分別歸入空、有二種意義上，就像本節的前頭所論述的一樣。

五、六種原因相互融攝

這六種原因可以根據六相圓融的原理得到說明。這是指把六種原因統攝爲一個總的原因，叫做總相；把一個總原因區別爲六種情形，叫做別相；六種情形都同樣稱作原因，爲同相；六種原因各不相同，爲異相；由於這六種原因，原因、條件、結果等的意義才能成立，叫做成相；六種原因各自表現自身的特殊意義，叫做壞相。

六、六種原因和五教的關係

小乘教執著事法都有實體，在闡述業感緣起的理論時，對這六種原因的概念及其意義都沒有觸及。三乘教在論述關於阿賴耶識、如來藏、法無我的原因中，論及了這六種原因的概念及其意義，但沒有認識到它們間互爲主導與從屬的圓融關係。一乘教在論述法界緣起的原因中，申明六種原因互爲主導與從屬，彼此無限相互作用而產生世界萬物，這才全面透徹地把握了六種原因。並且指出，由於作爲原因的事物的體性有空和有的含義，所以才有二種體性融爲一體的相即門；由於原因有時具有，有時又沒有產生結果的力用，所以才有事物間的作用相互交徹的相入門；由於原因在引生結果的過程中有時需要，有時又不需要其他條件的推動，所以才有了因緣互助的異體門和因不待緣的同體門。由於有了這六種原因以及由之而來的同體異體、相即相入等關係，所以才能理解一根毛孔包容整個宇宙的現象。

原典

第二節緣起因門六義法

一、釋相

㈠列名

列名者，謂一切因皆有六義：一、空有力不待緣，二、空有力待緣，三、空無力待緣，四、有有力不待緣，五、有有力待緣，六、有無力待緣。

㈡釋相

初者，是刹那滅義。何以故？由刹那滅故，即顯無自性，是空也；由此滅故，果法得生，是有力也；然此謝滅，非由緣力，故云不待緣也。二者，是俱有義。何以故？由俱有故方有，即顯是不有，是空義也；俱故能成有，是有力也；俱故非孤，是待緣也。三者，是待衆緣義。何以故？由無自性故，是空也；因不生緣生故，是無力也；即由此義故，是待緣也。四者，決定義。何以故？由自類不改故，是有義；能自不改而生果故，是有力義；然此不改，非由緣力故，是不待緣義也。五者，引自果義。何以故？由引現自果，是有力義；雖待緣方生，然不生緣果，是有力義；即由此故，是待緣義也。六者，是恆隨轉義。何以故？由隨他，故不可無；不能違緣，故無力用；即由此故，是待緣也。

二、建立

問：何以故定說六義，不增至七，不減至五耶？答：爲正因對緣，唯有三義：一、因有力不待緣，全體生故，不離緣力故；二、因有力待緣，相資發故；三、因無力待緣，全不作故，因歸緣故。又，由上三義，因中各有二義：謂空義，有義。二門合有三義，唯有六，故不增減也。

問：何故不立第四句無力不待緣義耶？答：以彼非是因義，故不立。思之可見。

問：待緣者，待何等緣？答：待因事之外增上等三緣，不取自六義更互相待耳。

問：因望緣得有六義，未知緣對因亦有六義不？答：此有二義：增上緣望自增上果，得有六義，以還是親因攝故；望他果成疏緣，故不具六。親因望他亦爾。

問：果中有六義不？答：果中唯有空有二義，謂從他生無體性故，是空義；酬因有故，是有義。若約互爲因果義說，即此一法爲他因時，具斯六義；與他作果時，即唯有二義。是故六義唯在因中。

三、句數料揀

㈠約體

約體有無而有四句：一是有，謂決定義；二是無，謂刹那滅義；三亦有亦無，謂合彼引自果及俱有無二是也；四非有非無，謂合彼恆隨轉及彼待衆緣無二是也。

㈡約用

就用四句者：由合彼恆隨轉及待衆緣無二故，是不自生也；由合彼刹那滅及決定無二故，不他生也；由合彼俱有及引自果無二故，不共生也；由具三句合其六義，因義方成，故非無因生也。

四、開合

或約體唯一，以因無二體故；或約義分二，謂空、有，以無自性故，緣起現前故；或約用分三：一、有力不待緣，二、有力待緣，三、無力待緣。初即全有力，後即全無力，中即亦有力亦無力。以第四句無力不待緣非因，故不論也，是故唯有三句也。或分爲六，謂開三句入二門故也，如前辯。

五、融攝

然此六義，以六相❶融攝取之。謂融六義爲一因是總相，開一因爲六義是別相；六義齊名因是同相，六義各不相知是異相；由此六義因等得成是成相，六義各住自位義是壞相。

六、約教

若小乘中法執因相，於此六義，名義俱無。若三乘賴耶識、如來藏、法無我因中，有六義名義，而主伴未具。若一乘普賢圓因中，具足主伴，無盡緣起，方究竟也。又，由空、有義故，有相即門也；由有力、無力義故，有相入門也；由有待緣、不待緣義故，有同體❷、異體❸門也。由有此等義門，故得毛孔容剎海事也。

注釋

❶**六相**：即總相、別相、同相、異相、成相和壞相。華嚴宗認爲一切事物現象都具此六相而互不相礙。

❷**同體**：一事物現象獨立爲因而具有引生其他一切事物現象的作用，這種因果關係就叫做同體。

❸**異體**：一切事物現象互爲因緣而形成緣起世界，這種因緣和合而產生結果的關係叫做異體。

譯文

第三節 十玄緣起無礙的含義

一、用譬喻作個簡單的介紹

所謂用譬喻加以說明，就像數十文錢的方法一樣。使用「十」這個數字的原因，在於想通過圓滿的數字突出法界緣起重重無盡的極旨。這裡包括兩個方面：一爲異體，二爲同體。形成這兩方面的原因，是種種事物現象的緣起不外乎兩種情形：其一叫做不相由，指的是作爲原因的某物自身即具有使結果緣起的功能，不與他物發生共同生果的關係，像因門六義中不藉助條件幫助的原因就屬於這種情況；其二叫做相由，指的是像因門六義中需藉助條件推動才能生果的原因一樣的情況。前一種情況就是同體，後一種情況就是異體。

㈠異體

異體緣起又可分爲兩種類型：第一種爲相即，第二種爲相入。形成這兩種類型的原因在於，在一定因緣關係中產生的事事物物都有兩種意義：其一爲空或有，這是從充當原因的事物自身的體性來說的；其二爲有力或無力，這是從作爲原因的事物是否具有直接產生結果的作用來說的。根據前一種意義，互爲因緣的種種事物的體性得以相互融合，叫做相即；根據後一種意義，互爲因緣的種種事物的作用能夠相互滲透，叫做相入。

首先，就體性的空、有因而相即來說，因爲充當原因的事物（甲）本身如是假有，作爲條件的其他事物（乙）就一定是眞空，這樣，乙就被甲融爲一體。爲什麼呢？因爲乙沒有眞實的體性，而以甲爲融合的主體。另一種情況是因爲甲本身若是眞空，乙則一定是假有，這樣，甲就被乙融爲一體。爲什麼呢？因爲甲沒有實體，而以乙爲融合的主體。由於甲和乙都是假有或都爲眞空分別不能同時並立，因此體性上沒有空、有的不同，就沒有事物間的相即關係；由於體性上甲空乙有和甲有乙空沒有分別，因此互爲因緣的事事物物一直相即不離。如果不這樣認爲，萬物緣起的道理就不能成立，還會產生事物現象有實體等錯誤。思考一下即能明白個中的道理。

第二，從直接引生結果的作用方面來說明相入。由於甲具有這方面的全部力用，因此能攝取乙的作用；因爲乙不具備使結果立即產生的絲毫作用，所以其力用能滲透到甲的作用之中。反之，如果乙具有直接引生結果的作用而甲則沒有，道理也一樣。不以事物的體性爲根據，就沒有事物間的相即；因緣各自的作用相互滲透，事物間的相入關係才能成立。其次，因爲甲乙兩方面都有或都沒有直接導致結果產生的作用分別不能並立，所以沒有生果作用方面的有力、無力的不同，就沒有事物間的相入關係；因爲甲有力乙無力與甲無力乙有力沒有分別，所以互爲因緣的事物現象永遠相入無礙。再者，拿生果的力用來融攝事物的體性，再沒有另外的體性，所以只是體用相入；拿事物的體性來融攝其生果的力用，沒有另外的力用，所以只是體用相即。個中道理可依據因門六義加以推導。

(1)通過數十文錢比喻異體事物交互作用

首先看看從一文錢向上數到十文錢的十種情形。頭一種數法，一爲本數。爲什麼呢？因爲這個一，是在因緣關係中成立的。以至於同樣成立的十，是一中的十。爲什麼呢？因爲如果沒有這個一，十就無法形成。這個一具有直接引生其他數字的全部力用，所以能攝入十的力用，但十還不是一。其餘從二至十的九個數字也都是這樣，每一個數字中都攝有十，以頭一種數法爲例就能明白。其次看看從十文錢向下數到一文錢的情況。頭一種情況是十攝入一。爲什麼呢？因爲這個十，不是孤立的十，而是緣起的十。如果沒有這個十，一就無緣形成。這就是說，一不具有緣生其他數字的任何直接力用，所以其作用歸入十，但一還不等同於十。其餘從二到十的九個數字分別向下數的情形，也和從十數到一的例子一樣。這樣，以十和一互爲本末數字來數十文錢的兩種情況，都分別具有十種數法，其餘一一單位的錢都可參照這個來加以思考。這是根據異體事物相互依存的角度來說的。

問：既然說是一，怎麼會一中容有十呢？答：一切事物現象共同構成的巨大緣起中，如果少了其中之一，其餘的一切事象就不能成立。我堅信道理就是這樣。個中的意蘊是什麼呢？所說的一，不是有實體的獨立的單一，而是在因緣關係中形成的一。所以容有十的一，是緣起的一。如果不是這樣，一有實體，不參予與其他數字的緣起，就不能叫做一。以至於所說的十，也不是有實體的十，因其也是在因緣關係中形成的。因此攝入一的十，是無自性而緣起的十。如果並非如此，十有實體，不與其他數字相互緣起，就不能叫做十。因此，處於緣起關係中的一切事物現象都沒有實體。爲什麼呢？由於任意捨去一項條件，其餘一切事物現象就不能成立，因此一中具有多才叫做緣起一。

問：如果離開一項條件其他一切事物現象就無法成立，這就是無自性；既然是無自性，如何說一與多相互緣起能夠成立呢？答：只因爲無自性，一和多的相互緣起才得以成立。爲什麼呢？因爲這種緣起，是法界宗人眞實把握到的道理；還因爲普賢境界中的事事物物具有相互緣生的作用，又彼此自由自在，互不相礙。《華嚴經》說：「菩薩善於觀察處於因緣關係中的事物現象，通過一個事物能了知衆多的事物現象，從衆多事象中能了知其中的一個事象。」由此可知，一中有十，十中有一；一和十相互容攝，又不相互妨礙，還不相互等同。向上去或向下來的任意一門中既然就有十種數法，就可以明確推論出每一門中都具有無窮盡的數法，其他的情形也是這樣。

⑵通過數十文錢譬喻異體事象體性相融

這一問題中包括兩個門類：第一爲向上去，第二爲向下來。向上去中有十種情形：其一是一。爲什麼呢？因爲它在因緣關係中成立。一在體性上融攝十。爲什麼呢？

因爲如果沒有一，就沒有十。由於一有自體，其餘的九個數字都無自體而空，因此這個一就是十。如此向上數，以至到第十位數，都分別像一融攝十一樣。參照前面的論述可以推論出來。所說的向下來，也有十種情形：其一是十。爲什麼呢？因爲它在因緣關係中成立。十在體性上融攝一。爲什麼呢？因爲如果沒有十，就沒有一。由於一沒有自體，其餘的九個數字都有自體，因此這個十就是一。如此向下數，一直到第一位數，都分別像十融攝一一樣。參照上面的論述即可明白。根據這個道理，可以知道每一個錢就是衆多個錢。

問：如果一不與十相即，有什麼失誤麼？答：如果一與十不相即，有兩種過失：其一爲不能緣成十文錢的過失。爲什麼呢？如果一與十不相即，多個一也不能構成十。爲什麼呢？因爲每個一都不是十。現在既然能使十緣起，就肯定知道一就是十。第二種過失是一不能緣成十。爲什麼呢？如果一不與十相即，十就不能緣起；由於不能緣起十，一的意義也不能成立。爲什麼呢？如果沒有十，一是誰的一呢？現在既然確立了一，就肯定知道一就是十。再者，如果一與十不相即，緣起事物的眞空、假有兩方面意義就無法表現出來，這樣就鑄成了更大的過錯，即有所謂的實體等。考慮一下就能理解。

問：如果一融攝十，應該不再是一；如果十融攝一，應該不再是十。答：只是由於一融攝十，因此才叫做一。為什麼呢？這裡所說的一，不是所謂的單一，是在數字序列中形成的沒有實體的一；因為這個一與多相即，才叫做一。如果不是這樣，就不叫做一。為什麼呢？因為一沒有實體，缺少數字序列就不能形成一。十融攝一的道理可以上面所說為例，不要虛妄地加以計較，而應參照此上的例證來把握。

問：上面所說的一與多相即，在時間上為同時還是有先後的不同呢？答：為同時，也為有前後。為什麼呢？因為事象體性的這種緣起，具有逆順即向上去和向下來的各種情況，體性相同而不相互抵觸，各自的屬性與作用仍然保留而不相互妨礙，所以能夠既同時又有前後的分別。

㈡同體

⑴通過數十文錢譬喻同體事物交互作用

同體事物的交互作用包括兩個方面：一為一中多，二為多中一。首先，關於一中具有多，有十種不同的情況：第一種情況是一，為什麼呢？因為是在因緣關係中形成的，一是基數。一中就具有十，爲什麼呢？因爲這一文錢自身便是一，又給二充當一，所以成了二中的一；以至於給十充當一，所以就成爲十中的一。因此這個一中，就自己具有十個一。但是，一不等同於十，因爲這不是從相即的角度來說的。頭一文錢既然這樣，其餘向上去的二、三、四、五等九種情況，也都分別如此，參照第一文錢的例證即可明白。其次，關於多中具有一，也有十種情況。第一種情況是十，爲什麼呢？因爲在因緣關係中形成。十中具有一，原因如何呢？因爲這個一爲十充當了一，這就是說，那第一個一處於十個一之中。由於離開了十個一，就沒有最初的一，因此這個一就是十中的一。不過，十還不是一。其餘向下來的九、八、七一直到一，都分別如此，參照第一種情況就能理解。

問：這種同體相入與前面所說的異體相入有什麼不同？答：前面所說的異體相入，是頭一個一和後面的九個數字相對，彼此相互作用；現在這裡所說的同體相入，是指一的自身當中就具有十，不是從前後數字相對的角度來說的。關於相即的不同，也可參考這裡的論述加以思考。

(2)通過數十文錢譬喻同體事物體性相融

同體相即指的是一即十、十即一，其中也包括兩個方面。其一爲一即十，又分爲十種不同的情況：第一種情況是一，爲什麼呢？因爲是在因緣關係中形成的。一就是十，爲什麼呢？因爲這個十的一就是第一個一。由於沒有另外的自體，因此十就是一。其餘的九種情況都也如此，可以這一種情況作爲參考。第二方面爲十即一，也包括十種不同的情況：第一種情況是十，爲什麼呢？因爲產生於因緣關係之中。十就是一，爲什麼呢？因爲那最初的一就是十。由於再沒有有自體的一，因此最初的一就是十。其餘九種情形可以這個爲例來理解。

問：這同體中的一即十等，是僅容攝這十呢？還是容攝無盡？答：這都隨著智慧來決定，智慧解了十就容攝十，解了無盡就容攝無盡，如此隨應智慧而增減。十，前文已有闡釋，所謂無盡，是指同體門的一即十這一方面中既然具有十種情形，這十種情形又重新相即相入，輾轉重複就形成了無盡，然而這重重無盡，全都容攝在一即十的這一方面中。

問：同體一即十中是僅容攝自己這一方面中的重重無盡，還是也容攝其他不同方面中具有的無盡呢？答：或者把自己這一方面和其他不同方面中具有的無盡都容攝進來，或者只容攝自己這一方面中具有的無盡。爲什麼呢？因爲如果沒有自己這一方面中的無盡，則其他一切方面中具有的無盡都全部不能成立。因此同體門的第一方面「一即十」中，就容攝有同體、異體二門中所具有的無窮個無盡，窮盡極其圓融的萬物，沒有什麼不爲其全部容攝。或者僅容攝同體門自身中具有的無盡。爲什麼呢？因爲其他異體門中具有的無盡，就像虛空一樣沒有體相，不能相互覺知，所以同體事物只能容攝有自身的所有無盡，此外便沒有什麼可以攝入了。這些情況只能隨應智慧來決定，哪一種都沒有什麼不足。同體一即十這一個方面既然完全具有無窮個無盡以及相即相入等關係，從而構成無盡緣起；其他每一個方面都全部如此，各各具有無盡無盡。的確應該如此加以認識。

以上只是用現在流通的貨幣爲譬喻，何況一乘圓教所關注的處於無盡緣起中的一切事物現象呢？不要認爲所有事物現象只是像剛才所說的十文錢一樣。應該去掉迷情，按照法界緣起的實際來加以理解。

二、從教理上詳細地探討

㈠建立對一切事物現象的分類

所謂建立對一切事物現象的分類，就是把世界上的一切事象概括地分作十對，叫做十義門，用以表現圓融無盡的極旨。十義門指的是哪些內容呢？一、爲經典和教義，總括了三乘、一乘以至五乘等教所具有的一切經典和教義。餘下的九義門與這一門一樣，包括了三乘、一乘以至五乘等教的內容。二、爲恆常不變的眞如理體和緣起變化的事物現象，包括一切眞如及其變現的事物現象。三、爲見聞把握教理的智解和躬行實踐之的修行，包括各種智解和修行。四、爲原因和結果，包括成佛前的種種修行努力和最終達到的佛果境界。五、爲思惟主體及其認識，包括一切佛、菩薩等佛門宗師及其演敷的各種教法。六、爲層次不同的認識對象和進趣階位，包括各種層次的認識對象和進趣階位。七、爲導師講授的教法和弟子具有的智慧，包括一切師徒間傳承的教法和所有學生的智慧。八、爲主動事物和從屬事物，包括一切主體事物及其從屬事物。九、爲衆生根機和相應採取的教化方式，包括各種根機和相應採用的各種教化方式。十、爲依照和違背正法的教化都自由自在等，包括一切違背和遵從正法的教化都自由自在等。這十義門作爲代表，都分別總括一切事物現象而形成無盡緣起。

㈡對十義門的解釋

所說的解釋，也是用十門來解釋前文建立的十義門，從而揭示法界緣起重重無盡的究極境界。問：根據什麼得知十這個數字能表現無盡呢？答：以《華嚴經》中所說爲依據，確立十這個數字爲代表，用以揭示無盡緣起的道理。

第一門爲一切事物現象同時相互作用而形成了無盡緣起，叫做同時具足相應門。上文建立的十對，同時一一對應，共同形成一大緣起，沒有時間上前或後、開始或終結的區別，內容上具有一切自由自在的事物和依照或背離正法所作的教化，彼此相互滲透而不相互混同，從而構成無限緣起的關係。這一門是憑藉海印三昧的禪定一下子同時展現一切事象而成立的。

第二門爲一事物現象與其他一切事物現象相互容攝而它們的體相仍可分別，叫做一多相容不同門。前文建立的十義門中的任何一個，就容攝有因和果、理和事等十對及其各自囊括的一切事物現象。像那頭一文錢中就容攝著無盡的意義一樣，這一門也是如此。不過，這裡的一之中雖然具有廣多，但一不等同於它所具有的衆多。衆多中具有一的道理，要參考上面所說加以思考。其餘每一義門中，都全部像這一玄門一樣，重重容攝，輾轉無盡。

第三門爲一切事物現象互爲一體而各自自在無礙，叫做諸法相即自在門。在上文建立的十義門中，其中之一就是一切，一切就是其中之一，彼此相融互攝，而自由自在、互不相礙。如果從事物間的同體關係來說，則某一個別事物自身就能完全容攝一切事物現象；而且該物自身容攝的一切事象還彼此相互容融，因爲所有的事象都處於普遍而無限的緣起關係之中。不過，這種無限聯繫都全部存在於最初的一即十之中。

第四門爲無盡緣起著的一切事物現象間的關係，與帝釋天宮殿飾網上衆多明珠的相互多重映照類似，叫做因陀羅網境界門。這僅是利用了比喻和前三門有所不同。上文建立的十義門在體性和形象上都自由自在，又遞相隱顯，彼此容攝，重重無盡。

第五門爲無盡時間之流中的任意一點上同時容攝著一切時間裡發生的一切事物現象，叫做微細相容安立門。前文建立的十義門爲一念時間全部擁有，同時或異時、從前或以後、背離或順從正法等的一切教法，在一念中同時一起顯現，其中沒有不被明顯表現出來的東西。就像一束箭都一起明顯地展現出來一樣。

第六門爲表面上得以展現和潛在於內裡的一切事物現象都同時成立，叫做秘密隱顯俱成門。上文建立的十義門，不論其隱蔽何處還是明顯展現，都同時得以成立。

第七門爲每一個緣起事象都能以自身的體性統一其他一切事象，又能容攝森羅萬象於自身，叫做諸藏純雜具德門。上文建立的十對，有的爲單一的純粹，有的爲衆聚的雜多。就像前述的人與法等，如果用具有認識能力的人來攝取，則一切事象都是人，所以叫做純；另一方面，總攝一切的人中又含容眞如和事象等一切不同的事象，所以叫做雜。又比如，菩薩進入某種禪定中，只躬行布施，則無量無邊的一切事物都不再有其他的修行，所以叫做純；另一方面，菩薩進入某一禪定，則布施、持戒、救度衆生等其餘無量無邊衆多的修行都同時完成。這樣，重重緣起的世界萬物中，純粹和雜多既自在無礙，又無不容攝統一所有的事象。

第八門爲存在於任何時間範圍中的事物現象都彼此相即相入，叫做十世隔法異成門。前文建立的十對，普遍存在於十世之中，同時或先後不同的時間中都有全部的事象在其中顯現。這是由於時間和事物現象從不分離的緣故。所謂十世，指過去、未來、現在三世分別有過去、未來及現在三世，合為九世；這九世又彼此相即相入，因而構成了一個總範疇；九世的總體與分別的九世相合，構成了十世。這十世中具有的互相別異的一切事物現象，能同時得以顯現而構成一大緣起世界，從而能相即相入。

第九門為一切善惡現象都是如來藏自性清淨心作用的結果，叫做唯心迴轉善成門。上文所立的十對，只是如來藏自性清淨心作用的產物。不過，這個具有產生一切染淨事物作用的自性清淨心，與三乘教所說的不是一回事。這一自性清淨心也完全具有十種作用，像《華嚴經．性起品》中所說的十心，就是它的表現。舉出十的原因在於，試圖通過它說明重重無盡的境界。自性清淨心就這樣自由自在而具有數不盡的種種功德。以上所說的十對，都是這個自性清淨心自由作用的結果，此外不再有其他東西能有這樣的作用，所以叫做唯心轉等。應該思索一番來理解它。

第十門為人們可通過某一事物現象洞察整個世界的奧秘，叫做託事顯法生解門。上文建立的十對，隨應人們所依託的事物，用不同的形象顯示相應的道理。這些道理指的是各種理、事等一切教法。像《華嚴經》中所說的十種寶王雲等形象，就是這樣的教法。為了說明其先前闡解的各種道理可貴，所以用「寶」來表詮它；為了說明其先前闡解的各種道理自在無礙，所以標以「王」名來比喻它；爲了說明其先前闡解的各種道理潤澤，所以用「雲」來形容它。像這樣的例子，不勝枚舉，可依照《華嚴經》加以思索。

以上十玄門所作的解釋及其前建立的十義門等，都全部同時融會貫通，形成一大緣起世界而各自保留其特定的功用。從無所不知的佛智境界審實觀察三乘等教義，都只存在於普賢的智解、修行和見聞心中。但在十玄門之中，任何一門都容攝其餘九門，沒有什麼不爲其全部攝收。應當按照六相圓融的方便來全面靈活把握十玄門。

原典

第三節十玄緣起無礙法門義

一、以喻略示

喻示者，如數十錢法。所以說十者，欲應圓數顯無盡故。此中有二：一、異體，二、同體。所以有此二門者，以諸緣起門內有二義故。一、不相由義，謂自具德故。如因中不待緣等是也。二、相由義，如待緣等是也。初即同體，後即異體。

㈠異體門

就異體中有二門：一、相即，二、相入。所以有此二門者，以諸緣起法皆有二義故。一、空有義，此望自體；二、力無力義，此望力用。由初義故得相即，由後義故得相入。

初中，由自若有時，他必無故，故他即自。何以故？由他無性，以自作故。二、由自若空時，他必是有，故自即他。何以故？由無自性，用他作故。以二有二空各不俱故，無彼不相即；有無、無有無二故，是故常相即。若不爾者，緣起不成，有自性等過。思之可見。

二、明力用中自有全力故，所以能攝他；他全無力故，所以能入自。他有力，自無力，反上可知。不據自體，故非相即；力用交徹，故成相入。又，由二有力二無力各不俱故，無彼不相入；有力無力、無力有力無二故，是故常相入。又，以用攝體，更無別體故，唯是相入；以體攝用，無別用故，唯是相即。此依因六義內準之。

⑴以數十錢喻異體相入

初向上數十門：一者，一是本數。何以故？緣成故。乃至十者，一中十。何以故？若無一，即十不成故。一即全有力，故攝於十也，仍十非一矣。餘九門亦如是。一一皆有十，準例可知。向下數亦十門：一者，十即攝一。何以故？緣成故。謂若無十，即一不成故。即一全無力，歸於十也，仍一非十矣。餘例然。如是，本末二門中，各具足十門。餘一一錢中，準以思之，此約異門相望說耳。

問：既言一者，何得一中有十耶？答：大緣起陀羅尼法。若無一，即一切不成故，定知如是。此義云何？所言一者，非自性一，緣成故。是故一中有十者，是緣成一。若不爾者，自性無緣起，不得名一也。乃至十者，皆非自性十，由緣成故。爲此十中有一者，是緣成無性。十若不爾者，自性無緣起，不名十也。是故一切緣起，皆非自性。何以故？隨去一緣，即一切不成，是故一中即具多者，方名緣起一耳。

問：若去一緣即不成者，此則無性，無自性者，云何得成一多緣起？答：只由無性，得成一多緣起。何以故？由此緣起，是法界家實德故，普賢境界具德自在無障礙故。《華嚴》云：「菩薩善觀緣起法，於一法中解衆多法，衆多法中解了一法。」❶是故當知一中十，十中一，相容無礙，仍不相是。一門中既具足十義故，明知一門中皆有無盡義。餘門也如是。

⑵以數十錢喻異體相即

此中有二門：一者向上去，二者向下來。初門中有十門：一者一。何以故？緣成故。一即十。何以故？若無一，即無十故。由一有體，餘皆空故，是故此一即是十矣。如是向上，乃至第十，皆各如前，準可知耳。言向下者，亦有十門：一者十。何以故？緣成故。十即一。何以故？若無十，即無一故。由一無體，餘皆有故，是故此十即一矣。如是向下，乃至第一，皆各如是，準前可知耳。以此義故，當知一一錢，即是多錢耳。

問：若一不即十者，有何過失？答：若一不即十者，有二失：一、不成十錢過。何以故？若一不即十者，多一亦不成十。何以故？一一皆非十故。今既得成十，明知一即是十也。二者、一不成十過。何以故？若一不即十，十即不得成；由不成十故，一義亦不成。何以故？若無十，是誰一故。今既得一，明知一即十。又，若不相即，緣起門中空有二義即不現前，便成大過，謂自性等。思之可知。

問：若一即十者，應當非是一；若十即一者，應當非是十。答：只為一即十故，是故名為一。何以故？所言一者，非是所謂一，緣成無性一；為此一即多者是名一。

若不爾者，不名一。何以故？由無自性故，無緣不成一也。十即一者，準前例耳，勿妄執矣，應如是準知。

問：上一多義門，爲一時俱圓耶？爲前後不同耶？答：即同即前後。何以故？由此法性緣起，具足逆順，同體不違德用自在，無障礙故，皆得如此。

㈡同體門

⑴以數十錢喩同體相入

初門二：一者，一中多；二者，多中一。初，一中多者，有十門不同：一者一。何以故？緣成故，是本數。一中即具十。何以故？由此一錢自體是一，復與二作一，故即爲二一，乃至與十作一故，即爲十一。是故此一之中，即自具有十箇一耳。仍一非十也，以未是即門故。初一錢既爾，餘二三四五已上九門，皆各如是，準例可知耳。二者，多中一，亦有十門：一者十。何以故？緣成故。十中一，何以故？由此一與十作一故，即彼初一在十一之中。以離十一，即無初一故，是故此一即十中一也。仍十非一矣。餘下九八七，乃至於一，皆各如是，準例思之。

問：此與前異體何別？答：前異體者初一望後九，異門相入耳；今此同體，一中自具十，非望前後異門說也。即義亦準思之。

(2)以數十錢喻同體相即

二者，一即十，十即一，亦有二門。一者，一即十，亦有十門不同：一者一，何以故？緣成故。一即十，何以故？由此十一即是初一故。無別自體故，是故十即是一也。餘九門皆亦如是，準之可知。二者，十即一者，亦有十門不同：一者十，何以故？緣成故。十即一，何以故？彼初一即是十故。更無自一故，是故初一即是十也。餘九門準例知之。

問：此同體中一即十等者，爲只攝此十耶？爲攝無盡耶？答：此並隨智而成，須十即十，須無盡即無盡，如是增減隨智趣矣。十即如前釋；曰無盡者，一門中既有十，然此十復自迭相即相入，重重成無盡也。然此無盡重重，皆悉攝在初門中也。

問：爲但攝自一門中無盡重重耶？爲亦攝餘異門無盡耶？答：或俱攝，或但攝後自無盡。何以故？若無自一門中無盡，餘一切門中無盡皆悉不成故。是故，初門同體，即攝同異二門中無盡無盡無盡無盡無盡無盡無盡無盡無盡，窮其圓極法界，無不攝盡耳。或但自攝同體一門中無盡。何以故？由餘異門如虛空故，不相知故，自具足故，更無可攝也。此但隨智而取，一不差失也。如此一門，既具足無窮箇無盡，及相即相入等，成無盡者；餘一一門中，皆悉如是，各無盡無盡，誠宜如是準知。

此且約現理事錢中，況彼一乘緣起無盡陀羅尼法，非謂其法只如此也。應可去情，如理思之。

二、約法廣辯

㈠立義門

立義門者，略立十義門以顯無盡。何者爲十？一、教義，即攝一乘三乘，乃至五乘等一切教義，餘下準之。二、理事，即攝一切理事。三、解行，即攝一切解行。四、因果，即攝一切因果。五、人法，即攝一切人法。六、分齊境位，即攝一切分齊境位。七、師弟法智，即攝一切師弟法智。八、主伴依正，即攝一切主伴依正。九、隨其根欲示現，即攝一切隨其根欲示現。十、逆順體用自在等，即攝一切逆順體用自在等。此十門爲首，皆各總攝一切法成無盡也。

㈡解釋門

言解釋者，亦以十門釋前十義，以顯無盡。問：何以得知十數顯無盡耶？答：依

《華嚴經》中立十數爲則，以顯無盡義。

一者，同時具足相應門。此上十義，同時相應成一緣起，無有前後始終等別，具足一切自在逆順，參而不雜，成緣起際。此依海印三昧，炳然同時顯現成矣。

二者，一多相容不同門。此上諸義，隨一門中，即具攝前因果理事一切法門。如彼初錢中即攝無盡義者，此亦如是。然此一中雖具有多，仍一非即是其多耳。多中一等，準上思之。餘一一門中，皆悉如是重重無盡故也。

三者，諸法相即自在門。如上諸義，一即一切，一切即一，圓融自在，無礙成耳。若約同體門中，即自具足攝一切法也。然此自一切復自相入，重重無盡故也。然此無盡，皆悉在初門中也。

四者，因陀羅網境界門。此但從喩異前耳。此上諸義，體相自在，隱顯互現，重重無盡。

五者，微細相容安立門。此上諸義，於一念中具足，始終同時別時前後逆順等一切法門，於一念中炳然同時齊頭顯現，無不明了。猶如束箭，齊頭顯現耳。

六者，秘密隱顯俱成門。此上諸義，隱覆顯了，俱時成就也。

七者，諸藏純雜具德門。此上諸義，或純或雜。如前人法等，若以人門取者，即一切皆人，故名爲純；又，即此人門，具含理事等一切差別法，故名爲雜。又如菩薩入一三昧，唯行布施，無量無邊，更無餘行，故名純；又，入一三昧，即施戒度生等無量無邊諸餘雜行，俱時成就也。如是繁興法界，純雜自在，無不具足者矣。

八者，十世隔法異成門。此上諸雜義，遍十世中，同時別異，具足顯現，以時與法不相離故。言十世者，過去未來現在三世，各有過去未來及現在，即爲九世也；然此九世，迭相即入，故成一總句，總別合成十世也。此十世具足別異，同時顯現成緣起故，即得入也。

九者，唯心迴轉善成門。此上諸義，唯是一如來藏爲自性清淨心轉也，但性起具德，故異三乘耳。然一心亦具足十種德，如〈性起品〉中說十心義❷等者，即其事也。所以說十者，欲顯無盡故。如是自在具足無窮種種德耳。此上諸義門，悉是此心自在作用，更無餘物，名唯心轉等。宜思釋之。

十者，託事顯法生解門。此上諸義，隨託之事以別顯別法。謂諸理事等一切法門，如此經中說十種寶王雲❸等事相者，此即諸法門也。顯上諸義可貴，故立寶以表之；顯上諸義自在，故標王以表之；顯上諸義潤益故，資擇故，斷齶故，以雲標之矣。如是等事，云云無量，如經思之。

此上十門等解釋，及上本文十義等，皆悉同時會通，成一法界緣起具德門。普眼境界，諦觀察餘時，但在大解大行大見聞心中。然此十門，隨一門中即攝餘門，無不皆盡，應以六相方便而會通之可準。

注釋

❶這段話出自《華嚴經．十忍品》。見《大正藏》第九冊五八〇頁。

❷**十心義**：即能產生一切事象的自性清淨心所具有的十種作用：㈠平等無依心，㈡性無增減心，㈢益生無念心，㈣用興體密心，㈤滅惑成德心，㈥依住無礙心，㈦種性深廣心，㈧知法究盡心，㈨巧便留惑心，㈩性通平等心。

❸**十種寶王雲**：即勝金色幢、佛光明照、金蓮華、菩薩辯才光明、一切妙音衆、莊嚴佛土道場、一切菩薩無量功德光明輪妙音等十種寶王雲。出自《華嚴經．盧舍那佛品》。

譯文

第四節　六相互相圓融

一、列出六相的概念並略加解釋

列出六相的名稱，即指總相、別相、同相、異相、成相和壞相。所謂總相，是指一個緣起事物中包含了多種功能；所謂別相，是指一物具有的衆多功能並非一致；別相依賴於總相，並支持著總相。所謂同相，是指衆多的功能互不妨礙，而共同構成一緣起事物的全體；異相指一物的衆多功能互不相同。所謂成相，是指依據衆多的功能，形成一緣起事物；壞相指衆多的功能各自保持自己的特殊作用而不相互和合。

二、建立六相的意義

建立六相這一教義，是爲了昭示圓教一乘關於理事等十對所代表的一切事物現象共同形成一大緣起，彼此既各自保存自身的特殊性質又無限相互滲透、互融一體、各不相礙，以至像因陀羅網上的寶珠無窮融攝一樣。把握了個中意蘊，對於一切煩惱和愚昧，就做到了斷滅其中之一則斷滅了其全部，從而徹底消滅一切時間範疇上產生的煩惱和愚昧；對於修行及其功德，則是完成了一項就完成了所有；對於始終不變的理體，則是發見了一個就發見了一切。普遍與個別都全部具有，開始和終端都一樣無別，剛產生成佛的願望就成就了正覺。主要由於萬物如此緣起、六相互爲融攝、原因與結果同時成立、一與一切相即相入而自在無礙、背離和符合正法的一切教法都全部存在，所以原因就是普賢的智解修行以及對於毘盧遮那佛境界的證入，結果就是十佛境界及其所顯現的無盡緣起。詳細情況如《華嚴經》所說。

三、通過問答闡釋六相

六相與一切緣起事物相通，現在姑且就爲各種條件所構成的房舍來概要地討論這一論點。

㈠關於總相的問答

問：什麼是總相？答：房屋是。問：這只不過是椽子等各種條件，什麼是房子呢？答：椽子就是房子。爲什麼呢？因爲椽子齊備了，能單獨構築房子。如果離開了椽子，房子就不能構成；如果有了椽子，就有了房子。問：如果椽子齊備就單獨構起房子，沒有瓦等材料也應築起房子麼？答：沒有瓦等材料時，木條不成其爲椽子，所以不能築起房子，不是說其爲椽子而不能構築房子。現在說能夠構築，僅指椽子能構築，不是說不是椽子而能構築房子。爲什麼呢？因爲椽子是構成房子的原因條件。在沒建成房子時，由於沒有原因條件，所以不成其爲椽子。如果稱之爲椽子，則房子已完全建成；如果沒有完全建成，就不叫做椽子。問：如果椽子等各種條件都分別拿出少量的力用而不是各使出足量的力用，來建構房子，會有什麼偏差呢？答：有斷、常兩種過錯。如果不發揮足量的力用而偷省一部分力用來構建房子，則各種條件都分別偷省一些力用。這只是多種份量不足的力用，不能建成一所正常的房子，所以是「斷」。各種條件都偷省力用，正常的房子沒有建成，而以爲有了正常的房子，係無因而有，所以是「常」。如果不是合格建成的房子，則拿掉一根椽子時，房子應該還在。房子既然不能合格地建成，由此可知，各種緣起事物不是力用不足而能正常產生的。問

：少了一根椽子時，難道不是房子麼？答：只是破房子，而不是好房子。由此可知，好房子完全取決於一根椽子，既然取決於一根椽子，所以知道椽子就是房子。問：房子既然就是椽子，其餘的板、瓦等材料應該就是椽子吧？答：它們都是椽子。爲什麼呢？因爲去掉了椽子，就沒有了房子。所以這樣的原因在於，如果沒有椽子，則房子就不能建立；房子建不成，就不叫做板、瓦等。因此，板、瓦等就是椽子。如果不就是椽子，則房子不能建成，椽子和瓦等一並都不能成立。現在既然都成立了，由此可知，椽子和板、瓦等相即。一根椽子既然如此，其餘的椽子就不會例外。因此，一切緣起事物沒有產生就罷了，一旦成立，就既各具特殊性又相即互融而互不妨礙。這種圓融無礙的極至難以思量，非一般常情所能測度。

㈡關於別相的問答

所謂別相，是指椽子等各種材料有別於房子的總體。如果沒有分別，總相的意義就不能成立，因爲沒有別相就沒有總相。這是什麼意思？原本是用別相成立總相，因爲沒有別相，總相就不能成立。因此，別相就是用總相來使別相成立。問：如果總相與別相相即，應該不成立總相吧？答：由於總相與別相相即，所以能夠成立總相。比如，因爲椽子就是房子，所以叫做總相；房子就是椽子，所以叫做別相。如果不與房子相即，就不是椽子；如果不與椽子相即，就不是房子。總相和別相的相即關係，可參照此例加以思考。問：如果總相和別相相即，何以要說別相？答：正因爲它們相即，所以有別相成立。如果二者並不相即，總相存在於別相之外，則不是總相；別相存在於總相之外，則不是別相。思考一下即可理解。問：如果沒有別相，有什麼過失？答：有斷、常二種過錯。如果沒有別相，就沒有有別於房子的椽子和瓦；沒有椽子和瓦，就不能構成房子的整體，所以這是斷過。如果沒有有別於房子的椽子和瓦等材料，而有房子的總體，就是沒有原因出現的房子，爲常過。

㈢關於同相的問答

所謂同相，是指椽子等各項條件共同構成房子而不相衝突。都叫做房子的條件，而不構成其他事物，所以叫做同相。問：同相和總相有什麼分別呢？答：總相是僅針對一所房子來說的；這裡所說的同相，是根據椽子等各種條件，雖體性上各各分別，但都一致發揮了構成房子的作用，所以叫做同相。問：如果不是同相，有什麼過錯呢？答：如果不是同相，則有斷、常二種過錯。這兩種過錯是什麼呢？如果不是同相，椽子等各項材料的作用互相障礙，而不協同構成房子，就不能有房子，所以是斷過。如果各項材料沒有構築房子而以爲有了房子，就是沒有原因而出現了房子，所以爲常過。

㈣關於異相的問答

所謂異相，是指椽子等各種條件的形象互有差別。問：如果有分別，應該不相同吧？答：正因爲有分別的緣故，所以相同。如果沒有分別，椽子既然一丈二尺，瓦也應當一樣。破壞了原來和合成的事物，就失去了前文所說一起協同構成房子的意義。現在既然是房子建成了，都叫做房子的條件，就應當知道有分別。問：這個異相和別相有什麼區別麼？答：前文所說的別相，只是椽子等各種條件有別於一所房子，所以叫做別相；現在說的異相，是椽子等各項條件之間，其形象各不相同。問：如不互相分別，有什麼過錯呢？答：有斷、常二種過錯。這些過錯是什麼呢？如果互不分別，瓦就與椽子一樣一丈二尺長；破壞了原來和合成的事物，不能協同構成房子，所以是斷過。如果破壞了條件，不能構成房子，而以爲有房子存在，就是沒有原因而產生了房子，係是常過。

㈤關於成相的問答

所謂成相，是指由於椽子等這些條件，房子的意義得以成立；由於構成了房子，椽子等叫做房子的條件。如果不是這樣，房子和椽子等條件兩方面都不能成立；現在既然能成立，則知成相是兩方面的相互成立。問：現在看到椽子等各項條件，各自固守自身的特殊性，本來並不構成房子，依據什麼能使房子的意義成立呢？答：正是由於椽子等各項條件本不構成房子，所以房子的意義才得以成立。所以如此的原因在於，如果椽子已經用作了建房，就失去了它本來作爲椽子的特性，房子的意義就不能成立。現在是因其沒有用作建房，椽子等各項條件呈現在面前；由於這種呈現在面前的緣故，房子的意義才得以成立。再者，如果不用作建房，則椽子等不叫做衆多的條件；現在既然得到了條件的名稱，則明確知道一定用作建房。問：如果兩方面都不成立，有什麼過失呢？答：有斷、常二種過失。這兩種過失是什麼呢？房子本來是依賴椽子等各項條件形成的，現在既然椽子等各項條件都不用作建房，不可能產生房子，所以爲斷過；本來是作爲條件構成房子而叫做椽子，現在既然不用作建房，所以沒有椽子，爲斷過。如果兩方面都不成立，房子係無因而有，爲常過；再者，椽子不用作建房而有椽子的名稱，也是常過。

㈥關於壞相的問答

所謂壞相，是指椽子等各項條件各自作爲自身原來的事物存在，本來並不用作建房。問：現在看到椽子等各項條件構成了房子，爲何要說本來並不用作建房呢？答：正是因爲本不用作建房，房子這一事物才得以建成；如果已經用於建房而不保留自身的事物特性，有房子的意義就不能成立。爲什麼呢？因爲已經用於建房就失去了作爲原來事物的意義，房子就不能建成；現在既然建成了房子，則明確知道椽子等本來並不用於建房。問：如果已經用於建房，有什麼過失？答：有斷、常二種過失。如果說椽子已用於建房，就失去了椽子這一事物，失去了椽子這一事物，房子就沒有了椽子因而不能產生，爲斷過。如果少了椽子這一事物而出現了房子，就是沒有椽子而有房子，爲常過。

原典

第四節　六相圓融義

一、列名略釋

列名者，謂總相、別相、同相、異相、成相、壞相。總相者，一含多德故；別相者，多德非一故。別依止總，滿彼總故。同相者，多義不相違，同成一總故；異相者，多義相望，各各異故。成相者，由此諸緣起成故；壞相者，諸義各住自法不移動故。

二、教興意

教興意者，此教爲顯一乘圓教，法界緣起、無盡圓融、自在相即、無礙鎔融，乃至因陀羅無窮理事等。此義現前，一切惑障，一斷一切斷，得九世十世惑滅；行德即一成一切成，理性即一顯一切顯。並普別具足，始終皆齊，初發心時便成正覺。良由如是法界緣起，六相鎔融，因果同時，相即自在，具足逆順。因即普賢解行，及以證入；果即十佛境界，所顯無窮，廣如《華嚴經》說。

三、問答解釋

然緣起法一切處通，今且略就緣成舍辨。

㈠總相

問：何者是總相？答：舍是。問：此但椽等諸緣，何者是舍耶？答：椽即是舍。何以故？爲椽全自獨能作舍故。若離於椽，舍即不成；若得椽時，即得舍矣。問：若椽全自獨作舍者，未有瓦等亦應作舍？答：未有瓦等時，不是椽，故不作，非謂是椽而不能作。今言能作者，但論椽能作，不說非椽作。何以故？椽是因緣。由未成舍時，無因緣故，非是椽也。若是椽者，其畢全成；若不全成，不名爲椽。問：若椽等諸緣，各出少力共作，不全作者，有何過失？答：有斷、常過。若不全成但少力者，諸緣各少力。此但多箇少力，不成一全舍故，是斷也。諸緣並少力皆無全成，執有全舍者，無因有故，是其常也。若不全成者，去卻一椽時，舍應猶在。舍既不全成，故知非少力並全成也。問：無一椽時，豈非舍耶？答：但是破舍，無好舍也。故知好舍全屬一椽，既屬一椽，故知椽即是舍也。問：舍既即是椽者，餘板瓦等應即是椽耶？答：總並是椽。何以故？去卻椽即無舍故。所以然者，若無椽，即舍壞；舍壞故，不名板瓦等。是故板瓦等即是椽也。若不即椽者，舍即不成，椽瓦等並皆不成。今既並成，故知相即耳。一椽既爾，餘椽例然。是故一切緣起法，不成則已，成則相即鎔融，無礙自在，圓極難思，出過情量。

㈡別相

別相者，椽等諸緣，別於總故。若不別者，總義不成，由無別時即無總故。此義云何？本以別成總，由無別故，總不成也。是故，別者即以總成別也。問：若總即別者，應不成總耶？答：由總即別故，是故得成總。如椽即是舍故，名總相；即是椽故，名別相。若不即舍，不是椽；若不即椽，不是舍。總別相即，此可思之。問：若相即者，云何說別？答：只由相即，是故成別。若不相即者，總在別外，故非總也；別在總外，故非別也。思之可解。問：若不別者，有何過耶？答：有斷、常過。若無別者，即無別椽瓦；無別椽瓦故，即不成總舍，故此斷也。若無別椽瓦等而有總舍者，無因有舍，是常過也。

㈢同相

同相者，椽等諸緣和同作舍，不相違故。皆名舍緣，非作餘物，故名同相也。問：此與總相何別耶？答：總相唯望一舍說；今此同相，約椽等諸緣，雖體各別，成力義齊，故名同相也。問：若不同者，有何過耶？答：若不同者，有斷、常過也。何者？若不同者，椽等諸義互相違背，不同作舍，舍不得有，故是斷也；若相違不作舍而執有舍者，無因有舍，故是常也。

㈣異相

異相者，椽等諸緣，隨自形類相望差別故。問：若異者應不同耶？答：只由異故，所以同耳；若不異者，椽既丈二，瓦亦應爾。壞本緣法故，失前齊同成舍義也。今既舍成，同名緣者，當知異也。問：此與別相有何異耶？答：前別相者，但椽等諸緣別於一舍，故說別相；今異相者，椽等諸緣迭互相望，各各異相也。問：若不異者，有何過失耶？答：有斷、常過。何者？若不異者，瓦即同椽丈二；壞本緣法，不共成舍，故是斷。若壞緣不成舍而執有舍者，無因有舍，故是常也。

㈤成相

成相者，由此諸緣，舍義成故；由成舍故，椽等名緣。若不爾者，二俱不成；今現得成，故知成相互成之耳。問：現見椽等諸緣，各住自法，本不作舍，何因得有舍義成耶？答：只由椽等諸緣不作，故舍義得成。所以然者，若椽作舍去，即失本椽法故，舍義不得成。今由不作故，椽等諸緣現前故；由此現前故，舍義得成矣。又，若不作舍，椽等不名多緣；今既得緣名，明知定作舍。問：若不成者，何過失耶？答：

有斷、常過。何者?舍本依椽等諸緣成，今既並不作，不得有舍，故是斷也；本以緣成舍名爲椽，今既不作舍故無椽，是斷。若不成者，舍無因有，故是常也；又，椽不作舍得椽名者，亦是常也。

㈥壞相

壞相者，椽等諸緣各住自法，本不作故。問：現見椽等諸緣作舍成就，何故乃說本不作耶?答：只由不作，故舍法得成；若作舍去，不住自法，有舍義即不成。何以故?作去失法，舍不成故；今既舍成，明知不作也。問：若作去有何失?答：有斷、常二失。若言椽作舍去，即失椽法；失椽法故，舍即無椽，不得有，是斷也。若失椽法而有舍者，無椽有舍，是常也。

源流

《華嚴五教章》的思想內容十分豐富，概括起來說，主要是包括了五教十宗的教相判釋和無盡緣起的觀法兩個方面。以下就從這兩大方面入手，探討《華嚴五教章》的思想源流。

印度佛教初傳中國的時候，正是大乘佛教在印度和中亞地區蓬勃發展之際。因此，佛教經典的漢譯工作，並非依從由原始到部派到大乘的印度佛教演進次第加以展開；而是同時把大量剛剛產生的大乘經典和先前成立的小乘經論傳譯進來。這樣，因時間、地點、因緣和形式等的不同建立的各種佛典，在內容、旨趣等方面存在的相互出入甚或是相互矛盾，就隨著佛教的傳入呈現在中國佛教學人面前，以至初學佛理者茫然不知所措。因受著這一問題的驅動，南北朝以來，一些匠心獨具的高僧大德先後不同地開展著同一項工作——教相判釋，即依據自己對印度佛教的理解，在判定各種佛典價值的基礎上，對所有佛教經典加以分類組織，從而將其納入一個統一的體系之中。

法藏撰著《華嚴五教章》時，對判教的意義有著十分清楚的認識。在列舉先前共同推崇《華嚴經》的十家教判學說之後，他說：「此上十家立教諸德，並是當時法將，英悟絕倫，歷代明模，階位叵測。」他們並非偏好標新立異，而是「但以備窮三藏，覿斯異軫，不得已而分之，遂各依教開宗，務存通會，使堅疑隕滯，冰釋朗然，聖說差異，其宜各契耳」。

出於對判教意義的這種認識，法藏繼承了儼師關於五教分立的思想，在吸收改造窺基「三教八宗」和天台宗「五時八教」的基礎上，提出了五教十宗的判教體系。

今天所見杜順的《華嚴五教止觀》，除了在總列章門中以小乘教、大乘始教、終教、頓教和一乘圓教分別配於五類止觀法門之外，其下闡解五門止觀的整篇行文論述中，並沒有出現五教及其每一教的名稱，可見杜順還沒有關於五教判立的想法。

師從杜順的智儼看到梁《攝論》卷八把佛教區分爲小乘、大乘和一乘，並把大乘看成是來自聲聞或緣覺、菩薩的不定乘，深受啓發，因而產生了區分佛教爲五類的觀念。在《華嚴五十要問答》和《華嚴孔目章》中，他還依據《華嚴經》、《法華經・譬喻品》、《大智度論》❶以及慧光的《華嚴經疏》，提出了小乘教、大乘始教、大乘終教、三乘教、一乘教、同教、別教、共教、不共教、圓教一乘、別教一乘等概念。如《華嚴五十要問答》第二十一問答說：

「問：一乘教義分齊云何？答：一乘教有二種：一、共教，二、不共教。圓教一乘所明諸義，文文句句，皆具一切，此是不共教，廣如《華嚴經》說。二、共教者，即小乘、三乘教，名字雖同，意皆別異，如諸大乘經中廣說可知。」❷

《華嚴孔目章》卷四又說：

「夫圓通之法，以具德爲宗。緣起理實，用二門取會。其二門者，所謂同、別二教也。別教者，別於三乘故，《法華經》云三界外別索大牛之車故也。同教者，經云會三歸一，故知同也。又言同者，衆多別義，一言通目，故言同。又，會義不同，多種法門，隨別取一義，餘無別相，故言同耳。所言同者，三乘同一乘故；又，言同者，小乘同一乘故；又，言同者，小乘同三乘故。」❸

在智儼的教判思想基礎上，法藏利用天台宗五時八教中的「化法四教」，即藏、通、別、圓四教分別與小乘教、大乘始教、終教、一乘教相應，並用天台宗的圓教取代儼師所立的一乘教，另將漸、頓、秘密、不定「化儀四教」中的頓教吸收進來。這樣，就最終形成了小、始、終、頓、圓的五教判，並在圓教中進一步區分別教一乘和同教一乘。

與法藏同時而成名早於法藏的慈恩大師，把玄奘創立的有、空、中道三教進一步區分爲八宗。法藏借鑒了窺基的這一做法，並大量吸收、改造了慈恩八宗的分類，以五教判爲基礎，又依據旨趣，把五教分析爲十宗。賢首十宗與五教及慈恩八宗之間的關係，如下圖所示：

慈恩八宗	賢首五教十宗：十宗	賢首五教十宗：五教
我法俱有宗	我法俱有宗	小乘教
有法無我宗	法有我無宗	小乘教
法無去來宗	法無去來宗	小乘教
現通假實宗	現通假實宗	小乘教
俗妄眞實宗	俗妄眞實宗	小乘教
諸法但名宗	諸法但名宗	小乘教
勝義皆空宗……	一切皆空宗	始　教

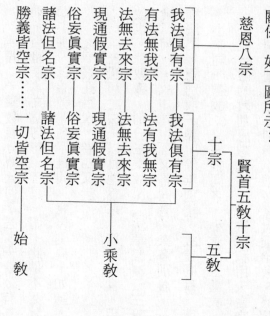

應理圓實宗……眞德不空宗——終　教

相想俱絕宗——頓　教

圓明具德宗——圓　教

法藏對自己在《華嚴五教章》中建立的五教十宗的判教學說非常滿意，在後來撰著《華嚴經探玄記》時，依然堅持了如此的見解。可是，在他圓寂後不久，五教說即遭到了弟子慧苑的批判。在《續華嚴經略疏刊定記》第三門「立教差別」中，慧苑認爲，賢首五教主要是對天台宗化法四教的吸收改造，另外只增加了一個頓教；並進一步指責法藏所立的頓教是不恰當地將超越語言的所詮教義當作了能詮的經教。由此，慧苑另依《究竟一乘寶性論》，將全部佛教教義概括爲迷眞異執、眞一分半、眞一分滿、眞具分滿四教，並認爲後三教各有通、別、隨部、隨義四宗。❹

慧苑的再傳弟子澄觀在所著《華嚴大疏》及《隨疏演義鈔》中，針對慧苑對賢首的批評，指出天台宗的化法四教都含有超越語言的教義，所以沒有判立頓教；賢首設立頓教，是在產生了禪宗的新情況下，爲了顯示超越語言另爲一類離念的根機。❺

初受荷澤禪法、後師從澄觀的宗密在《華嚴原人論》中，繼承了澄觀把禪宗納入教法的做法，並有所發展。他一方面在佛教內部融合禪法與《華嚴經》，將其共同歸結為一乘顯性教；一方面在外部會通儒、釋、道三家，把儒道與人天教等四教引入一乘方便教；並對賢首五教的具體內容做了改動，認為依照從低到高的次序，五教應是人天教、小乘教、大乘法相教、大乘破相教、一乘顯性教。

「無盡緣起」最早是智儼大師根據慧光的《華嚴經疏》從《華嚴經》中體會出的道理，所謂無盡緣起，是說千差萬別的一切緣起事物皆有實體，實體與現象相即不離；世界萬物之間、每一事物及其屬性之間，都普遍而無限地相互對立，相互統一，相互滲透，相互反映。用一個判斷表示，無盡緣起就是「一即一切，一切即一」。法藏接受了儼師的這一思想，並把它置於華嚴宗佛教理論的核心地位。在《華嚴五教章》中，法藏具體運用了三性一際、因門六義、六相圓融、十玄無礙四門義理，集中闡發了無盡緣起的意蘊。

「三性」的概念首見於《攝論・所知相品》，該文中心概念是依他起性，並以依他起性上同時具有遍計所執性（染）、圓成實性（淨）二性來解釋經文中一些矛盾的概念。《般若經・慈氏問品》中吸取了三性的說法，無性著《攝大乘論釋》，又引用了《般若經》中的內容。法藏因受《攝論》及《攝大乘論釋》的影響，用三性來闡明萬物緣起的根據。他認爲就事物的性質以及人們對事物性質的看法，每一事物都有三性，三性各有二義，合稱三性六義。法藏在《華嚴五教章》中指出，不論從哪一方面看，都可以對三性及其六義進行一致的把握，不變與隨緣、似有與無性、情有與理無、圓成實與依他起、遍計所執，看上去似乎都是對立的兩極，實則只有角度不同之分，都是對事物存在及其認識的同一規定，都有共同統一之處。

中國佛教法相唯識宗也有三性一致說，這是法藏與其相同之處。不過，法相唯識宗和法藏所說的三性次序及其運用三性說所要論述的問題是不一樣的。法相唯識宗的三性是從染到淨，即依次是遍計所執性、依他起性和圓成實性；法藏所說的三性是由淨至染，即按照圓成實、依他起和遍計所執的順序。法相唯識宗的三性一致說，意在從依他起性上認識一切現象的實相，也就是在於說明一切現象都是由因緣和合而產生的，都沒有自身的眞實性；法藏的三性一際說的理論重心，則是在於說明一切現象是如何得以存在的：在一定的原因、條件的作用下，絕對眞實不變的眞如本體變現出種種事物和現象。在法相唯識宗那裡，緣起僅是事物現象的緣起，而且圓成實性只有「

不變」一義，在《華嚴五教章》中，法藏則認爲，從緣起方面看，眞如理體與事物現象相互融通，因而圓成實性有「不變」、「隨緣」二義。

《攝論．所知依品》舉出阿賴耶識種子在變現萬物時具有六種特徵。依據這種說法，智儼在《華嚴五十要問答》的第四十三問答中，提出了「一切因有六種義」的見解以及六義各自的名稱，明確提出「因門六義」這一範疇的則是賢首大師。在《華嚴五教章》中，法藏吸取了儼師的說法，又從本體的空和有、對結果的產生起決定作用與否，和是否加入其他條件的幫助來引生結果三方面加以分別，把引起一切事物現象產生的原因區分爲六種情形，叫做「因門六義」。

華嚴宗關於三性一際與因門六義的學說，在《華嚴五教章》中已建立完備。《華嚴五教章》以後，這二門教義就作爲無盡緣起說的理論基礎，爲華嚴宗人所運用、弘揚。

《華嚴經．十地品》在描述歡喜地菩薩成就的十大誓願之四時，首次提出了總相、別相、同相、異相、成相和壞相六相的概念，用以說明菩薩的修行廣大無量。印度瑜伽行派奠基人之一世親在研究《華嚴經》時，發現該經在形式上有一個特點，就是經文的十句式，每一種十句在內容上有所不同，各構成一相對獨立的成分，而在句子結構上則採取了相同的形式：第一句是對某一內容的總體把握，其餘九句則是對該內容的條分縷析，從不同的側重點出發對第一句內容中某一方面的著意發揮。也就是說，後九句的著重點各不相同，而第一句則涵蓋了後九句內容中的共同意趣。由此，世親在《十地經論》卷一中提出了一個凡例，即用六相作爲一種法門來說明《華嚴經》文每組十句的關係和理解每組十句的內容：第一句是總相，也是成相，後九句是別相、壞相；十句中的共同旨趣爲同相，十句各自所說的問題每每不同爲異相。該論以《華嚴經·十地品》中金剛藏菩薩證入菩薩大乘光明三昧後的一段關於一切菩薩證入智慧地的經文爲例，說首句是根本入，爲總相；餘九句是依賴根本入而有的，爲了顯示智慧的意義有所不同，這九種入依次變得更爲優勝，叫做別相。十句說的都是對於智慧地的證入，爲同相；十句各自揭示的證入內容互不相同，爲異相。第一句是對證入智慧地而作的概要性說明，是成相；後九句是對證入的具體闡發，是壞相。在這之後，世親得出結論說，以此類推，《華嚴經》中其餘的一切十句都可以這樣看。❻

隋代淨影寺慧遠在《十地經論義記》中，始用體與理等範疇解釋六相。因受《十地經論》及隋慧遠的影響，智儼在《華嚴五十要問答》、《華嚴經搜玄記》、《華嚴經孔目章》等論著中，進一步用六相圓融揭示因門六義及因果、理事之間的相互依存關係等。法藏在《華嚴五教章》中，集前代諸說之大成，對六相的具體內涵與六相圓融的意義都作了細緻的論述，並以房子及其構成要素爲例，說明一切緣起現象都具此六相而互不妨礙，整體與部分既相互對立，又相互依存，圓融無礙。法藏晚年爲武則天講解一乘玄旨時，又以金鑾殿前的金獅子及其眼、耳等五官爲喩，對六相圓融的教義作了較爲通俗易懂的解釋。❼這樣，經過法藏的發揮，六相圓融就成了此後華嚴宗人用以說明一切緣起事物之間的錯綜複雜關係的一種便捷方法，和教化衆生的一種方便手段。

十玄無礙，又稱十玄緣起、十玄門，略稱十玄；指的是相互聯繫著的十方面用以說明無盡緣起深義的玄理，通達它們，就可證入佛的最高境界。這是中國佛教華嚴宗依據《華嚴經》構思出來的獨特教義。

《華嚴經》認爲，衆生心地本來具有佛境，連一粒微塵、一根毫毛中也包容有無量世界，而這些世界又具有染淨、廣狹、有佛無佛等不同情況；世界萬物之間這種無限交融的情形，就像裝飾天神帝釋天宮殿的珠網上的明珠彼此無限映照一樣。在闡發教理時，《華嚴經》還常用教義、理事、境智、行位、因果、依正、體用、人法、逆順、感應「十對」名目，來說明宇宙中一切事物和現象彼此之間互相包含和無窮無盡的圓融關係。加之，《華嚴經》在文字上還有十句式的特點。因受這些情況的啓發，智儼在《華嚴一乘十玄門》和《華嚴經搜玄記》中，首先提出了十玄的說法，用來建立他的世界觀。法藏著《華嚴五教章》時，繼承了老師的十玄說，並對儼師十玄的排列次序作了較大調整。成書較晚的《華嚴金師子章》又改變了《華嚴五教章》中的十玄順序。在《華嚴經探玄記》中，法藏保留了《華嚴金師子章》的十玄位次，而改造了十玄的三門名稱，即將第二「諸藏純雜具德門」改爲「廣狹自在無礙門」，將第五「秘密隱顯俱成門」改爲「秘密顯了俱成門」，將第十「唯心迴轉善成門」改爲「主伴圓明具德門」。至此，法藏就在儼師的思想基礎上，把十玄說的理論重心由理事緣起無礙發展到了事事緣起無礙。因此，後世華嚴學者將法藏在《探玄記》中最後確定的十玄門稱作「新十玄」，而將智儼《華嚴一乘十玄門》、《搜玄記》以及法藏《華嚴五教章》中的十玄稱作「古十玄」。由古十玄到新十玄的發展嬗變關係，詳如下圖所示：

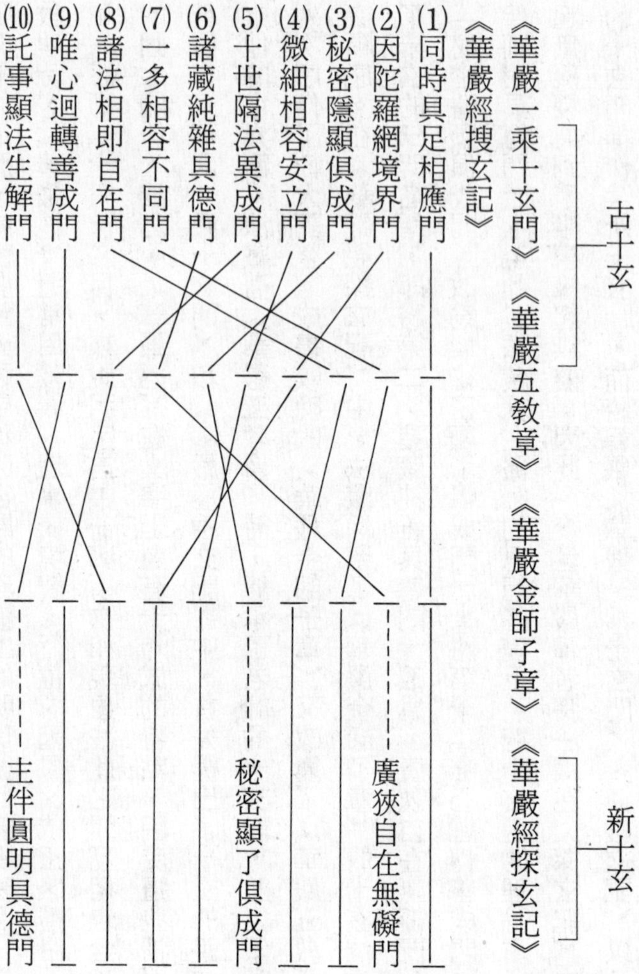
古十玄
新十玄
《華嚴一乘十玄門》《華嚴五教章》《華嚴金師子章》《華嚴經探玄記》
《華嚴經搜玄記》
(1)同時具足相應門
(2)因陀羅網境界門
(3)秘密隱顯俱成門
(4)微細相容安立門
(5)十世隔法異成門
(6)諸藏純雜具德門
(7)一多相容不同門
(8)諸法相即自在門
(9)唯心迴轉善成門
(10)託事顯法生解門
廣狹自在無礙門
秘密顯了俱成門
主伴圓明具德門

慧苑在《續華嚴經略疏刊定記》第七門「顯義分齊」中，將智儼、法藏兩代相承的十玄無礙說，修改為德相、業用兩重十玄門。德相十玄是：一、同時具足相應德，二、相即德，三、相在德，四、隱顯德，五、主伴德，六、同體成即德，七、具足無盡德，八、純雜德，九、微細德，十、如因陀羅網德。業用十玄是：一、同時具足相應用，二、相即用，三、相在用，四、相入用，五、相作用，六、純雜用，七、隱顯用，八、主伴用，九、微細用，十、如因陀羅網用。❽

澄觀在《華嚴大疏》及《華嚴大疏鈔》中，批判慧苑的兩重十玄說，除了增加繁瑣以外，與智儼、法藏二師所立的十玄門之間並沒有什麼不同之處❾；因而恢復了法藏《探玄記》中的十玄說，並對古十玄與新十玄之間的不同列門次序及法藏修定十玄名稱的原因作了說明。❿由於澄觀恢復的新十玄，用古十玄中的秘密隱顯俱成門取代了《探玄記》中確立的秘密顯了俱成門，因此，澄觀指出的新、古十玄之間的名稱不同，只有廣狹自在無礙門和主伴圓明具德門分別代替了諸藏純雜具德門和唯心迴轉善成門。

如前所說，法藏在《華嚴五教章》中系統提出三性一際、因門六義、六相圓融和十玄無礙四條義理的目的，在於集中闡發無盡緣起論，其中三性一際與因門六義是宇宙本體論，又是現象生成論，爲無盡緣起的構成原理；六相與十玄是宇宙圖景說，爲無盡緣起的基本內容。澄觀在對這四門義理分別加以繼承、發揮之外，還將這四門教理中蘊含的以及散見於法藏其餘著作中的緣起思想加以凝鍊，明確地用「四法界」來概括一切緣起現象及其之間的重重無盡關係。晚於澄觀的宗密又進一步發展了四法界說。

宗密圓寂後四年，華嚴宗和其他中國佛教宗派一樣，受到了會昌法難的打擊，經論章疏大量散佚，但《華嚴五教章》卻幸免於難，得到繼續流傳。到宋代淨源中興華嚴宗時，《華嚴五教章》已經衍生出了多種不同的版本。據淨源在〈華嚴一乘教義分齊章重校序〉中說，他考察了許多本子，都是把「義理分齊」列爲第九章，將「所詮差別」列爲第十章；後來發現「佛隴學者」所傳的「徑山寫本」，荒謬地以第十章「義理分齊」爲中卷，反而將第九章「所詮差別」排爲下卷。解決這些不同版本之間在排列章節方面的矛盾，便是他重校《華嚴一乘教義分齊章》的原因之一。⑪淨源重校了《華嚴五教章》之後，道亭（公元一〇二三——一一〇〇？）便依據淨源重校本和澄觀、宗密之說，對《華嚴五教章》作了隨文解釋，其成果就是《義苑疏》十卷。這是中國最早的《華嚴五教章》注釋書。隨後，師會（公元一一〇二——一一六六年）、觀復、希迪也各依淨源重校本對《華嚴五教章》進行注解，其中師會著成《焚薪》二卷、《華嚴一乘教義分齊章科》一卷、《復古記》三卷或作六卷；觀復撰成《折薪記》五卷（已佚）；希迪撰成《集成記》六卷。道亭、師會、觀復和希迪四人因此並稱爲「宋代華嚴四大家」。他們之後，宋元明清各代都不斷有人對《華嚴五教章》中包容的華嚴教義加以敷講注釋，然而卻不再有像《義苑疏》等書一樣對《華嚴五教章》進行全面注解的論著問世。民國以後，靄亭（公元一八九三——一九四七年）以金陵刻經處本爲依據，廣引《華嚴經》、《法華經》、《華嚴五十要問答》、《華嚴孔目章》、《搜玄記》、《探玄記》、《華嚴經疏鈔》、《義苑疏》、《復古記》等經論疏鈔，寫成《華嚴一乘教義分齊章集解》十卷，注解了《華嚴五教章》全文。

新羅孝昭王元年（公元六九二年），法藏門下的新羅留學僧勝詮返回了故國。因受法藏委託，他把《華嚴五教章》與《探玄記》、《起信疏》等法藏的著作一起轉呈給了義湘。義湘（公元六二五——七〇二年）曾與法藏一同在智儼門下修學，咸亨元年（公元六七〇年）歸國後，致力於弘揚華嚴教義，成爲朝鮮華嚴宗初祖。義湘收到《華嚴五教章》後，吩咐弟子眞定、智通等好好研讀。自己則在反復斟酌後，把法藏原作中第九、十兩章的位置加以對換。於是，《華嚴五教章》在朝鮮有了草本和錬本兩種版本。十世紀時，均如（公元九二三——九七三年）全文注解了錬本《華嚴五教章》，撰成《釋華嚴教分記圓通鈔》十卷。

據凝然（公元一二四〇——一三二一年）著《三國佛法傳通緣起》、《法界義鏡》記載，日本聖武天皇太平八年（公元七三六年），北宗禪師普寂的弟子唐朝的道璿（公元七〇二——七九五年）把《華嚴五教章》傳到了日本。這是日本有《華嚴五教章》及其和本之始。鎌倉初年，日本華嚴宗著名高僧高辨（約公元一一七三——一二三二年）又託附商船從中國求得了宋本《華嚴五教章》。在日本佛教長期發展的過程中，《華嚴五教章》一直被作爲學習華嚴教義的必讀書而受到重視，因而不斷有人對它進行講解注釋。依據《昭和法寶總目錄》和鎌田茂雄所著《華嚴五教章》提供的資料，僅專門註解《華嚴五教章》的注釋書，在日本就至少有七十八種三百八十二卷之多，詳如下圖：

書名	卷數	作者
指事	三	壽靈
深意鈔	一〇	聖詮
名目	三	喜海
通路記	五二	凝然
問答鈔	一五	審乘
纂釋	四〇	湛睿
聽鈔	五	聖憲
見聞鈔	八	靈波
不審	二〇	實英
冠註	一〇	觀應
匡真鈔	一〇	鳳潭

別解	三	主真
衍秘錄	五	普寂
懸鈔	五	普寂
帳秘錄	五	戒定
別記	一	經歷
玄談	一	經歷
講錄	四	經歷
破塵記	三	興隆
庚申錄	四	南紀芳英
講義	五	一蓮秀存
類聚記		順高
見聞（聽書鈔）	一〇	普一、玄音
匡真鈔大意聞記	三	

述記	八	義辨
拾義	一二	良恭
講錄	一五	亮汰
亮海錄	一五	亮海
要義鈔	一	無弦
精覈錄	六	圓澄
金衷	一	深勵
訓功記	六	勸善
冠注聽書	二	泰全
冠注懸談分別略評	一	惠鎧
戊子記	一	休成
略記	一	學靈
異稱辯	一	

捃聚	二	
攝要	一	法住
釋義	一	興道
略講記	一	祐厚
助講	三	音快
隨筆	二	廓忍
戊甲記	一〇	行照
玄談	一	輝潭
同別辨	一	
折中解	一	空堪
聽記	五	聞生
聽記	二	
講錄	三	洞観

講翼	二	智通
綱要	三	
講述	五	
講述	三	
講話	五	長泉
講錄	一五	如實
講錄	一	大猷
仰器余滴	一	真徹
筆記	二	中道
分科	一	宜然
開題	一	山本儼識
玄談	一	山本儼識
隨聞記	二	山本儼識

決擇記	二	細川千嚴
講義	一	神守空觀
玄談	一	山縣玄淨
義圖	一	本多祐護
講義	五	櫻井寶鈴
講義摘要	一	吉谷覺壽
略解	一	吉谷覺壽
講義		齊藤唯信
講錄		河野法雲
講義	一	河野法雲
講義	一	熱田靈知
講話		齊藤唯信、高島米峰
講義		湯次了榮

講義	湯次了榮
講義	鎌田茂雄

注釋：

❶《大智度論》一〇〇卷說：「般若波羅蜜有兩種：一、共，二、不共。」（《大正藏》第二十五冊七五四頁中）。

❷見《大正藏》第四十五冊五二二頁中。

❸見《大正藏》第四十五冊五八五頁下。

❹參見《卍續藏經》第五冊十八至三十九頁。

❺參見《大正藏》第三十五冊五一二頁和三十六冊六十二頁。

❻參見《大正藏》第二十六冊一二四至一二五頁。

❼詳見《華嚴金師子章・括六相》。

❽詳見《卍續藏經》第五冊四十三至四十八頁。

❾參見《大正藏》第三十六册十七頁和七十六頁。

❿參見《大正藏》第三十五册五一五頁上和三十六册九至十一頁、七十五頁。

⓫參見《卍續藏經》第一〇三册八四九頁。

解說

《華嚴五教章》是中國佛教華嚴宗的佛學概論，思想內容十分豐富，其中最能給現代人類以啓示的，是它以無盡緣起爲核心組織起來的世界觀、認識論。

無盡緣起說強調一切存在相即相入，統一無礙，重重無盡。由此可把這種旨在闡發無盡緣起的哲學思想體系稱之爲圓融哲學。以下將按照法藏圓融哲學的內在理論邏輯，分別闡述它的理論基礎和基本內涵。

㈠圓融哲學的理論基礎——三性同異和因門六義

法藏認爲，從事物自身的性質和人們對事物性質的認識兩方面來說，每一事物都有三性：一是圓成實性。「圓」，圓滿，遍及一切現象而沒有遺漏；「成」，成就，不生不滅，沒有變易；「實」，眞實，斷絕虛妄。所謂「圓成實性」，就是使一切事物現象緣起的眞實本質，是普遍地存在於一切事物現象之中的不變不動的眞如本體。對眞如本體和一切現象之間這種關係的認識，與世俗的虛妄認識全然不同，是最完備、眞實的認識，爲永恆眞理，也叫做「圓成實性」。二是依他起性。「他」，指緣起的「緣」，也就是原因和條件。「依他起性」是說一切現象都依賴各種原因條件而產生。三是遍計所執性。「遍」，普遍；「計」，計度、衡量；「遍計」，即普遍地觀察思量。「執」，執著；「所執」，是從觀察思量而來的虛妄分別，執著種種差別爲眞實的存在。「遍計所執性」，是說由於衆生內心對各種現象的虛妄分別，以致普遍地對萬事萬物加以分別計較，用名稱概念來確定各種事物的區別，並通過肯定這樣一些對事物的區別而執著一切事物爲眞實存在。

三性各有二義，圓成實性的二義是不變和隨緣，依他起性的二義是似有、無性，遍計所執性的二義是情有、理無。每一性的二義都不相互分離。這是爲什麼呢？法藏解釋說，每一性上的二義都是既相互對立又相互依存的，缺一則另一也不復存在。比如，依他起性的二義，似有是憑藉原因條件而生，而既然憑藉原因條件，也就是無性；如若不是無性，就是不依託原因條件，既然不依賴原因條件，那麼似有也就不再存在。似有如果存在，就一定有原因條件；既然有原因條件，就一定無性。這樣，結論就是「由無自性，得成似有，由成似有，是故無性」。「無性即因緣，因緣即無性，是不二法門也」。

法藏又從本末即本體和現象兩方面來考察三性和六義的關係。他認爲「所執」是執「似有」爲實有，既然是執似爲實，那麼「似有」是「隨緣」，也是「情有」；如果沒有「所執」，也就不存在「情有」，也就沒有隨緣。這就是說，「隨緣」、「似有」、「情有」是從事物存在的有條件性、眞實性以及衆生對這種眞實性的認識三個角度，對事物存在所作的同一規定。由隨緣、似有、情有構成的「末三義」是一致的，同樣，由不變、無性與理無構成的「本三義」也是同一的。相應地，「本三性」、「末三性」也都是分別同一無異的。本三性表示一切事物現象就是眞如本體，末三性表示眞如本體就是一切事物現象。本三性和末三性都包容統一於三性，是相即一體的。

法藏指出，三性及其六義既然都是同一無別的，佛教所區分的染淨、眞妄等相反的概念，也都可以在事物現象上得到統一。世間的一切事物和現象是「染」，對染的執著就是「妄」；圓滿成就事物現象而又普遍地存在於事物現象中的眞如是「淨」，對染與淨的全面認識就是「眞」。染淨也就是眞妄，眞妄相互交徹、相互滲透；眞包含著妄，妄中也可以發見眞。眞與妄、淨與染，相互貫通，由眞見妄，由妄見眞，所以是同一的。這是從依他起性上來說的。如果從性、相即圓成實和遍計所執二性上看，二者也是相互融通，統一無礙的。

三性六義說包含了不變與隨緣、似有與無性、情有與理無的對立觀念，概括起來就是常與無常、有與無兩對範疇。法藏認爲，一切事物現象都是無常的，是無，是空；只有派生一切事物現象的眞如才是常，是有，是永恆不變的存在；而眞如必須通過現象才能得到體現。由此，他指出，如果從有與無（空）、常與無常的規定中看待眞如，那麼，和現象聯繫著的眞如便是「有與不有」、「無與不無」、「亦有亦無與不亦有亦無」、「非有非無與不非有非無」的對立統一。說它是有、不無，因爲它是衆生與萬物得以產生的根據，有著自身固有的性質；雖然它隨緣產生一切現象，但它自身的性質卻沒有變化，永不壞滅。說它不有、空，因爲眞如自身也在一定的條件中才能得到體現，要同時體現在緣起的萬物中。說它「亦有亦無」又不「亦有亦無」，是因爲在眞如的本質規定中，有與無同時並存，雖有對立而又融合一致。說它「非有非無」又「不非有非無」，是因爲不論從哪一方面看，眞如同時具有的有、無兩種本質，都不能離開與其對立的另一方面；否則，就不可能全面把握眞如的本質。

從現代哲學的觀點來看，三性六義說包容宇宙本體論、宇宙生成論和認識論方面的內容。上述所述眞如在一定條件下產生萬物的「性起」思想，便是其中的宇宙本體論和生成論。在這部分內容裡，法藏主要是討論了圓成實性和依他起性之間的關係。圓成實性就是眞如，依他起性就是一切萬物；眞如在一定條件下產生萬物，萬物又體現了眞如。

在認識論方面，法藏指出，世界上存在絕然不同的兩種層次的認識，一種是圓成實性，是對世界最眞實最完備的認識；一種是遍計所執性，是對森羅萬象的虛妄計議。這兩種認識的分野就是如何看待依他起性。法藏認爲，把握了性起思想，堅持認爲世界萬物都是眞如緣起，就是圓成實性，是最高的佛教認識；如不瞭解性起思想，而以爲一切事物都是眞實的存在，去追求森羅萬象之間的區別，進而把它們之間的區別都視爲眞實，這便是遍計所執性，是世俗的虛妄認識。法藏在對遍計所執性的規定中，邏輯地承認了事物現象在先，人們對事物現象的認識在後，承認由事物而形成感覺、思惟、概念的認識過程，從認識發生論上來說是含有辯證法因素的。

總之，法藏關於三性六義的理論，表明他看到了事物的性質和人們對事物性質的認識是多方面的，事物性質的不同方面和人們對這些方面的不同認識是相互對待、相互依存的。六義各各相對，而又互不矛盾，相對之中包含絕對。這是較爲深刻的辯證思想。

「因門六義」是把引起一切事物現象產生的原因分爲六種：㈠空有力不待緣。由於原因才生即滅，不斷變化，是無自性，爲「空」；由於因滅而果生，這叫做「有力」；還由於是因滅果生，沒有外緣的幫助，是「不待緣」。㈡空有力待緣。由於結果產生以後，原因和結果同時存在，並支持著結果，就是不有，爲「空」；由於與果同時並存而能產生結果，是「有力」；因與果並存，就不是孤立無助，其中一定有其他條件的作用滲入，是「待緣」。㈢空無力待緣。由於原因產生結果要具備其他許多條件，是無自性，爲「空」；決定果生的不是因而是緣，爲「無力」，也是「待緣」。㈣有有力不待緣。由於原因的善、惡或無記的性質始終不變，是「有」；能夠保持自身的性質而生果，爲「有力」；保持自身的性質不是由於外緣的作用，爲「不待緣」。㈤有有力待緣。由於原因只能產生與自己同類的結果，是「有」；待緣才能生果，但條件對果的產生不起主要作用，爲「有力」，也是「待緣」。㈥有無力待緣。由於原因從不與阿賴耶識分離，是「有」；不能阻擋外緣的作用趨勢，爲「無力」，也是

「待緣」。

從上述因門六義的內容規定中，我們可以看出，法藏對事物現象產生的原因所作的分析是細緻而深刻的。在因果實現的條件上，他認爲存在一因生果和多因生果兩種情況，如因門第一義便是因滅果生，沒有其他條件的介入，爲一因生果；其餘五義都是因與緣的共同作用導致了果的產生，爲多因生果。在因果存在的時間上，法藏指出有共時性和不共時性兩種情況，如因門第二義就是因果同時存在，而第一義則是因滅果生。在多因生果的情形下，法藏又指出，原因與條件對果的作用、影響有著幾種不同情況：一是除了有一主要原因外，還需要其他必要條件，而且正是在這些條件的推動下，果才得以產生；這就是說，條件對果的產生起了決定性的作用，如因門第三義便是如此。二是在內因外緣共同決定果的產生時，由於外因作用的強大，內因只能順應而不能改變結果向著外緣的發展趨勢而產生，如第六義就是如此。其三，儘管外緣對事物現象的產生來說是必不可少的，有時甚至是因爲外緣的直接推動結果才得以產生，但是，外緣的作用也只是加速或延緩結果的產生，導致結果出現的根本動力是內因，如因門第五義就是如此。其四，結果的道德屬性也只和內因保持同一，與外緣沒有多大關聯，如因門第四義就是如此。

法藏還認爲，一切現象共處於一個無窮盡的因果聯繫的大鏈條之中，各種現象之間互爲原因、互爲結果，整個世界無時不處於因果聯繫之中，這是絕對的。就一事物現象而言，對引起它出現的事物現象來說，是結果；對於因它而起的事物現象而言，又是原因。這就是說，就一定的因果關係而言，原因和結果是確定的；但同一事象，在不同的因果關係中，其因、果的地位是可變的，相對的。六義和事物現象並不直接等同，作爲結果，作爲一存在自身，事物現象只有空、有二義，說它是空，因爲它依賴其他條件而產生，無自性；說它爲有，因爲它隨順條件而存在。只有當一事物現象充當引起另一事物現象存在的原因時，它才具有六義，因此，上述六義叫做「因門六義」。

法藏認爲，現象的產生都是有原因的，但引起一具體現象產生的諸原因對果的作用和影響則是各不相同的，根據結果是否和原因保持相同的道德屬性，抽象的原因可以區分爲主要原因和次要原因兩種。主要原因是指諸原因中，能使結果擁有與自己相同的道德屬性的原因，法藏稱之爲「親因」，簡稱「因」；次要原因是指諸原因中，那些不能使結果和自己保持同一道德屬性的原因，法藏稱之爲「疏緣」，簡稱「緣」。因門六義就是從因和緣的關係中對因進行規定的。

在不同的現象緣起的過程中，不同的因在具體的因果關係中所起的作用是不同的，這種不同在法藏看來可以區分成三種情形：其一是起絕對決定作用的原因，有了它，果就能產生，不需要其他任何「緣」的作用介入，叫做「有力不待緣」。其二也是起決定作用的原因，但並不構成果得以產生的充分必要條件，它需要一定的「緣」的幫助，在和「緣」的共同作用中，在「緣」的催化下，這種因才能導致果的產生，叫做「有力待緣」。其三是對果的出現不起決定作用的原因，它雖對果保持著主要的因果關係，但必須完全憑藉「緣」的促成，才能使這種因果關係由潛在變爲現實，叫做「無力待緣」。

一些因果關係由潛在向現實的轉化，需要緣的作用介入，法藏稱做「待緣」。但是，因和緣的區分也是相對的，二者可以相互轉化。在一因果關係中充當緣的次要原因，其生的果在這一因果關係中就叫「增上果」；而到了另一因果關係中，當原一因果關係中的疏緣轉化成了親因，其生的果也就由原先的增上果轉化成了「士用果」（

由親因的作用而產生的結果）。同樣，在此一因果關係中爲親因的原因，到了彼一因果關係中就會轉化成疏緣；相應地，其引生的結果也就從士用果轉化成了增上果。

因和緣的地位是可以轉化的，其轉化的依據就是與結果的關係是直接的還是間接的，即依賴於在具體的因果關係中，在該因果關係中存在的多個結果之間，確認哪一種結果爲主，哪一種結果爲次。如果確認此果爲士用果，那麼，直接決定此果產生的原因就是親因，而對於另外的增上果而言，它只是起了輔助作用，爲這些結果的疏緣。同樣，直接決定彼果產生的，對彼果來說爲親因的事物，對於此果來說，它並不直接決定此果的產生，因此，它只是此果的疏緣。

《華嚴五教章》因門六義說的理論目的，在於說明緣起現象之間的渾然圓融關係。法藏指出，從空和有的角度看，現象間存在著相即的關係；從有力和無力的區別來看，現象間有著相入的關係；從待緣和不待緣的差異上看，現象間又有同體和異體的區別，而在異體上又有同一和包含的關係。從六義所包含的內容整體來看，法界之內千差萬別的一切事物現象，不論是同體之中，還是異體之間，都是相即不離、互相依存又相互包含、相互交滲的；整個現象世界就是一個由因果聯繫無窮交織起來的關係之網，其中沒有任何孤立的存在。

㈡圓融哲學的基本內涵——六相圓融和十玄無礙

法藏認爲，由諸要素組成的事物全體是總相，構成一事物的諸要素是別相。事物的諸要素雖形相各別，而和合成一體，同爲組成一物所必不可少的原因條件，是同相；事物的諸要素雖同成一體，形相、功能依然各不相同，爲異相。事物的諸要素相互和合，共同作用，這樣，作爲結果的事物才能形成；同時，諸要素也才能成爲事物形成的原因條件，是成相。諸要素各自保持自身的獨立狀態，不和合成事物，是壞相。

若拿瓦木結構的房屋作比喩，法藏說，椽、板、磚、瓦等構成的房子是總相；構建房子的椽、板、磚、瓦等與房子有區別，爲別相。椽、板、磚、瓦等，形相有別，功能各異，而和同構成房子，是同相；椽、板、磚、瓦等雖同爲構成房子所必不可少的要素，但這些要素迭互相望，各各相異，爲異相。由椽、板、磚、瓦等和合作用，房子得以構成，同樣因爲房子構成了，椽、板、磚、瓦等才叫做房子的要素、條件；換言之，要素和事物整體是相互依存的，爲成相。椽、板、磚、瓦等本來各自獨立，並不構成房子，是壞相。

總相與別相的關係，就是整體與部分之間的關係。法藏指出，整體與部分是相互對立的，若無這種對立，也就沒有所謂整體或部分；整體與部分又是相互依存的，整體依賴部分而存在，沒有部分就沒有整體，沒有整體也就沒有部分。

法藏還看到了一事物在和不同事物的不同關係中所表現出來的質是各不相同的，但是，質只有在確定的關係中才能得到表現。比如，椽在自然狀態下本是木材，當木材用於建造房子時，卻產生了椽與板的不同，而且只有在和房子聯繫在一起時，椽才叫做椽。換句話說，不把長木條叫做木材，而叫做椽，是因為長木條這時已和板、磚、瓦等共同組成了建構房子所必需的條件。在這個意義上說，椽就是椽、板、磚、瓦等要素的合稱和代稱，有了椽就等於有了房子。這種思想用一個判斷表示，就是「椽即是舍」，「椽全自獨能作舍」。

每一具體事物自身都有區別於其他事物的度，都有保持自身質的量的規定，在一定條件下，在一定度的範圍內，事物的量的變化，並不影響某物之為某物；如果量的變化突破了度所規定的關節點，超出了一定範圍，事物的質就會發生變化。法藏看到了這點，認爲一所房子有它量的規定的確定性，它既不能缺少任何一種必需的要素，也不能破壞任何一種要素上量的合理性、確定性。以椽爲例，他指出，一所結構合理的房子，它的椽在數量上是確定的，不能增加一，也不能缺少一；若少了一根椽，那麼房子就失去了合理性，就成了「壞舍」，雖然它還能以房子的形態存在著。同樣，「好舍」也不能少了一板、一瓦。如果椽、板、磚、瓦等要素在數量上各缺少一些，那就更不可能構成一所「好舍」、「全舍」。這就是說，整體不僅和所有要素相互依存，而且每一要素上量的規定也對整體的存在發生著直接的影響。

法藏認爲，同相與異相的關係，就是同一性和差別性的關係。他指出，同一性和差別性是事物內部諸要素之間存在的兩種屬性，一方面，諸要素形態、功能各有自身的獨特性，表現出差別性；另一方面，諸要素又共同充當形成事物所必需的原因、條件，表現出同一性。同一性不能脫離差別性而存在，同一性是以差別性爲前提的；同樣，差別性也不能離開同一性而存在，差別是同一體內部的差別。他說，椽、板、磚、瓦等房子要素是各各不同的，正是由於這種不同，才能共同組成構建一所房子所必需的原因條件；如果它們之間失去了差別，就不能再和合成舍了。也就是說，差別性和同一性是相互依存的，缺少其中之一，另一也不復存在。

關於成相和壞相的關係，法藏表述了這樣一種思想：由諸要素構成的事物都有自身質的穩定性和特殊性，也正因如此，事物的質才具有可變性。在一定條件下，一種性質的事物可以轉化成另一種性質事物的一個組成部分、一個要素；只有實現了這種轉化，事物間的因果關係才得以成立。

六相圓融說，涉及到事物與要素、要素的同一性與差別性、事物質的穩定性與可變性三對矛盾。法藏看到了相互對立的兩個方面是相互依存、互相交滲的；只有相互間建立起一定的聯繫，它們的種種對立才有意義。這是有辯證法思想成份的。

從系統論的觀點來看，法藏的六相圓融說蘊含了一些較爲樸素的系統論觀念。現代系統論認爲，系統是由相互聯繫、相互作用的諸要素構成的具有特定功能的整體。要素是構成系統所必不可少的基本組成部分。在一個相對獨立的系統中，系統、要素、環境都是相互聯繫、相互作用、相互依存、相互制約的，表現出系統的關聯性特徵；構成系統的諸要素又各有自身質的規定性，保持著自身存在形式的穩定態。同時，正因爲諸要素是在體態、功能上各不相同，各有自己獨特的表現形式和作用（差異性），而又有著共同的作用與結果（共同性），系統才得以成立。事物都是作爲系統而存在的，自然界中的萬事萬物，連同人類社會和人的生命過程，無不以系統的形式發生、發展、運動、變化。只有從系統的觀點看待問題，人們才有可能比較準確地把握自然界、人類社會和思惟運動的全面圖景和深刻內蘊。

遠在現代系統論創立以前，法藏能以六相說解釋說明現象以及現象間的關係，這表明法藏的佛教理論有著深邃的洞察力和精緻的抽象思辨。從六相的內容規定來看，法藏的總相概念和系統論創始人貝塔朗菲對系統的界說相差無幾，別相則和系統論的要素相近；同相、成相、異相、壞相等和現代系統論關於關聯性、整體性、層次性、共同性、差異性、穩定性、動態性等系統特徵多有相通之處。

以現代系統論作參照系，法藏的六相說的理論貢獻可以歸結爲以下四點：第一，六相說承認了系統和要素的對立統一性與共時性。法藏認爲，系統是由諸多要素組成的「一」，要素是組成系統的「多」，要素不是系統，「多即非一」；系統統攝要素，「一即具多」。系統和要素同時互爲存在的原因，同時互爲存在的結果，沒有先存之系統，也沒有後出之要素；雖然一一單元的要素先於系統而存在，系統依賴、通過要素而成立，但實現某一確定的系統與要素間的關聯，則是雙方同時作用的結果，沒有系統，也就無所謂要素；沒有要素，也就無所謂系統。要素和系統相互對待而同時成立。這就是法藏所說的「一多緣起理妙成」的意蘊。

其次，六相說邏輯地蘊涵了要素的穩態性和系統的層次性這一思想。法藏認爲，現象無不是因緣和合的結果，六相說於「緣起法一切處通」，一切緣起現象都具足六相，房子、椽、板、磚、瓦等莫不如此。房子是由椽、板、磚、瓦等諸要素構成的，同樣，椽、板、磚、瓦等也各有構成自身的諸多要素。對於椽的構成要素來說，椽爲系統；而對於房子來說，椽則爲要素。推而廣之，房子也可轉化成爲要素，構成椽的任何一個要素也都可以轉化成一個系統。這就是說，具體的系統和要素的對立是絕對的，而系統和要素的區別則是相對的。在一定條件下，系統可以轉化成要素；在另一條件下，要素可以轉化成系統。系統和要素是可以轉化的，在這種轉化中，有著自身存在系統的一種事物就轉化成了另一系統的要素；若沒有這種轉化，一種事物就以自己獨有的系統形式存在和發展。比如，椽在沒有成爲房子的要素時，它就不叫做椽，而以長木條的形式經歷著自身的生物運動。

再次，六相說承認了構成同一系統的諸要素間具有共同性、差異性和關聯性。法藏認爲，構成一系統的諸要素在形態、功能上互有差別，而能共同作用使一系統得以成立，只有這樣，它們才能稱得上爲該系統的要素；其中若少了一個要素及其作用，其餘的要素也就失去了作爲該系統要素的意義，該系統也隨之瓦解。如椽、板、磚、瓦等「隨自形類，相望差別」，椽是椽，板是板，磚是磚，瓦是瓦；但它們能協同構成房子，都叫做房子的條件，具有共同性。正因爲椽、瓦等具有共同性和差異性，所以它們之間是互相依存、互相制約的，沒有板、瓦等其他要素時，椽就不叫做椽，房子也建不起來。

第四，法藏還認爲，系統內部諸要素各有其量的規定的確定性，即使只是其中一種要素在量上有所增減，也會破壞系統存在的完善性。比如一棟精心建構起來的房子，少了一根椽，就不再是原來那般完好，而成了「壞舍」。現代化學揭示：元素的周期變化是和元素的量變相聯繫的；元素成份相同的兩種化合物，只是因爲其中一種元素在量上多了一個或少了一個，其性質就大相逕庭。生活在中國唐代的法藏和尙，自然不知化學知識，更不懂什麼叫元素、化合物，但他能從一所房子上猜測出系統的完美性和要素的量的精確性，表明這位思想家的思惟抽象能力是深刻的。

在《華嚴五教章》中，十玄門的具體名稱和含義是：

一、同時具足相應門。「同時」，就是沒有前後；「具足」，就是無所遺漏；「相應」，就是不相違背，沒有對立與衝突。這是從宇宙結構的角度，指出無限的空間和時間中的一切事物和現象，同時成就一大緣起，宇宙是萬物和諧共存的系統。因爲時間上沒有前後始終，內容上無欠無缺，互爲因果，所以叫做同時具足相應門。

二、一多相容不同門。這裡的一和多具有兩重含義：其一，就現象與現象之間說，在宇宙一切事物現象中任意以一種東西作參照物，此物就是「一」，除去這個「一」，其他一切事物現象就是「多」；其二，就現象和本體之間說，派生世界上一切事物現象的眞如就是「一」，由眞如隨緣而得以存在的世界萬物就是「多」。「相容」，就是互相包含，也就是說，多能容一，一也能容多；一中有多，多中有一。「不同」，宇宙中的一切雖迭互相容，而一多歷然可別，各不壞體相。這是說事物的本體和現象以及現象與現象之間有一種相互蘊含和相互區別的關係。

三、諸法相即自在門。「相即」，就是泯滅自性差別而同一於對方，如一物捨己同他，則全同於他，若一事物攝他同已，則他全等於己。所謂一切法即一法，一法即一切法，一與一切互融互攝，相即無礙。這是說宇宙間的各個事物和現象由於本體是相同的，因此任何一個事物都可以普遍攝入其他一切事物，被一物攝入的其他一切事物又相互攝入，如是重重無盡，這樣，任何一個事物也就是其他事物，也就是說各個事物都是相即同一的。

四、因陀羅網境界門。「因陀羅」，即帝釋天；「因陀羅網」，也稱帝釋天帝網，指天神帝釋天宮殿上所懸的珠網，珠珠各現一切珠影，這是一重影現；再是一珠所現的一切珠影，又各現其他一切珠影，這是二重影現；如此重重映現而無窮無盡。這是用比喻說明一個事物包含了無數微細的事物，任何一個微細物都包含了無數粗大的事物，無數粗重物都攝入於一個微細物中；小的和大的，少的和多的，都是互相滲透、包容的，交互涉入，無窮無盡。

五、微細相容安立門。「微細」，指細小之物，如時間上的一念，空間上的一塵、一毛孔；「相容」，相互含容，指細小事物既爲其他巨大事物所包含，也能含容其他巨大事物，而且細小事物之間，也都彼此含容。「安立」，是指事物不分巨細，皆能相容，然甲是甲，乙是乙，千差萬別的事物現象仍能各自保持自己的特殊形態。這一門是說，不同事物雖有種種差別，但即使是極細小的事物也都能含容一切事物；所有事物一一安然並立，可以一齊同時彰顯於一事中。

六、秘密隱顯俱成門。由於認識主體所處的時空，甚至是性別、條件的不同，人們觀察事物都有一定的局限，在觀察到一部分事物時，必然還有一部分事物沒有被觀察到；此部分事物被觀察到了就是「顯」，彼部分事物沒有被觀察到就是「隱」。見到了此，叫做「知」；沒有見到彼，爲「不知」。彼此不相知，叫做「秘密」。雖然只見到了此，沒有見到彼，彼此不相知，然此與彼的劃分是相互依存、同時成立的，是爲「俱成」。這一門是說，由於人們觀察事物時注意的對象不同，被看到的事物突顯出來，沒有被看到的事物則隱覆下去。事物同時具有隱顯兩種情形，而這兩種情形是和人們的認識相關的。

七、諸藏純雜具德門。緣起萬法，舉一法爲能藏，餘則爲所藏，法法如是，叫做「諸藏」。一藏多時，就一說，叫做「純」；就多說，則爲「雜」。諸法和合成一物是「純」，一法包含理事等差別萬物是「雜」。如是純與雜不相妨礙，叫做「具德」

。若就佛教修持來說，則「諸藏」指所有各式各樣的修行。如從布施一門看，一切修行全都叫做布施，爲「純」；而這一布施即具有六度的多種品格，爲「雜」。如此純雜不相障礙，所以叫做「具德」。這一門是從個別現象與其他現象、事物的部分與整體的關係的角度，主張任何現象都能盡收攝入即包含其他一切現象，事物的任何部分都能收盡攝入其整體，從而把一切現象濃縮爲任何一個現象，把事物的整體等同爲它的任何部分。

八、十世隔法異成門。十世，指過去、現在和未來三世各有過去、現在、未來，合爲九世；九世又相互攝入，合成一念，稱爲總世，前九世則爲別世；總別合論，稱爲「十世」。由於時間與事物不相分離，長時與短時、一念與數劫既相即相入，一切事物現象也相即相入。「隔法」，指存在於不同時間區域中的事物。存在於十世中的所有事物現象每每不同，互有區別，而能同時於一念中，具足顯現，融通無礙，叫做「隔法異成」。這一門是說，時間及與之相伴不離的事物現象既有區別又是統一無別的。

九、唯心迴轉善成門。眞如就是如來藏自性清淨心。一切諸法，唯是如來藏清淨眞心之所建立，若善若惡，隨心而轉，叫做「唯心迴轉」。萬物隨眞如迴轉，並能夠具足一切善德，爲「善成」。從佛教修行來看，是說一切佛教功德，都由心迴轉，能夠具足成就一切善業。從哲學基本問題來看，這一門是說一切事物現象都是淸淨眞心迴轉的表現。

十、託事顯法生解門。一切事物互爲緣起，隨託一事，便顯一切事法。從任何一事物現象中，都可以觀察到無邊法界，產生對事事無礙眞理的領悟。所託所依之事物，就是那將顯現的道理，不是藉此別有所表。這一門是說，緣起萬法既相即相入、一多含容，就可以從一種事物中把握萬法緣起的道理。

《華嚴五教章》的十玄門之間是緊密聯繫著的，第一門是無盡緣起說的總綱，其餘九門是分別從不同的角度對無盡緣起理論的展開與闡釋。就其內容來說，上述十玄說包含了宇宙全息統一論和認識論兩個方面的內容。

十玄無盡對宇宙全息統一的總體描述就是「同時」、「具足」、「相應」。同時，是指存在於一念或十世中的事物現象之間的相互作用是同時發生的，並無前後之別。具足，是說每一事物現象都參與了宇宙系統的構成，在宇宙萬法中，本體與現象都得到了表現。相應，是說處於宇宙系統中的每一事物現象與其他一切事物現象之間，都構成一與多的關係；一與多互相差異，同時並列，相互依存，相互蘊含，相互同一。這樣，整個宇宙就是在時間、空間、體態和功能上互有差別的一切事物現象，一起同時互動而構成的一個大系統；其中沒有任何一物可以脫離其他事物現象而存在；每一事物現象都存在於和其他一切事物現象的普遍聯繫之中，同時又含容其他一切事物現象。一言以蔽之，無限事物之間的這種同時具足相應的全息統一關係，就是「一即一切，一切即一」。

在《華嚴五教章》中，法藏還從數量關係、因果關係、異同關係多方面論述了一與一切（一與多、一與十）之間的無限相即相入而又各自相對獨立的關係，從而對宇宙全息統一說進行了具體闡發。

依據六相圓融的觀點，一切緣起現象都具足六相，每一事物都是一個相對穩定的系統。房子如是，磚、瓦、椽也是一樣；十玄門如此，十玄門的每一門也是如此。系統是可以轉換的，就像椽、板、磚、瓦轉化成房子的構成要素一樣；同樣，一棟房子相對於一個建築群來說，又轉化成了要素。一個個建築群連同山河大地、日月星辰、人與其他萬物共同構成了宇宙這一大系統。在這個大系統裡，人與萬物等要素是各不相同的，各有自身質的穩定性，而共同充當構成宇宙這個大系統的要素。這些要素就是大系統中的「多」，由於這個多，大系統才得以成立；大系統就是「一」，由於這個一的存在，人與萬物的相互作用才能得到體現。一即一切，一切即一，每一事物現象都是系統中的存在。在系統內部，由於人與萬物諸要素共同成就「同相」，缺人、缺物，大系統、同相都無從成立。因此，每一要素的存在依賴於其他諸要素的存在，也必然決定著其他諸要素的存在。

再聯繫十玄看，宇宙系統包容一切要素，每一要素都體現著系統的存在，因此，每一要素也含容一切要素。此要素不但含容彼要素在內的其他一切要素，而且被此要素融攝的彼要素也含容此要素在內的其他所有要素，被彼包羅的所有要素又各各含容彼此在內的所有其他要素。以此類推，共同構成宇宙大系統的每一要素都是一個縮小了的大宇宙，每一要素都體現整個宇宙大系統中所有要素間重重無盡的映現含容關係。這就是法藏宇宙系統的基本特徵。在法藏的宇宙系統中，不但每一要素及其重重融攝一切要素的基本特徵反映在其他所有要素上，而且每一要素在形體上的廣狹，空間上的大小，時間上的一念與十世，數量上的一與多等等互不相同的特徵，也都反映在其他一切要素上。換言之，一切要素自身的特徵及其相互間的重重融攝的特徵，都可以在任何一個要素上得到體現。這就是《華嚴五教章》對宇宙萬象的總體描繪。

十玄說在認識論方面的主要內容涉及到主體的認識範圍、認識的內容和主體如何把握客體的無限內容即認識方法三個方面。

就主體的認識範圍來說，十玄門的第六「秘密隱顯俱成門」指出，由於認知主體所處的條件的限制，比如空間距離上的限制，認識主體所能接觸到的認識對象是有限的，世界上的存在不可能全部被觀察到，主體在觀察事物時，必然還有事物處在認識之外。被觀察到的事物成爲主體認識的直接對象，就從宇宙萬物中突出了出來，這叫做「顯」；沒有被接觸到的事物不可能爲主體所直接觀察，這叫做「隱」。這就是說，主體對宇宙的認識總是處在一定的條件之中的，由於條件的限制，主體接觸、直接觀察到的只是無限宇宙的一個部分，世界上總還有很多事物人們沒有接觸到。這就承認了客觀事物是無限的，主體的認識範圍是有限的，在一定程度上觸及到了眞理的相對性和思惟的非至上性問題，在古代人類認識史上是難能可貴的。

就認識的內容來說，「託事顯法生解門」認爲，世界萬物間的關係既然是「一即一切，一切即一」，每一種事物中都反映體現了一切事物及其相即相入的關係，那麼，主體認識就可突破在認識範圍上的局限，從一種事物作突破口，把握所有事物一一互不相同的特徵及其圓融無盡的聯繫，洞察整個宇宙的奧秘。用法藏的原話說就是「一切惑障，一斷一切斷，得九世十世惑滅。行德即一成一切成，理性即一顯一切顯」。以此爲基礎，法藏指出，實現從衆生向佛的轉化，就是認識上的這種飛躍。衆生於一念中，從一種事物，哪怕是微塵上體見了宇宙的究竟，衆生就成了佛。

如前所述，《華嚴五教章》在本體論上主張世界由眞如隨緣變現而來，這個眞如就是如來藏清淨眞心，認爲萬物都是由心迴轉的表現，強調「心」即個人主觀意識的作用，「心爲塵因」，「離心之外，更無一法；縱見內外，但是自心所見，無別內外」（均引自《華嚴經義海百門》），把宇宙萬物都歸結於衆生的自心，把事物之所以千差萬別歸結爲衆生自心的不同作用。不僅現實世界，連佛境都是自心所生，一切衆生本來即具成佛的功德。由此，在認識論上，法藏強調正確的認識方法就是通過自心，專注一物，從個別事物中窺見無限世界的眞實本質，達到覺悟，進入佛境。

參考書目

1《義苑疏》道亭
2《復古記》師會
3《焚薪》師會
4《集成記》希迪
5《華嚴一乘教義分齊章集解》霽亭
6《釋華嚴敎分記圓通鈔》（新羅）均如
7《華嚴五教章》（日）鎌田茂雄
8《華嚴經探玄記》法藏
9《華嚴金師子章》法藏
10《華嚴經義海百門》法藏
11《華嚴經問答》法藏
12《華嚴經旨歸》法藏
13《華嚴五十要問答》智儼
14《華嚴一乘十玄門》智儼

15《華嚴五教止觀》　杜順
16《華嚴經疏》　澄觀
17《華嚴大疏鈔》　澄觀
18《續華嚴經略疏刊定記》　慧苑
19《華嚴原人論》　宗密
20《注華嚴法界觀門》　宗密
21《寄海東華嚴大德書》　法藏
22《大唐大薦福寺故大德康藏法師之碑》　閻朝隱
23《唐薦福寺故寺主翻經大德法藏和尚傳》　崔致遠
24《宋高僧傳》　贊寧
25《釋門正統》　宗鑑
26《佛祖統記》　志磐
27《法界宗五祖略記》　續法
28《金石萃編》　王昶

29《新編諸宗教藏總錄》（高麗）義天
30《三國遺事》（高麗）一然
31《八宗綱要鈔》（日）凝然
32《三國佛法傳通緣起》（日）凝然
33〈華嚴一乘教義分齊章重校序〉淨源
34《昭和法寶總目錄》大正一切經刊行會編
35《華嚴金師子章校釋》方立天
36《佛教哲學》方立天
37《中國佛學源流略講》呂澂
38《中國佛教》第一、二册 中國佛教協會
39《華嚴宗哲學》方東美
40《佛教各宗大意》黃懺華
41《中國哲學史新編》第三册 馮友蘭
42《簡明中國佛教史》嚴北溟

43《現代佛教學術叢刊》第㉜、㉞、㊹册 張曼濤主編

跨世紀的悲欣歲月

—走過台灣佛教五十年寫眞

爲臺灣歷史作見證，以圖文記錄五十年的悲欣

上千張珍貴照片，二千多筆大事紀，
在悲欣交集的人物事蹟中，
呈現歷史性、學術性、文化性、國際性的意義。

本書四大特色

※二千多筆大事紀上千張珍貴照片　是親炙歷史的絕佳史料
※內容蒐羅周廣、巨細靡遺　是學術研究不可缺少的工具書
※呈現臺灣佛教本土化、國際化的盛況　是世界佛教發展的重要參考
※顯露佛法的智慧與慈悲　是修行勵志的好書

定價：1500元
菊八開精裝鉅冊
（21cm×29.5cm）
厚達三百餘頁

一部收錄臺灣佛教歷史珍貴圖片的鉅作

佛光文化事業有限公司　劃撥帳號：18889448　TEL:(02)7693250　FAX:(02)7617901

・西澳講堂	I.B.A.W.A. ①282 Guildford Rd. Maylands, W.A. 6501 Australia ②P.O. Box 216 Maylands, W.A. 6051 Australia(郵遞處) ☎61(9)3710048　FAX：61(9)3710047
・紐西蘭北島禪淨中心	T.I.B.A. 197 Whitford Rd., Howick, Auckland, New Zealand ☎64(9)5375558　FAX：64(9)5347734
・紐西蘭南島佛光講堂	I.B.A. 566 Cashel St., Christchurch, New Zealand ☎64(3)3890343　FAX：64(3)3810451

⊙南非地區(SOUTH AFRICA)

・南非南華寺	I.B.P.S South Africa 11 Fo Kuang Road Bronkhorstspruit 1020 R.S.A. P.O.Box 741 Bronkhorst spruit 1020 R.S.A.(郵遞處) ☎27(1212)310009　FAX：27(1212)310013

⊙亞洲地區(ASIS)

・日本東京別院	〒173日本國東京都板橋區熊野町35–3號 ☎(813)59669027　FAX：(813)59669039
・香港佛香講堂	香港九龍窩打老道84號冠華園二樓B座☎(852)07157933 1／F, B Cambridge Court, 84, Waterloo Rd. Kowloon, Hong Kong
・澳門禪淨中心	澳門文第士街31–33號　豪景花園3F C座 ☎(853)527693　FAX：(853)527687
・馬來西亞南方寺	Nam Fang Buddhist Missionary 138–B Persiaran Raja Muda Musa, 41100 Klang, Selangor Darul Ehsan, Malaysia ☎60(3)3315407　FAX：60(3)3318198
・馬來西亞 佛光文教中心	2, Jalan SS3／33, Taman University, 47300 Petaling Jaya, Selangor Darul Ehsan Malaysia ☎60(3)7776533　FAX：60(3)7776525
・馬來西亞清蓮堂	Ching Lien Tong 2 Jalan 2／27 46000 Petaling Jaya, Selangor, Darul Ehsan, Malaysia ☎60(3)7921376
・檳城普門講堂	5.4–3, Block 5, Greenlane Heights, Jalan Gangsa, 11600 Penang, Malaysia ☎60(4)6560558　FAX：60(4)6560559
・佛光佛教文物中心	FO KUANG BUDDHIST CULTURAL CENTER 634 Nueva Street Binondo Manila, Philippines ☎(632)2415797　FAX：(632)2424957

・達拉斯講堂　I.B.P.S. Dallas
1111 International Parkway Richardson, TX. 75081, U.S.A.
☎1(214)9070588　FAX：1(214)9071307

・夏威夷禪淨中心　Hawaii Buddhist Cultural Society
6679 Hawaii Kai Drive, Honolulu, HI. 96825, U.S.A.
☎1(808)3954726　FAX：1(808)3969117

・關島禪淨中心　Guam Buddhist Cultural Society
125 Mil Flores Ln., Latte Heights, Mangilao 96913, Guam
☎1(617)6322423　FAX：1(671)6374109

⊙加拿大地區(CANADA)

・多倫多禪淨中心　I.B.P.S. Toronto
3 Oakhurst Drive, North York, Toronto, M2K 2N2 Canada
☎1(416)7301666　FAX：1(416)5128800

・溫哥華講堂　I.B.P.S. Vancouver
＃6680-8181 Cambie Rd. Richmond. B.C.V6X1J8
Vancouver, Canada ☎1(604)2730369　FAX：1(604)2730256

⊙巴西地區(BRAZIL)

・如來寺　I.B.P.S. Do Brasil
Estrada Municipal Fernandno Nobre, 1461 Cep. 06700-000 Cotia,
Sao Paulo, Brasil ☎55(11)4923866　FAX：55(11)4925230

⊙歐洲地區(EUROPE)

・倫敦佛光寺　I.B.P.S. London
84 Margaret St., London W1N 7HD, United Kingdom
☎44(171)6368394　FAX：44(171)5806220

・曼徹斯特禪淨中心　I.B.P.S. Manchster
1st F1, 106-108 Portland St.
Manchester MI 4JR United Kingdom
☎44(161)2360494　FAX：44(161)2362429

・巴黎佛光寺　I.B.P.S. Paris
105 Boulevard De Stalingrad 94400 Vitry Sur Seine, France
☎33(1)46719980　FAX：33(1)46720001

・柏林佛光講堂　I.B.P.S. Berlin
Wittestr. 69, 13509 Berlin, Germany
☎49(30)4137621　FAX：49(30)4138723

・瑞典禪淨中心　Valhallavagen 55, 1TR. 114 22 Stockholm, SWEDEN
☎(46)86127481

⊙紐澳地區(AUSTRALIA&NEW ZEALAND)

・南天寺(雪梨)　Berkeley Rd. Berkeley N.S.W. 2506 Australia
P.O.Box 92
☎61-42-720600　FAX：61-42-720601

・雪梨南天講堂　I.B.A.A.
22 Cowper St., Parramatta, N.S.W. 2105, Australia
☎61(2)8939390　FAX：61(2)8939340

・布里斯本中天寺　I.B.A.Q.
1034 Underwood Rd. Priestdale, Queensland 4127, Australia
☎61(7)38413511　FAX：61(7)38413522

・墨爾本講堂　I.B.C.V.
6 Avoca St. Yarraville, Vic. 3013, Australia
☎61(3)93145147・93146277　FAX：61(3)93142006

⊙桃園地區

・桃園講堂　桃園市中正路720號10樓　☎(03)3557777

⊙新竹地區

・法寶寺　新竹市民族路241巷1號　☎(035)328671

⊙苗栗地區

・苗栗講堂　苗栗市建功里成功路15號5樓　☎(037)327401
・明崇寺　苗栗縣頭屋鄉明德村18鄰82之1號　☎(037)252278
・頭份禪淨中心　苗栗縣頭份鎮自強路75號11樓　☎(037)680337

⊙臺中地區

・東海道場　臺中市工業區一路2巷3號13、14樓　☎(04)3597871～4
・豐原禪淨中心　臺中縣豐原市中山路510巷15號8樓　☎(04)5284385

⊙彰化地區

・福山寺　彰化市福山里福山街348號　☎(04)7322571
・彰化講堂　彰化市彰安里民族路209號8樓　☎(04)7264693
・員林講堂　彰化縣員林鎮南昌路75號3樓　☎(04)8320648

⊙雲林地區

・北港禪淨中心　雲林縣北港鎮文化路42號9樓之3　☎(05)7823771～2

⊙嘉義地區

・圓福寺　嘉義市圓福街37號　☎(05)2769675

⊙臺南地區

・臺南講堂　臺南縣永康市中華路425號13樓　☎(06)2017599
・福國寺　臺南市安和路四段538巷81號　☎(06)2569344
・慧慈寺　臺南縣善化鎮文昌路65之6號　☎(06)5816440
・永康禪淨中心　臺南縣永康市崑山村崑山街193號7樓之1　☎(06)2718992

⊙高雄地區

・普賢寺　高雄市前金區七賢二路426號10樓　☎(07)2515558
・壽山寺　高雄市鼓山區鼓山一路53巷109號　☎(07)5515794
・小港講堂　高雄市小港區永順街47號12樓　☎(07)8035181

⊙花東地區

・花蓮月光寺　花蓮縣吉安鄉吉安村吉昌二街26號　☎(038)536023
・臺東日光寺　臺東市蘭州街58巷25號　☎(089)225756

⊙澎湖地區

・海天佛剎　澎湖縣馬公市東衛里171號　☎(06)9212888

⊙美國地區(U.S.A.)

・西來寺　International Buddhist Progress Society
3456 S. Glenmark Drive, Hacienda Heights, CA. 91745, U.S.A.
☎1(818)9619697　FAX：1(818)3691944

・西方寺　San Diego Buddhist Association
4536 Park Blvd., San Diego, CA.92116, U.S.A.
☎1(619)2982800　FAX：1(619)2984205

・三寶寺　American Buddhist Cultural Society
1750 Van Ness Ave.,
San Francisco, CA. 94109 U.S.A.
☎1(415)7766538　FAX：1(415)7766954

・紐約道場　I.B.P.S. New York
154–37 Barclay Ave., Flushing, New York 11355–1109, U.S.A.
☎1(718)9398318　FAX：1(718)9394277

・佛州禪淨中心　I.B.P.S. Florida
127 Broadway Ave., Kissimmee, FL. 34741, U.S.A.
☎1(407)8468887　FAX：1(407)8705566

流　通　處

⊙佛光文化事業有限公司　Fokuang Cultural Enterprise Co., Ltd.

・聯絡地址
中華民國臺灣省臺北市信義區松隆路327號8樓
8F, 327, Sung Lung Rd., Taipei, Taiwan, R.O.C.
TEL：886-2-7693250　FAX：886-2-7617901

・高雄辦事處
中華民國臺灣省高雄縣大樹鄉佛光山寺
FoKuangShan, Ta Shu, Kaohsiung, Taiwan, R.O.C.
TEL：886-7-6564038～9　FAX：886-7-6563605
劃撥帳號：18889448號　帳戶：佛光文化事業有限公司

⊙佛光書局

・臺北佛光書局：臺北市忠孝西路一段72號9樓14室　☎(02)3144659
臺北市汀州路三段188號2樓之4　☎(02)3651826
臺北市信義區松隆路327號8樓　☎(02)7693250
・高雄佛光書局：高雄市前金區七賢二路賢中街27號　☎(07)2728649
・員林佛光書局：彰化縣員林鎮南昌路79號　☎(04)8320648
・美國佛光書局：American Buddhist Cultural Society
1750 Van Ness Ave., San Francisco, CA. 94109, U.S.A.
☎(415)7766538　傳眞(415)7766954
・加拿大佛光書局：6680-8181 Cambie Rd, Riohmond, BC Vancouver
☎(604)2730256
・香港佛光書局：香港九龍窩打老道八四號冠華園二樓Ｂ座　☎(852)27157933

⊙臺北地區

・臺北道場	臺北市松隆路327號13樓	☎(02)7620112
・普門寺	臺北市民權東路三段136號11樓	☎(02)7121177
・北海道場	臺北縣石門鄉內石門靈山路106號	☎(02)6382511
・板橋講堂	臺北縣板橋市四川路二段16巷8號4樓	☎(02)9648000
・安國寺	臺北市北投區復興三路101巷10號	☎(02)8914019
・永和禪淨中心	臺北縣永和市中正路620號9樓	☎(02)9232330
・新莊禪淨中心	臺北縣新莊市永寧街1巷2號	☎(02)9989011
・泰山禪淨中心	臺北縣泰山鄉泰林路美寧街57巷35弄1號5樓	☎(02)2961729
・內湖禪淨中心	臺北市內湖區成功路二段312巷76號	☎(02)7953471～2
・三重禪淨中心	臺北縣三重市三和路四段111之32號4樓	☎(02)2875624

⊙宜蘭地區

・雷音寺	宜蘭市中山路257號	☎(039)322465
・圓明寺	宜蘭縣礁溪鄉二結村65號	☎(039)284312
・仁愛之家	宜蘭縣礁溪鄉龍潭村龍泉路31號	☎(039)283880

⊙基隆地區

・極樂寺	基隆市信二路270號	☎(02)4231141～8

03016	金剛般若波羅蜜經(臺語)	100
03017	佛說阿彌陀經(臺語)	100
03018	彌陀聖號(國語)四字佛號(心定法師敬誦)	100
03019	南無阿彌陀佛聖號(國語)六字佛號(心定法師敬誦)	100
03020	觀世音菩薩聖號(海潮音)	100
03021	六字大明頌(國語)	100

	廣播劇錄音帶	定價
03800	禪的妙用(一)(臺語)	100
03801	禪的妙用(二)(臺語)	100
03802	禪的妙用(三)(臺語)	100
03803	禪的妙用(四)(臺語)	100
03804	童話集(一)	100
03805	兒童的百喻經	1200

	梵樂錄音帶	定價
03400	佛教聖歌曲(國語)	100
03401	回歸佛陀的時代弘法大會	100
03402	三寶頌(合唱)	100
03403	梵唄音樂弘法大會(上)(國語)	100
03404	梵唄音樂弘法大會(下)(國語)	100
03405	爐香讚	100
03406	美滿姻緣	100
03407	大慈大悲大願力	100
03408	慈佑衆生	100
03409	佛光山之歌	100
03410	三寶頌(獨唱)	100
03411	浴佛偈	100
03412	梵樂集(一)電子琴合成篇	200
03413	聖歌偈語	100
03414	梵音海潮音	200
03415	禪語空人心(兒童唱)	200
03416	禪語空人心(成人唱)	200
03417	禮讚十方佛	100

	梵樂CD	定價
04400	浴佛偈CD	300

	弘法錄影帶	著者	定價
05000	(一)金剛經的般若生活(大帶)	星雲大師講	300
05001	(二)金剛經的價值觀(大帶)	星雲大師講	300
05002	(三)金剛經的四句偈(大帶)	星雲大師講	300
05003	(四)金剛經的發心與修持(大帶)	星雲大師講	300
05004	(五)金剛經的無住生心(大帶)	星雲大師講	300
05005	禮讚十方佛	叢林學院	300
05006	佛光山開山三十週年紀錄影片	王童執導	2卷1500

訂購辦法：

・請向全省各大書局、佛光書局選購。

・利用郵政劃撥訂購。郵撥帳號18889448　户名：佛光文化事業有限公司

・價格如有更動，以版權頁爲準。

・國內讀者郵購800元以下者，加付掛號郵資30元。

・國外讀者，郵資請自付。

・團體訂購，另有優惠：

100本以上	8折
100本～500本	7折
501本以上	6折

佛光有聲叢書目錄

星雲大師佛學講座有聲叢書		定價
00001	觀音法門(國、臺語)	100
00003	般若波羅蜜多心經(國語)	16卷 800
00004	金剛般若波羅蜜經義解(國、臺語)	26卷 1300
00005	六祖壇經1－6卷(國、臺語)	300
00006	六祖壇經7－12卷(國、臺語)	300
00007	六祖壇經13－18卷(國、臺語)	300
00008	六祖壇經19－24卷(國、臺語)	300
00009	六祖壇經25－30卷(國、臺語)	300
00010	星雲禪話1－6卷(國語)	300
00011	星雲禪話7－12卷(國語)	300
00012	星雲禪話13－18卷(國語)	300
00013	星雲禪話19－24卷(國語)	300
00014	星雲禪話25－30卷(國語)	300
00015	星雲禪話31－36卷(國語)	300
00016	金剛經的般若生活(國、臺語)	100
00017	金剛經的四句偈(國、臺語)	100
00018	金剛經的價值觀(國、臺語)	100
00019	金剛經的發心與修持(國、臺語)	100
00020	金剛經的無住生心(國、臺語)	100
00040	淨化心靈之道(國、臺語)	100
00041	偉大的佛陀(一)(國、臺語)	100
00042	偉大的佛陀(二)(國、臺語)	100
00043	偉大的佛陀(三)(國、臺語)	100
00044	佛教的致富之道(國、臺語)	100
00045	佛教的人我之道(國、臺語)	100
00046	佛教的福壽之道(國、臺語)	100
00047	維摩其人及不思可議(國、臺語)	100
00048	菩薩的病和聖者的心(國、臺語)	100
00049	天女散花與香積佛飯(國、臺語)	100
00050	不二法門的座談會(國、臺語)	100
00051	人間淨土的內容(國、臺語)	100
00052	禪淨律三修法門(禪修法門)(國、臺語)	100
00053	禪淨律三修法門(淨修法門)(國、臺語)	100
00054	禪淨律三修法門(律修法門)(國、臺語)	100
00055	廿一世紀的訊息(國、臺語)	100
00057	佛教的眞理是什麼(國、臺語)	100
00058	法華經大意(國、臺語)	6卷 300
00059	八大人覺經(國、臺語)	100
00060	四十二章經(國、臺語)	100
00061	佛遺教經(國、臺語)	100
00062	八大人覺經十講(國語)	一書四卡 350
00063	心甘情願(國語)	6卷 450
00064	佛門親屬談(國、臺語)	100

心定法師主講		定價
01014	佛教的神通與靈異(國語)	6卷 450
01015	談業力(臺語)	100
01019	人生與業力(臺語)	200
01021	如何照見五蘊皆空(國、臺語)	200

慈惠法師主講		定價
01000	佛經概說(臺語)	6卷 450
01006	佛教入門(國、臺語)	200
01011	人生行旅道如何(臺語)	200
01012	人生所負重多少(臺語)	200
01016	我與他(臺語)	200

依空法師主講		定價
01001	法華經的經題與譯者(臺語)	200
01002	法華經的譬喻與教理(臺語)	200
01003	法華經的開宗立派(臺語)	200
01004	法華經普門品與觀世音信仰(臺語)	200
01005	法華經的實踐與感應(臺語)	200
01007	禪在中國(一)(國語)	200
01008	禪在中國(二)(國語)	200
01009	禪在中國(三)(國語)	200
01010	普賢十大願(臺語)	450
01013	幸福人生之道(國、臺語)	200
01017	空慧自在(國語)	6卷 500
01020	尋找智慧的活水(國、臺語)	200
01029	如何過淨行品的一天(國語)	100

依昱法師主講		定價
01018	楞嚴經大義(國語)	6卷 500

其他		定價
01022	如何過無悔的天：廖輝英(國語)	100
01023	如何過如意的一天：鄭石岩(國語)	100
01024	如何過自在圓滿的一天：林谷芳(國語)	100
01025	如何過看似無味的一天：吳念眞(國語)	100
01026	如何過法喜充滿的一天：蕭武桐(國語)	100
01027	如何過有禪意的一天：游乾桂(國語)	100
01028	如何過光明的一天：林清玄(國語)	100

CD-ROM		定價
02000	佛光大辭典光碟版	600

梵唄錄音帶		定價
03000	佛光山梵唄(國語)	500
03001	早課普佛(國語)	100
03002	佛說阿彌陀經(國語)	100
03003	觀世音菩薩普門品(國語)	100
03004	彌陀普佛(國語)	100
03005	藥師普佛(國語)	100
03006	上佛供(國語)	100
03007	自由念佛號(國語)	100
03008	七音佛號(國語)	100
03009	懺悔文(國語)	100
03010	觀世音菩薩普門品(臺語)	100
03011	七音佛號(臺語)	100
03012	觀世音菩薩聖號(國語)(心定法師敬誦)	100
03013	六字大明咒(國語)(心定法師敬誦)	100
03014	大悲咒(梵文)(心定法師敬誦)	100
03015	大悲咒(國語)(心定法師敬誦)	100

8303	利器之輪—修心法要	法護大師著	160
8350	絲路上的梵歌	梁丹丰著	170
8400	海天遊蹤	星雲大師著	200
8500	禪話禪畫	星雲大師著	750
8550	諦聽	王靜蓉等著	160

童話漫畫叢書		著者	定價
8601	童話書(第一輯)	釋宗融編	700
8602	童話書(第二輯)	釋宗融編	850
8611	童話畫(第一輯)	釋心寂編	350
8612	童話畫(第二輯)	釋心寂編	350
8621-01	窮人逃債·阿凡和黃鼠狼	潘人木改寫	220
8621-02	半個銅錢·水中撈月	洪志明改寫	220
8621-03	王大寶買東西·不簡單先生	管家琪改寫	220
8621-04	睡半張床的人·陶器師傅	洪志明改寫	220
8621-05	多多的羊·只要蓋三樓	黃淑萍改寫	220
8621-06	甘蔗汁澆甘蔗·好味道變苦味道	謝武彰改寫	220
8621-07	兩兄弟·大呆吹牛	管家琪改寫	220
8621-08	遇鬼記·好吃的梨	洪志明改寫	220
8621-09	阿威和強盜·花鴿子與灰鴿子	黃淑萍改寫	220
8621-10	誰是大笨蛋·小猴子認爸爸	方素珍改寫	220
8621-11	偷牛的人·猴子扔豆子	林良改寫	220
8621-12	只要吃半個·小黃狗種饅頭	方素珍改寫	220
8621-13	大西瓜·阿土伯種麥	陳木城改寫	220
8621-14	半夜鬼推鬼·小白和小烏龜	謝武彰改寫	220
8621-15	蔡寶不洗澡·阿土和駱駝	王金選改寫	220
8621-16	看門的人·砍樹摘果子	潘人木改寫	220
8621-17	愚人擠驢奶·顚三和倒四	馬景賢改寫	220
8621-18	分大餅·最寶貴的東西	杜榮琛改寫	220
8621-19	黑馬變白馬·銀鉢在哪裏	釋慧慶改寫	220
8621-20	樂昏了頭·沒腦袋的阿福	周慧珠改寫	220
8700	佛教童話集(第一集)	張慈蓮輯	120
8701	佛教童話集(第二集)	張慈蓮輯	120
8702	佛教故事大全(上)	釋慈莊等著	250
8703	化生王子(童話)	釋宗融著	150
8704	佛教故事大全(下)	釋慈莊等著	250
8800	佛陀的一生(漫畫)	TAKAHASHI著	120
8801	大願地藏王菩薩畫傳(漫畫)	許貿淞繪	300
8802	菩提達磨(漫畫)	本社譯	100
8803	極樂與地獄(漫畫)	釋心寂繪	180
8804	王舍城的故事(漫畫)	釋心寂繪	250
8805	僧伽的光輝(漫畫)	黃耀傑等繪	150
8806	南海觀音大士(漫畫)	許貿淞繪	300
8807	玉琳國師(漫畫)	劉素珍等繪	200
8808	七譬喻(漫畫)	黃麗娟繪	180
8809	鳩摩羅什(漫畫)	黃耀傑等繪	160
8810	少女的夢(漫畫)	郭幸鳳繪	180
8811	金山活佛(漫畫)	黃壽忠繪	270
8812	隱形佛(漫畫)	郭幸鳳繪	180
8813	漫畫心經	蔡志忠繪	140
8814	十大弟子傳(漫畫)	郭豪允繪	排印中
8900	槃達龍王(漫畫)	黃耀傑等繪	120
8901	富人與鼈(漫畫)	鄧博文等繪	120
8902	金盤(漫畫)	張乃元等繪	120
8903	捨身的兎子(漫畫)	洪義男繪	120
8904	彌蘭遊記(漫畫)	蘇晉儀繪	80
8905	不愛江山的國王(漫畫)	蘇晉儀繪	80
8906	鬼子母(漫畫)	余明苑繪	120

工具叢書		著者	定價
9000	雜阿含·全四册(恕不退貨)	佛光山編	2000
9016	阿含藏·全套附索引共17册(恕不退貨)	佛光山編	8000
9067	禪藏·全套附索引共51册(恕不退貨)	佛光山編	36,000
9109	般若藏	佛光山編	30,000
9200	中英佛學辭典	本社編	500
9201B	佛光大辭典(恕不退貨)	佛光山編	6000
9300	佛教史年表	本社編	450
9501	世界佛教青年會1985年學術會議實錄	佛光山編	400
9502	世界顯密佛學會議實錄	佛光山編	500
9503	世界佛教徒友誼會第十六屆大會 佛光山美國西來寺落成典禮暨傳戒法會紀念特刊	佛光山編	500
9504	世界佛教徒友會第十六屆大會暨 世界佛教青年友誼會第七屆大會實錄	佛光山編	紀念藏
9505	佛光山1989年國際禪學會議實錄	佛光山編	紀念藏
9506	佛光山1990年佛教學術會議實錄	佛光山編	紀念藏
9507	佛光山1990年國際佛教學術會論文集	佛光山編	紀念藏
9508	佛光山1991年國際佛教學術會論文集	佛光山編	紀念藏
9509	世界佛教徒友會第十八屆大會暨 世界佛教青年友誼會第九屆大會實錄	佛光山編	紀念藏
9511	世界傑出婦女會議特刊	佛光山編	紀念藏
9600	跨世紀的悲欣歲月—走過台灣佛教五十年寫眞		1500
9700	抄經本	佛光山編	120
9701	般若波羅蜜多心經抄經本	潘慶忠書	100
9202	佛說阿彌陀經抄經本	戴德書	100
9703	妙法蓮華經觀世音菩薩普門品抄經本	戴德書	100

法器文物		著者	定價
0900	陀羅尼經被(單)	本社製	1000
0901	陀羅尼經被(雙)	本社製	2000
0950	佛光山風景明信片	本社製	60

CATALOG OF ENGLISH BOOKS

BUDDHIST SCRIPTURE		AUTHER	PRICE
A001	VERSES OF THE BUDDHA'S TEACHINGS	VEN. KHANTIPALO THERA	150
A002	THE SCRIPTURE OF ONE HUNDRED PARABLES	LI RONGXI	排印中

SERIES OF VENERABLE MASTER HSING YUN'S LITERARY WORKS		AUTHER	PRICE
M101	HSING YUN'S CH'AN TALK(1)	VEN.MASTER HSING YUN	180
M102	HSING YUN'S CH'AN TALK(2)	VEN.MASTER HSING YUN	180
M103	HSING YUN'S CH'AN TALK(3)	VEN.MASTER HSING YUN	180
M104	HSING YUN'S CH'AN TALK(4)	VEN.MASTER HSING YUN	180
M105	HANDING DOWN THE LIGHT	FU CHI-YING	360
M106	CON SUMO GUSTO	VEN.MASTER HSING YUN	100

5610	九霄雲外有神仙—琉璃人生④	夏元瑜等著	150
5611	生命的活水㈠	陳履安等著	160
5612	生命的活水㈡	高希均等著	160
5613	心行處滅—禪宗的心靈治療個案	黃文翔著	150
5614	水晶的光芒(上)	仲南萍等著	200
5615	水晶的光芒(下)	潘煊等著	200
5616	全新的一天	廖輝英等著	150
5700	譬喻	釋性瀅著	120
5701	星雲說偈㈠	星雲大師著	150
5702	星雲說偈㈡	星雲大師著	150
5707	經論指南—藏經序文選譯	圓香等著	200
5800	1976年佛學研究論文集	東初長老等著	350
5801	1977年佛學研究論文集	楊白衣等著	350
5802	1978年佛學研究論文集	印順長老等著	350
5803	1979年佛學研究論文集	霍韜晦等著	350
5804	1980年佛學研究論文集	張曼濤等著	350
5805	1981年佛學研究論文集	程兆熊等著	350
5806	1991年佛學研究論文集	鐮田茂雄等著	350
5809	1994年佛學研究論文集㈠—佛與花		400
5810	1995年佛學研究論文集㈡—佛教現代化		400
5811	1996年佛學研究論文集㈠—當代台灣的社會與宗教		350
5812	1996年佛學研究論文集㈡—當代宗教理論的省思		350
5813	1996年佛學研究論文集㈢—當代宗教的發展趨勢		350
5814	1996年佛學研究論文集㈣—佛教思想的當代詮釋		350
5900	佛教歷史百問	業露華著	180
5901	佛教文化百問	何雲著	180
5902	佛教藝術百問	丁明夷等著	180
5904	佛教典籍百問	方廣錩著	180
5905	佛教密宗百問	李冀誠等著	180
5906	佛教氣功百問	陳兵著	180
5907	佛教禪宗百問	潘桂明著	180
5908	道教氣功百問	陳兵著	180
5909	道教知識百問	盧國龍著	180
5911	禪詩今譯百首	王志遠著	180
5912	印度宗教哲學百問	姚衛羣著	180
5914	伊斯蘭教歷史百問	沙秋眞等著	180
5915	伊斯蘭教文化百問	馮今源等著	180

	儀制叢書	著者	定價
6000	宗教法規十講	吳堯峰著	400
6001	梵唄課誦本	本社編	50
6002	大悲懺儀合節	本社編	80
6500	中國佛教與社會福利事業	道瑞良秀著	100
6700	無聲息的歌息	星雲大師著	100

	用世叢書	著者	定價
7501	佛光山靈異錄㈠	釋依空等著	100
7502	怎樣做個佛光人	星雲大師著	50
7504	佛光山印度朝聖專輯	釋心定等著	200
7505	佛光山開山二十週年紀念特刊	佛光山編	紀念藏
7510	佛光山開山三十週年紀念特刊	佛光山編	10000
7700	念佛四大要訣	戀西大師著	80
7800	跨越生命的藩籬—佛教生死學	吳東權等著	150
7801	禪的智慧vs現代管理	蕭武桐著	150
7802	遠颺的梵唱—佛教在亞細亞	鄭振煌等著	160
7803	如何解脫人生病苦—佛教養生學	胡秀卿著	150

	藝文叢書	著者	定價
8000	覷紅塵(散文)	方杞著	120
8001	以水爲鑑(散文)	張培耕著	100
8002	萬壽日記(散文)	釋慈怡著	80
8003	敬告佛子書(散文)	釋慈嘉著	120
8004	善財五十三參	鄭秀雄著	150
8005	第一聲蟬嘶(散文)	忻愉著	100
8007	禪的修行生活—雲水日記	佐藤義英著	180
8008	生活的廟宇(散文)	王靜蓉著	120
8009	人生禪㈠	方杞著	140
8010	人生禪㈡	方杞著	140
8011	佛教說話文學全集㈠	劉欣如改寫	150
8012	佛教說話文學全集㈡	劉欣如改寫	150
8013	佛教說話文學全集㈢	劉欣如改寫	150
8014	佛教說話文學全集㈣	劉欣如改寫	150
8015	佛教說話文學全集㈤	劉欣如改寫	150
8017	佛教說話文學全集㈦	劉欣如改寫	150
8018	佛教說話文學全集㈧	劉欣如改寫	150
8019	佛教說話文學全集㈨	劉欣如改寫	150
8020	佛教說話文學全集㈩	劉欣如改寫	150
8021	佛教說話文學全集(十一)	劉欣如改寫	150
8022	人生禪㈢	方杞著	140
8023	人生禪㈣	方杞著	140
8024	紅樓夢與禪	圓香著	120
8025	回歸佛陀的時代	張培耕著	100
8026	佛踪萬里紀遊	張培耕著	100
8028	一鉢山水錄(散文)	釋宏意著	120
8029	人生禪㈤	方杞著	140
8030	人生禪㈥	方杞著	140
8031	人生禪㈦	方杞著	140
8032	人生禪㈧	方杞著	排印中
8033	人生禪㈨	方杞著	排印中
8034	人生禪㈩	方杞著	排印中
8035	擦亮心燈	鄭佩佩著	180
8100	僧伽(佛教散文選第一集)	簡媜等著	120
8101	情緣(佛教散文選第二集)	孟瑤等著	120
8102	半是青山半白雲(佛教散文選第三集)	林清玄等著	150
8103	宗月大師(佛教散文選第四集)	老舍等著	120
8104	大佛的沉思(佛教散文選第五集)	許墨林等著	140
8200	悟(佛教小說選第一集)	孟瑤等著	120
8201	不同的愛(佛教小說選第二集)	星雲大師著	120
8204	蟠龍山(小說)	康白著	120
8205	緣起緣滅(小說)	康白著	150
8207	命命鳥(佛教小說選第五集)	許地山等著	140
8208	天寶寺傳奇(佛教小說選第六集)	姜天民等著	140
8209	地獄之門(佛教小說選第七集)	陳望塵等著	140
8210	黃花無語(佛教小說選第八集)	程乃珊等著	140
8220	心靈的畫師(小說)	陳慧劍著	100
8300	佛教聖歌集	本社編	300
8301	童韻心聲	高惠美等編	120

3406	金山活佛	煮雲法師著	130
3407	無著與世親	木村園江著	130
3408	弘一大師與文化名流	陳　　星著	150
3500	皇帝與和尚	煮雲法師著	130
3501	人間情味—豐子愷傳	陳　　星著	180
3502	豐子愷的藝術世界	陳　　星著	160
3600	玄奘大師傳(中國佛教高僧全集1)	圓　　香著	350
3601	鳩摩羅什大師傳(中國佛教高僧全集2)	宣 建 人著	250
3602	法顯大師傳(中國佛教高僧全集3)	陳 白 夜著	250
3603	惠能大師傳(中國佛教高僧全集4)	陳 南 燕著	250
3604	蓮池大師傳(中國佛教高僧全集5)	項 冰 如著	250
3605	鑑眞大師傳(中國佛教高僧全集6)	傅　　傑著	250
3606	曼殊大師傳(中國佛教高僧全集7)	陳　　星著	250
3607	寒山大師傳(中國佛教高僧全集8)	薛 家 柱著	250
3608	佛圖澄大師傳(中國佛教高僧全集9)	葉　　斌著	250
3609	智者大師傳(中國佛教高僧全集10)	王 仲 堯著	250
3610	寄禪大師傳(中國佛教高僧全集11)	周 維 強著	250
3611	憨山大師傳(中國佛教高僧全集12)	項　　東著	250
3657	懷海大師傳(中國佛教高僧全集13)	華 鳳 蘭著	250
3661	法藏大師傳(中國佛教高僧全集14)	王 仲 堯著	250
3632	僧肇大師傳(中國佛教高僧全集15)	張　　強著	250
3617	慧遠大師傳(中國佛教高僧全集16)	傅 紹 良著	250
3679	道安大師傳(中國佛教高僧全集17)	龔　　雋著	250
3669	紫柏大師傳(中國佛教高僧全集18)	張 國 紅著	250
3656	圜悟克勤大師傳(中國佛教高僧全集19)	吳 言 生著	250
3676	安世高大師傳(中國佛教高僧全集20)	趙 福 蓮著	250
3681	義淨大師傳(中國佛教高僧全集21)	王 亞 榮著	250
3684	眞諦大師傳(中國佛教高僧全集22)	李 利 安著	250
3680	道生大師傳(中國佛教高僧全集23)	楊 維 忠著	250
3693	弘一大師傳(中國佛教高僧全集24)	陳　　星著	250
3671	見月大師傳(中國佛教高僧全集25)	溫 金 玉著	250
3672	僧祐大師傳(中國佛教高僧全集26)	章 義 和著	250
3648	雲門大師傳(中國佛教高僧全集27)	李 安 綱著	250
3633	達摩大師傳(中國佛教高僧全集28)	程 世 和著	250
3667	懷素大師傳(中國佛教高僧全集29)	劉 明 立著	250
3688	世親大師傳(中國佛教高僧全集30)	李 利 安著	250
3700	日本禪僧涅槃記(上)	曾 普 信著	150
3701	日本禪僧涅槃記(下)	曾 普 信著	150
3702	仙崖禪師軼事	石村善右著	100
3900	印度佛教史概說	佐佐木教悟等著	170
3901	韓國佛教史	愛宕顯昌著	100
3902	印度教與佛教史綱㈠	查爾斯·埃利奧特著	300
3903	印度教與佛教史綱㈡	查爾斯·埃利奧特著	300
3905	大史(上)	摩訶那摩等著	350
3906	大史(下)	摩訶那摩等著	350
	文選叢書	**著者**	**定價**
5001	星雲大師講演集㈠	星雲大師著	300
5004	星雲大師講演集㈣	星雲大師著	300
5101	星雲禪話㈠	星雲大師著	150
5102	星雲禪話㈡	星雲大師著	150
5103	星雲禪話㈢	星雲大師著	150
5104	星雲禪話㈣	星雲大師著	150
5107	星雲法語㈠	星雲大師著	150
5108	星雲法語㈡	星雲大師著	150
5113	心甘情願—星雲百語㈠	星雲大師著	100
5114	皆大歡喜—星雲百語㈡	星雲大師著	100
5115	老二哲學—星雲百語㈢	星雲大師著	100
5201	星雲日記㈠——安然自在	星雲大師著	150
5202	星雲日記㈡——創造全面的人生	星雲大師著	150
5203	星雲日記㈢——不負西來意	星雲大師著	150
5204	星雲日記㈣——凡事超然	星雲大師著	150
5205	星雲日記㈤——人忙心不忙	星雲大師著	150
5206	星雲日記㈥——不請之友	星雲大師著	150
5207	星雲日記㈦——找出內心平衡點	星雲大師著	150
5208	星雲日記㈧——慈悲不是定點	星雲大師著	150
5209	星雲日記㈨——觀心自在	星雲大師著	150
5210	星雲日記㈩——勤耕心田	星雲大師著	150
5211	星雲日記⑪——菩薩情懷	星雲大師著	150
5212	星雲日記⑫——處處無家處處家	星雲大師著	150
5213	星雲日記⑬——法無定法	星雲大師著	150
5214	星雲日記⑭——說忙說閒	星雲大師著	150
5215	星雲日記⑮——緣滿人間	星雲大師著	150
5216	星雲日記⑯——禪的妙用	星雲大師著	150
5217	星雲日記⑰——不二法門	星雲大師著	150
5218	星雲日記⑱——把心找回來	星雲大師著	150
5219	星雲日記⑲——談心接心	星雲大師著	150
5220	星雲日記⑳——談空說有	星雲大師著	150
5400	覺世論叢	星雲大師著	100
5402	雲南大理佛教論文集	藍吉富等著	350
5411	我看美國人	釋 慈 容著	250
5503	本生經的起源及其開展	釋 依 淳著	200
5504	六波羅蜜的研究	釋 依 日著	120
5505	禪宗無門關重要公案之研究	楊 新 瑛著	150
5506	原始佛教四諦思想	聶 秀 藻著	120
5507	般若與玄學	楊 俊 誠著	150
5508	大乘佛教倫理思想研究	李 明 芳著	120
5509	印度佛教蓮花紋飾之探討	郭 乃 彰著	120
5510	淨土三系之研究	廖 閱 鵬著	120
5511	佛教文學對中國小說的影響	釋 永 祥著	120
5512	佛教的女性觀	釋 永 明著	120
5513	盛唐詩與禪	姚 儀 敏著	150
5514	禪宗思想的形成與發展	洪 修 平著	200
5515	晚唐臨濟宗思想評述	杜 寒 風著	220
5516	弘一大師出家前後書法風格之比較	李 璧 苑著	排印中
5600	一句偈㈠	星雲大師等著	150
5601	一句偈㈡	鄭石岩等著	150
5602	善女人	宋雅姿等著	150
5603	善男子	傅偉勳等著	150
5604	生活無處不是禪	鄭石岩等著	150
5605	佛教藝術的傳人	陳清香等著	160
5606	與永恆對唱—細說當代傳奇人物	釋永芸等著	160
5607	疼惜阮青春—琉璃人生①	王靜蓉等著	150
5608	三十三天天外天—琉璃人生②	林清玄等著	150
5609	平常歲月平常心—琉璃人生③	薇薇夫人等著	150

1190	本生經的起源及其開展	釋依淳著	不零售
1191	人間巧喻	釋依空著	200
1192	大乘本生心地觀經	圓 香著	不零售
1193	南海寄歸內法傳	華 濤釋譯	200
1194	入唐求法巡禮記	潘 平釋譯	200
1195	大唐西域記	王邦維釋譯	200
1196	比丘尼傳	朱良志・詹緒左釋譯	200
1197	弘明集	吳 遠釋譯	200
1198	出三藏記集	呂有祥釋譯	200
1199	牟子理惑論	梁慶寅釋譯	200
1200	佛國記	吳玉貴釋譯	200
1201	宋高僧傳	賴永海釋譯	200
1202	唐高僧傳	賴永海釋譯	200
1203	梁高僧傳	賴永海釋譯	200
1204	異部宗輪論	姚治華釋譯	200
1205	廣弘明集	鞏本棟釋譯	200
1206	輔教編	張宏生釋譯	200
1207	釋迦牟尼佛傳	星雲大師著	不零售
1208	中國佛教名山勝地寺志	林繼中釋譯	200
1209	勅修百丈清規	謝重光釋譯	200
1210	洛陽伽藍記	曹 虹釋譯	200
1211	佛教新出碑志集粹	丁明夷釋譯	200
1212	佛教文學對中國小說的影響	釋永祥著	不零售
1213	佛遺教三經	藍 天釋譯	200
1214	大般涅槃經	高振農釋譯	200
1215	地藏本願經・佛說盂蘭盆經・佛說父母恩重難報經	陳利權・伍玲玲釋譯	200
1216	安般守意經	杜繼文釋譯	200
1217	那先比丘經	吳根友釋譯	200
1218	大毘婆沙論	徐醒生釋譯	200
1219	大乘大義章	陳揚炯釋譯	200
1220	因明入正理論	宋立道釋譯	200
1221	宗鏡錄	潘桂明釋譯	200
1222	法苑珠林	王邦維釋譯	200
1223	經律異相	白化文・李鼎霞釋譯	200
1224	解脫道論	黃夏年釋譯	200
1225	雜阿毘曇心論	蘇 軍釋譯	200
1226	弘一大師文集選要	弘一大師著	200
1227	滄海文集選集	釋幻生著	200
1228	勸發菩提心文講話	釋聖印著	不零售
1229	佛經概說	釋慈惠著	200
1230	佛教的女性觀	釋永明著	不零售
1231	涅槃思想研究	張曼濤著	不零售
1232	佛學與科學論文集	梁乃崇等著	200
1300	法華經教釋	太虛大師著	300
1301	觀世音菩薩普門品講話	森下大圓著	150
1600	華嚴經講話	鎌田茂雄著	220
1700	六祖壇經註釋	唐一玄著	180
1800	金剛經及心經釋義	張承斌著	100
1805	金剛般若波羅蜜經講話	釋竺摩著	150
概論叢書		**著者**	**定價**
2000	八宗綱要	凝然大德著	200
2001	佛學概論	蔣維喬著	130

2002	佛教的起源	楊曾文著	130
2003	佛道詩禪	賴永海著	180
2100	佛家邏輯研究	霍韜晦著	150
2101	中國佛性論	賴永海著	250
2102	中國佛教文學	加地哲定著	180
2103	敦煌學	鄭金德著	180
2104	宗教與日本現代化	村上重良著	150
2200	金剛經靈異	張少齊著	140
2201	佛與般若之眞義	圓 香著	120
2300	天台思想入門	鎌田茂雄著	120
2301	宋初天台佛學窺豹	王志遠著	150
2401	談心說識	釋依昱著	160
2500	淨土十要(上)	蕅益大師選	180
2501	淨土十要(下)	蕅益大師選	180
2700	頓悟的人生	釋依空著	150
2800	現代西藏佛教	鄭金德著	300
2801	藏學零墨	王 堯著	150
2803	西藏文史考信集	王 堯著	240
2804	西藏佛教密宗	李冀誠著	150
	教理叢書	**著者**	**定價**
4002	中國佛教哲學名相選釋	吳汝鈞著	140
4003	法相	釋慈莊著	250
4200	佛教中觀哲學	梶山雄一著	140
4201	大乘起信論講記	方 倫著	140
4202	觀心・開心—大乘百法明門論解說1	釋依昱著	220
4203	知心・明心—大乘百法明門論解說2	釋依昱著	200
4205	空入門	梶山雄一著	170
4300	唯識哲學	吳汝鈞著	140
4301	唯識三頌講記	方 倫著	140
4302	唯識思想要義	徐典正著	140
4700	眞智慧之門	侯秋東著	140
	史傳叢書	**著者**	**定價**
3000	中國佛學史論	褚柏思著	120
3002	中國佛教通史(第一卷)	鎌田茂雄著	250
3003	中國佛教通史(第二卷)	鎌田茂雄著	250
3004	中國佛教通史(第三卷)	鎌田茂雄著	250
3005	中國佛教通史(第四卷)	鎌田茂雄著	250
3100	中國禪宗史話	褚柏思著	120
3200	釋迦牟尼佛傳	星雲大師著	180
3201	十大弟子傳	星雲大師著	150
3300	中國禪	鎌田茂雄著	150
3301	中國禪祖師傳(上)	曾普信著	150
3302	中國禪祖師傳(下)	曾普信著	150
3303	天台大師	宮崎忠尚著	130
3304	十大名僧	洪修平著	150
3305	人間佛教的星雲—星雲大師行誼(一)	本 社著	150
3400	玉琳國師	星雲大師著	130
3401	緇門崇行錄	蓮池大師著	120
3402	佛門佳話	月基法師著	150
3403	佛門異記(一)	煮雲法師著	180
3404	佛門異記(二)	煮雲法師著	180
3405	佛門異記(三)	煮雲法師著	180

佛光叢書目錄

⊙價格如有更動，以版權頁為準

	經典叢書	著者	定價
1000	八大人覺經十講	星雲大師著	120
1001	圓覺經自課	唐 一 玄著	120
1002	地藏經講記	釋 依 瑞著	250
1005	維摩經講話	釋 竺 摩著	200
1101	中阿含經	梁曉虹釋譯	200
1102	長阿含經	陳永革釋譯	200
1103	增一阿含經	耿 敬釋譯	200
1104	雜阿含經	吳 平釋譯	200
1105	金剛經	程恭讓釋譯	200
1106	般若心經	程恭讓·東初等釋譯	不零售
1107	大智度論	郟廷礎釋譯	200
1108	大乘玄論	邱高興釋譯	200
1109	十二門論	周學農釋譯	200
1110	中論	韓廷傑釋譯	200
1111	百論	強 昱釋譯	200
1112	肇論	洪修平釋譯	200
1113	辯中邊論	魏德東釋譯	200
1114	空的哲理	道安法師著	200
1115	金剛經講話	星雲大師著	不零售
1116	人天眼目	方 銘釋譯	200
1117	大慧普覺禪師語錄	潘桂明釋譯	200
1118	六祖壇經	李 申釋譯	200
1119	天童正覺禪師語錄	杜寒風釋譯	200
1120	正法眼藏	董 群釋譯	200
1121	永嘉證道歌・信心銘	何勁松·釋弘憫釋譯	200
1122	祖堂集	葛兆光釋譯	200
1123	神會語錄	邢東風釋譯	200
1124	指月錄	吳相洲釋譯	200
1125	從容錄	董 群釋譯	200
1126	禪宗無門關	魏道儒釋譯	200
1127	景德傳燈錄	張 華釋譯	200
1128	碧巖錄	任澤鋒釋譯	200
1129	緇門警訓	張學智釋譯	200
1130	禪林寶訓	徐小躍釋譯	200
1131	禪林象器箋	杜曉勤釋譯	200
1132	禪門師資承襲圖	張春波釋譯	200
1133	禪源諸詮集都序	閻 韜釋譯	200
1134	臨濟錄	張伯偉釋譯	200
1135	來果禪師語錄	來果禪師著	200
1136	中國佛學特質在禪	太虛大師著	200
1137	星雲禪話	星雲大師著	200
1138	禪話與淨話	方 倫著	200
1139	釋禪波羅蜜	黃 連 忠著	200
1140	般舟三昧經	吳立民·徐蓀銘釋譯	200
1141	淨土三經	王月清釋譯	200
1142	佛說彌勒上生下生經	業露華釋譯	200
1143	安樂集	業露華釋譯	250
1144	萬善同歸集	袁家耀釋譯	200
1145	維摩詰經	賴永海釋譯	200
1146	藥師經	陳利權釋譯	200
1147	佛堂講話	道源法師著	200
1148	信願念佛	印光大師著	200
1149	精進佛七開示錄	煮雲法師著	200
1150	往生有分	妙蓮長老著	200
1151	法華經	董 群釋譯	200
1152	金光明經	張文良釋譯	200
1153	天台四教儀	釋永本釋譯	200
1154	金剛錍	王志遠釋譯	200
1155	教觀綱宗	王志遠釋譯	200
1156	摩訶止觀	王雷泉釋譯	200
1157	法華思想	平川彰等著	200
1158	華嚴經	高振農釋譯	200
1159	圓覺經	張保勝釋譯	200
1160	華嚴五教章	徐紹強釋譯	200
1161	華嚴金師子章	方立天釋譯	200
1162	華嚴原人論	李錦全釋譯	200
1163	華嚴學	龜川教信著	200
1164	華嚴經講話	鎌田茂雄著	不零售
1165	解深密經	程恭讓釋譯	200
1166	楞伽經	賴永海釋譯	200
1167	勝鬘經	王海林釋譯	200
1168	十地經論	魏常海釋譯	200
1169	大乘起信論	蕭萐父釋譯	200
1170	成唯識論	韓廷傑釋譯	200
1171	唯識四論	陳 鵬釋譯	200
1172	佛性論	龔 雋釋譯	200
1173	瑜伽師地論	王海林釋譯	200
1174	攝大乘論	王 健釋譯	200
1175	唯識史觀及其哲學	釋 法 舫著	不零售
1176	唯識三頌講記	于 凌 波著	200
1177	大日經	呂建福釋譯	200
1178	楞嚴經	李富華釋譯	200
1179	金剛頂經	夏金華釋譯	200
1180	大佛頂首楞嚴經	圓 香著	不零售
1181	成實論	陸玉林釋譯	200
1182	俱舍論	宋志明釋譯	200
1183	佛說梵網經	季芳桐釋譯	200
1184	四分律	溫金玉釋譯	200
1185	戒律學綱要	釋 聖 嚴著	不零售
1186	優婆塞戒經	釋 能 學著	不零售
1187	六度集經	梁曉虹釋譯	200
1188	百喻經	屠友祥釋譯	200
1189	法句經	吳根友釋譯	200

讀經心得：

中國佛教經典寶藏
精選白話版・華嚴五教章

□總監修□星雲大師
□發行人□佛光山宗務委員會
心定和尚　慈莊法師　慈惠法師　慈容法師　慈嘉法師
依嚴法師　依恒法師　依空法師　依淳法師
□一九九七年九月初版

□總編輯□慈惠法師　依空法師〔臺灣〕
王志遠　賴永海〔大陸〕
□總連絡□吉廣興　王淑慧
□釋譯者□徐紹強
□美術編輯□陳婉玲
□法律顧問□蘇盈貴　舒建中　毛英富律師
□出版者□佛光文化事業有限公司
臺北市信義區松隆路三二七號八樓 ☎（〇二）七六九三二五〇
高雄縣大樹鄉佛光山寺 ☎（〇七）六五六四〇三八—九
□流通處□佛光書局
高雄市前金區賢中街二十七號 ☎（〇七）二七二八六四九
臺北市忠孝西路一段七十二號九樓之十四 ☎（〇二）三一四四六五九
臺北市汀州路三段一八八號二樓之四 ☎（〇二）三六五一八二六
臺北市信義區松隆路三二七號八樓 ☎（〇二）七六九三二五〇
中國北京海淀區中國圖書城
□定價□二〇〇元
□排版□上統電腦排版事業有限公司 ☎（〇二）七四〇二三一—六
□印刷□沈氏藝術印刷股份有限公司 ☎（〇二）二七〇六一六一
□裝訂廠□聿成裝訂股份有限公司 ☎（〇二）二二二六九一三
□用紙□永豐餘七十磅象牙道林
□郵政劃撥第一八八八九四四八號　帳戶：佛光文化事業有限公司
□行政院新聞局出版事業登記證局版北市業字第四七八號

國家圖書館出版品預行編目資料

華嚴五教章／徐紹強釋譯. --初版. --臺北市
：佛光, 1997〔民86〕
面；　公分. --（佛光經典叢書；1160）
《中國佛教經典寶藏精選白話版；60》
參考書目：面
ISBN 957-543-590-7（精裝典藏版）
ISBN 957-543-591-5（平裝）

1.華嚴宗—宗義

226.3　　86006072